编辑委员会

主　　编：王　欣　石　坚
执 行 主 编：方小莉
执行副主编：黎　婵　汤　黎　胡沥丹　崔梦田
编　　务：张　旭　李天鑫　何雅怡

主　　席：赵毅衡
委　　员：（按姓氏笔画排列）
　　　　　Paul Cobley（Middlesex University，UK）
　　　　　Duan Lian（Concordia University，Canada）
　　　　　王　安（四川大学）　　　　何　宁（南京大学）
　　　　　王长才（西南交通大学）　　张龙海（厦门大学）
　　　　　王丽亚（北京外国语大学）　陆正兰（四川大学）
　　　　　王晓路（四川大学）　　　　陈永国（清华大学）
　　　　　龙迪勇（东南大学）　　　　陈春华（解放军信息工程大学）
　　　　　叶　英（四川大学）　　　　罗良功（华中师范大学）
　　　　　朱小琳（中央民族大学）　　胡易容（四川大学）
　　　　　乔国强（上海外国语大学）　段　峰（四川大学）
　　　　　刘立辉（西南大学）　　　　郭英剑（中国人民大学）
　　　　　刘克东（哈尔滨工业大学）　董洪川（四川外国语大学）
　　　　　刘　锋（北京大学）　　　　程朝翔（北京大学）
　　　　　伏飞雄（重庆师范大学）　　傅其林（四川大学）
　　　　　吴　岩（南方科技大学）　　谭光辉（四川师范大学）

探索与批评

第八辑

主编／王　欣　石　坚

四川大学出版社
SICHUAN UNIVERSITY PRESS

图书在版编目（CIP）数据

探索与批评. 第八辑 / 王欣，石坚主编. — 成都：
四川大学出版社，2023.6
ISBN 978-7-5690-6138-3

Ⅰ. ①探… Ⅱ. ①王… ②石… Ⅲ. ①外国文学－文
学研究－文集 Ⅳ. ① I106-53

中国国家版本馆 CIP 数据核字（2023）第 089171 号

书　　名：探索与批评 第八辑
　　　　　Tansuo yu Piping　Di-ba Ji
主　　编：王 欣　石 坚

选题策划：陈　蓉
责任编辑：陈　蓉
责任校对：张伊伊
装帧设计：墨创文化
责任印制：王　炜

出版发行：四川大学出版社有限责任公司
　　　　　地址：成都市一环路南一段 24 号（610065）
　　　　　电话：（028）85408311（发行部）、85400276（总编室）
　　　　　电子邮箱：scupress@vip.163.com
　　　　　网址：https://press.scu.edu.cn
印前制作：四川胜翔数码印务设计有限公司
印刷装订：四川煤田地质制图印务有限责任公司

成品尺寸：170mm×240mm
印　　张：12.25
插　　页：2
字　　数：242 千字

版　　次：2023 年 6 月 第 1 版
印　　次：2023 年 6 月 第 1 次印刷
定　　价：52.00 元

扫码获取数字资源

四川大学出版社
微信公众号

目 录

1

书　评

Contents

Interdisciplinary Studies

Book Review

广义叙述学研究 ● ● ● ● ●

"可视"与"可述"：从符号转换角度看电影叙述中的意义空间

文一茗

摘　要： 不同符号域之间的转换是否成功，最终要看两个文本对接受者所形成的认知冲击与意义效力是否等值。符号的转换或翻译所引发的，不只是文本交流方式的变形；文本意义的衍生，往往诞生于不同文本符号之间的转换与指涉。因为每一次符号意指过程都会形成不等值的翻译，导致自我认知可能的转变。本文基于上述符号叙述视角，辨析电影叙述如何以视听符号所组成的意义空间，尽量等值地转换文字文本中的单一符号，及由此为自我所带来的认知启发。

关键词： 符号转换　电影叙述　自我　文本意义

Visibility and Narratability: The Dimension of Meaning in Film Narrative from the Perspective of Sign Translation

Wen Yiming

Abstract: The most significant and shaping factor to a successful translation between two kinds of text is commonly agreed on as the equal impact upon receivers' emotional and cognitive approaches to the textual meaning. The transformation or translation of signs not only changes the ways of reception but more of one's reconstruction of the original text, therefore, begetting the possibly new dimension of textual meaning. Such view originates from the belief that translation of the original signs is impossible but fruitful, inviting one to reshape the original text. This paper revisits and offers a semiotic-narratological perspective to the much-discussed issue of the comparative study between the film text and the verbal text, exploring the new dimension of meaning during the process of translation.

Keywords: translation of signs; film narrative; the self; textual meaning

与文字叙述相比，影视叙述不只是一种背叛式的改编，而应当被理解为基于不同符号媒介的转向。符号的转换或翻译所引发的，也不只是文本交流方式的变形。通过诉诸不同认知符号抵达目的地时，等待我们的，或许是符号本身所无法言说的新兴领域。文本意义的衍生往往诞生于不同文本符号之间的转换与指涉。因为每一次符号意指过程（从符号到对象再到解释项）都会形成不等值的翻译，导致自我认知可能的转变。这既有可能导致原有的符号所指流失，也有可能为自我打开认知的另一扇窗户，引向新的未知领域。每个符号，都是思维理念的"影子的影子"；而每个符号在滑向下一个符号时，都会折射出与原初相去甚远的自我形象。每一次转换，都有意义延伸的可能。

由此看来，一个文本诉诸的符号媒介越多，符号域所涉越广，形成的意义转换空间就越大。如若同意这一说法，我们不妨进入文字文本与电影文本的比较。这次比较的着眼点并不在于此二者的发出与构建，而更多在于此二者在认知媒介及其对接收方式之影响的差异。

首先，就符号传媒的方式而言，传统意义上的文字文本可被理解为建立于单一符号（即文字）这一媒介的一种叙述，尽管文字可以被读者理解继而分化为视角、声音、感触等次生的二度示意符号（比如，我们可以专论小说《面纱》中的色彩意象）。与之相比，电影文本是典型的跨媒介叙述，它基于不同感知领域的符号共同支撑才能完成叙述；最基本的划分，有声音符号、影像符号、文字（台词）符号等。① 也就是说，作为一种视听文本（audio-

---

① 参见马睿、吴迎君《电影符号学教程》（重庆大学出版社，2016 年），该书认为一个电影文本中包含的符号叙述元素至少可分为影像（视觉符号如人物影像、实物影像、纯虚拟影像）、声音（听觉符号如音乐、声响、人声）以及语言（话语与文字符号）。

visual text)，电影的接收与理解取决于观众的视觉/听觉认知能力，即耳目同时向世界索取意义的能力。所以，在探索电影对文字文本的改编时，我们要考虑的是：单一的文字语言符号是如何尽量等值地转换为（尤以视觉为突出的）多媒介符号的？并且，如此路径的不同，是否会形成意义目的的差异？

正如任何翻译研究所示，不同符号域之间的转换是否成功，最终要看两个文本对接受者所形成的认知冲击与意义效力是否等值。其实，我们不难理解，文字叙述中的"视角"如何对应于电影文本中的镜头语法，以及镜头具备何等强大而隐形的叙述干预能力。作为隐蔽性十足的叙述者，电影镜头不仅可以自然而然地提供故事展开的叙述框架，并且可以让观众相信，其所允许的感知权限竟是理所当然的。

但若要探究此二者之间的转换原理，则需要进一步辨析文字（单符叙述）与电影（跨符号叙述）各自的优势，及其形成的不同认知捷径。或许，我们可以尝试着这样去理解：总体而言，文字叙述胜在对事物内部的隐喻再现，而电影叙述则胜在对"外部"提喻式的再现。

如果用一个图式概述文字叙述之于自我的符号化过程，应该是：

（再现的）思维观念—文字—（形成的）思维观念

贯穿始终的是自我的思维：通过隐喻提取意义的可能性。在神秘不可言说的思维领域与五官可感的形而下世界之间，抽象的文字符号是自我经过的中介。所以，抽象的文字在再现不可言说的内心世界或晦涩的思维领域方面，似乎具有一种天然的优势。比如，文字文本中十分自然的内心独白、自我分裂等，在转换为电影文本时，不得不求助于背景音乐、画外音（不惜以暴露叙述框架为代价）等跨媒介联合示意。

反过来，电影文本的接收方式典型地突出视觉，能够出色而自然地（所谓自然，即保持叙述框架在接收过程中的稳定性）完成对"外部"（即可视事物）的再现。

较为典型的如演员（包括其外形与演技诸方面）这一最为重要的影像符号。在电影摄制过程中，对人物的刻画必须通过将之"外在化"。即便是人物心理分析气息浓厚的叙述，也必须对其内在进行"外在化"处理，如演员表情微妙的面部特写——保证其依然直观可视。甚至，演员外形的可视性也成为观众进行意义构建的重要元素。比如电视剧 1987 年版《红楼梦》的观众，很难同等认可 2010 年版《红楼梦》中饰演林黛玉的演员。原因很简单，1987年版饰演者陈晓旭被认为不仅演技精湛，对原著中的角色再现拿捏有度，能够有效地转换文字叙述中的"灵性美"（《红楼梦》中有关林黛玉的外貌描述，往往是"闲静时如姣花照水，行动处似弱柳扶风"之类的"灵性神韵之美"，明显区别于再现薛宝钗时用的写实视角如"脸若银盆，眼如水杏"等）（文一茗，2011），其外形特征如瓜子脸、丹凤眼等，及其气质，也被观众自觉地补入了对文字叙述中该角色的意义还原之中。故此，大部分观众对 2010 年版剧作中的演员（圆润的脸形特征等）相当排斥，因为前者的外形特征（视觉元素）已经成为观众构建角色意义所指时不可或缺、已然固化的叙述元素。

除此以外，典型的符号转换还有对"场景"（setting）进行陌生化的再现，以及对时间（先后顺序，即抽象思维化）的并置（空间化，即视觉化）处理，如镜头内的蒙太奇手法，从而将相继展现的逻辑对象转换为空间中的视觉感知对象。如《指环王 3：王者归来》中罗汉国王率全族驰援白城之战的叙述，始于一个静止的全景镜头，"等待"罗汉全族军马驶入镜头框架，由此将之前影片叙述中的拟全知视角（电影文本的最高层叙述者，拟人格主体）切换为白城厮杀双方（刚铎战士与魔君戒灵）的混合视角，表现出援军抵达那刻带来的"叙述转折"之感；与此组镜头同步的背景音乐（*The Fields of the Pelennor* by Howard Shore）不同于一般战场叙述类似冲锋镜头常用的激昂愤慨，而以缓沉且坚实的曲风作为视觉影像的叙述支撑。B 站在线影院弹幕中，影迷们将这一组镜头叙述赞誉为"观影三小时只为此三分钟"。此处，可视的镜头叙述所指示的不只是看得见的移动影像，更有那看不见的、捕捉影像的思维。

由此，我们不妨将文字与电影叙述分别理解为意义的"内在化"与"外在化"文本，显然，这是就两者接收的方式而言。也就是说，叙述意义的内在或外在，在于文本被接收时所依赖的不同符号媒介。文字符号所开启的，是一场自我内在的抽象思维旅程；影像符号则力争将内在的抽象世界引向视听可触及的形象世界，并在从抽象转向形象的这一符号转换过程中，丰富自我对符号文本所指对象的认知。文字叙述是自我对世界的概念化还原（conceptual reduction），电影则意在获得一种体验式的再现（experiential representation），在具体的叙述布局中，可以体现为以下诸方面。

首先，是文字文本中角色内心的隐喻式还原 vs. 电影文本中的提喻式再现。用文字符号还原角色的内心，可谓以抽象替代抽象。然而，当我们合上一本书时，书中人物的内心世界对我们而言却可以做到实在可感。其中，最为根本的路径便是隐喻。作为自我最基本的思维方式（也可以说是符号最有效的属性），隐喻保证了自我认知能够由易入难。文字通过指向各种已然熟悉的概念（如听觉、视觉、嗅觉、触觉等），借由各种修辞（如常见的通感、起兴等），形成一张强大的意义辐射网络。济慈的名篇《夜莺颂》中，"黑暗"这一色彩意象被分别比拟为墨绿（verdurous glooms）、幽香（embalmed darkness）甚至死亡（Darkling）等概念。[①] 宋词《浣溪沙》中，秦观反向运用抽象之"愁"比拟具体之"烟"[②]，使叙述别开生面。

本身抽象的文字符号在表现角色隐蔽的内心时，其首要任务似乎并不在于"精准"，而是形成与角色内心情感效力相当的隐喻概念。

电影叙述的影像世界通过视觉框架所筛选的外在言行，为自我提供另一个关于人物内心的投影。无疑，我们在电影中所推导而得的角色内心，是基于被给予的视听符号（尤其是角色可见的外在言、行、神及配置的画外音、背景音等）。通常，这些直观可感的影像符号（如表情复杂微妙的脸部特写）以提喻的拟现实主义风格指向角色的内心。与文字叙述相比，这是一种由具体延伸至抽象，从有形把握无形的路径。

其次，是文字叙述对事件的概念化处理 vs. 电影叙述中的经验化处理。文字叙述在进入事件之前，就已经将之还原为某个事件前的概念。而电影叙述则体现出一种与之相反的方向，将关于事件的概念展开为流淌的经验。文字符号是对"事件"这一概念的收拢与凝缩，电影则是事件的展开。因为文字的本质是讲述（to tell），而电影的本质是模拟演绎（to demonstrate），这是两种不同的叙述模式。在其广义叙述分类中，赵毅衡曾将此二者的差异界定为：再现方式上是否为"现在进行时"——此刻发生，意义在场实现（赵毅衡，2013，p. 39）。由此生成的叙述动力是不同的。"此刻"的展开以及观者的体验性在场（而非事后的还原）是影视文本最基本的意向性。因为，从接收角度来看，演示类叙述有别于记录类叙述之处在于：记录类叙述所要求的接受者参与是在读者反应意义上的，其过程本身不要求读者参与；而演示类叙述所要求的观者参与，则在叙述展开过程（这一不可复制的"此刻"）中落实，至少是一种模拟正在进行的感觉（p. 44）。

由此，文字叙述重在"塑形"，电影叙述重在"体验"。文字叙述往往将

---

① 原文参见济慈《夜莺颂》第四、五、六节："save what from heaven is with the breezes blown/Through verdurous glooms and winding mossy ways." "But, in embalmed darkness, guess each sweet/wherewith the seasonable month endows", "Darkling I listen; and, for many a time/ I have been half in love with easeful Death".

② 原文为："漠漠轻寒上小楼，晓阴无赖似穷秋。淡烟流水画屏幽。自在飞花轻似梦，无边丝雨细如愁。宝帘闲挂小银钩。"

事件处理为一个概念；电影叙述则将事件转换为（对观者而言）棱角分明的在场体验。与之对应，文字叙述中的时间表现为事件之间的内在逻辑，而电影叙述中的时间则往往可以平面展开。所谓意义的内在化或外在化，皆是针对文本之于接受者的认知冲击效力。意义化即文本化。构建文本的不同符号让文字文本的接收方式始于抽象思维深处，电影文本则将之推入思维的诸种形象符号之中。

接下来，让我们以文本《朗读者》（Der Vorleser）为例，试着比较小说文本与电影文本所分别带来的"内在"叙述与"外在"叙述。无论从叙述形式还是所述内容来看，《朗读者》（本哈德·施林克，1997）小说原著都堪称一部典型意义上的"内在化"文本：用内心独白的回忆，揭开最隐蔽的一场自我对话。

在这场自我对话中，男主人公米夏·伯格徐徐开启年少时经历的一段离奇恋情的回忆：15岁的高中生米夏在放学回家的路上因身体不适倒在路边，从而结识了35岁的电车检票员汉娜·施米茨。在汉娜的帮助与护理之下，米夏恢复了体力，得以安全回家。但是，这次经历让米夏产生了某种神秘复杂的情怀，他在康复后找到了汉娜，与之发生了关系，两人逐渐形成一种奇特的幽会模式：阅读－做爱。就在即将被所在公司提升为电车司机时，汉娜神秘失踪。几年后，已成为法律专业实习生的米夏在审判纳粹集中营看守的法庭上再次遇见作为被告的汉娜。之前的谜团逐一得到了解答：汉娜并不识字。然而，羞于承认自己是文盲这一事实的汉娜（这也就是为何她着迷于米夏为其朗读书本，以及为何在被提拔晋升之际却选择辞职而浑浑噩噩加入纳粹党卫队，选择一份无需识字的工作——集中营看守）竟然放弃了最后一个有利于自己减刑的机会——笔迹鉴定。汉娜"承认"，死亡行军中导致三百多名犹太妇女被活活烧死的组织策划书是自己所写，因而被判处终身监禁。唯一知晓实情的米夏在"说"与"不说"之间纠结良久，最终选择顺从汉娜羞于承认自我这一本意，而保持了沉默。然而，米夏始终无法忘记汉娜和那段未竟的恋情，将自己朗读的声音录制下来，寄送给监狱中的汉娜，以一种特有的方式实现陪伴、鼓励及对话。近二十年后，汉娜即将出狱之际，米夏第一次探访了狱中已然苍老的她，并为之安排好出狱之后的住宿与工作。汉娜终究未能接受自己不识字的事实，也没有接受自己曾因不识字而卷入的屠杀，更无法面对知晓自己秘密的恋人米夏，在米夏准备接她出狱的前日，她选择了自杀。

小说在叙述者"我"与被述者"我"（即知晓真相与秘密经历）之间似乎

刻意拉开了距离。支撑小说叙述的与其说是对秘密的揭示，不如说是尝试着在揭示的过程中赋予秘密某种理解。恰如小说的开头，叙述者"我"追问自己为何如此伤感：

> 为什么当我回首往事时，总是这么伤感？这不是对昔日欢愉的强烈欲望，又是什么？说起来，那紧接下来的一个礼拜，对我才真是美事连连呢……难道是因为知晓后来会发生的事情吗？或者知道事情一直都在那儿等着，这一切才让我如此悲伤？

> 到底为什么呢？为什么那些本来是幸福的，却在追忆此情时一戳就碎，就因为其中隐藏着不可告人的真实吗？为什么两情相悦的伉俪岁月，一回忆起来味道就会变酸……对幸福而言，回忆有时并不始终保持忠诚，就因为结局无比痛苦。那么，难道只有终身厮守，永生永世，幸福才是无价之宝吗？只要事实当中始终都包孕着痛苦，尽管毫不觉察、茫然无知，也总会以痛苦告终吗？那么，什么又是毫不察觉、茫然无知的痛苦呢？（本哈德·施林克，2012，p.41）

小说中的叙述者"我"极力将汉娜不识字这一秘密的揭晓往后推延。在这种滞后揭晓的努力中，"我"的叙述融入汉娜的秘密之中，从而使"我"成为一个通过叙述而隐藏自我缺失的人。正如我们在前面部分所理解的那样，任何文本都会迂回地指向自我的某种缺失。在这个故事中，"文字"或者认识文字的能力（literacy）本身是一个极其意味深长的隐喻。它是个体与他人、世界的交流得以可能的共享元符号能力。面对这种符号能力的缺失，汉娜选择的是隐瞒。隐瞒，是第二个隐喻符号：汉娜所隐瞒的对象不只是真挚的恋人米夏，而是整个世界，如当初就职的公司甚至审判的法庭。将汉娜的隐瞒理解为自私或许过于简单，否则，汉娜不会宁可接受为此而付出的沉重代价——终身监禁。隐瞒，是对自我缺失这一真相最为决绝的不妥协。由此，小说出现了第三个隐喻，即汉娜的孤独：因不具备与世界共享元符号的能力以及对这一事实的隐瞒，而承受与世隔绝的孤独。无论汉娜进入他人或世界的路径行至何处，终归以一种绝情般的断绝与抽身戛然而止（这一形象贯穿于故事的始终，如汉娜行色匆匆地出现，形单影只的公寓，孤立无援的法庭辩护，以及最终悄无声息的终结）。

作为此秘密的见证者，叙述者"我"遭遇的或许是更深意义上的自我缺失，正如我们在相当多的文学作品中所看到的那样，往往那个退守旁观的人承载了最大的秘密和无奈。米夏始终无法释怀的是这段神秘而无果的恋情，其中，汉娜的无可替代更为这个"无果"结局赋予了悲剧的色彩。也就是说，"我"之所以不停地诉说，是因为无法接受这种残缺。这种残缺，在故事中也有其他层面的折射——如专攻法律的"我"所做的，竟然只能是见证法律在面对复杂人性时的无能。除此以外，更有卷入叙述回忆之流中真切感受到的软弱：

> 对我来说，审判不但没有了结，反而是刚刚开始。我本来只是一个旁观者，现在突然变成了一名参与者，一个游戏同伴，也是一名决策搭档。这个新角色不是我追求来的，也不是我选择得的。但是，这个角色就是为我拥有，不管我愿意与否，也不管我做什么，或干脆什么也不做。（本哈德·施林克，2012，p. 138）

同名改编电影《朗读者》（史蒂芬·戴德利，2008）以自己的方式在观影者处取得了另一种认可。电影叙述将小说叙述重心——秘密的阐释——转向了秘密的展示本身。首先，电影放弃了小说中发人深省的二我差叙述模式①，而是通过古典的隐形框架叙述，将有关秘密的一切不动声色地置于观众眼前，使之同步发生、同步体验。小说中叙述者兼人物"我"米夏"享有"认知高位②，在电影中被向下还原为只是一个人物而已。由此，将看与思考的权利转交给了观影者。的确，电影叙述就是要将文本还原为"看"出来的名堂。令人印象深刻的一例，是影片中经常出现米夏与汉娜前后并置的特写镜头，打破了小说中单向的视角（即叙述者"我"看汉娜的视角）格局。电影中的迈克尔·伯格（即原著中的米夏·伯格）既在看，同时也被看。由此，影片以不同于小说叙述的方式，让观众感受到每个涉入其中的自我之缺失。

比如小说中的叙述者"我"，经常靠回忆呼唤汉娜在场，并赋之以特写：

---

① "二我差"是赵毅衡提出的符号叙述学概念，即叙述者"我"，写人物"我"往日的故事，直到故事逐渐迫近叙述时刻。在这一刻发生之前，人物"我"和叙述者"我"会形成主体冲突。通常的叙述模式是，一个成熟的我，回忆少不更事的我，如何在人生风雨中经受历练，直到认知人生真谛。叙述过程就是人物赶上叙述者的过程，所以一般采用的是第一人称视角；并且，为了不使叙述显得过于老练，会采用部分自限而非全知的视角。参见赵毅衡《广义叙述学》（四川大学出版社，2013年）第三部分第一章第五节。

② 典型一例，叙述者"我"在回忆过去的经历时所介入的大段富于哲思的评论，如小说第21页关于行动与思维的关联，颇像哈姆雷特关于生死之抉择的内心独白："从往日行为中，我发现了一种漫长时间中的生命模式，按照这一模式，思想和行动要么一致，要么分离。我是这么想的，我如果得到了一个结论，并把这个结论转化成一项坚定的决定，那么我就会发现，如果按照这决定行事，后果会完全是另一码事。所以，看起来我应该按照决定行事，实际上却不能照章办理。在我生命的流程当中，有的事情不做决定，却去这么做了；有的事情做过决定，却不去那么做。这样的事情简直太多了。如果真出了事情的话，不管是什么事情，都会牵扯到行动。"

渐渐地，在我记忆中她那时的脸蛋上，覆盖重叠上了她后来的脸盘。而每当我希望把她重新呼唤到我眼前来，要看她当时是什么模样时，她虽然显现出来，却是一个没有脸的她了。于是，我只好自己重新描绘。她额头高高的，颧骨也高高的，眼睛浅蓝，下巴很有力的样子，嘴唇很丰满，轮廓是完美的曲线，没有一点棱角。一张典型女性的脸盘，开阔饱满而不轻易动容。我心里明白，我认为很美。但是，这种美却不能重新显形在我眼前（本哈德·施林克，2012，p.13）。

电影叙述处理的类似特写则为：迈克尔倚靠门栏，深情注视着因唱诗班吟诵而深受感动的汉娜，迈克尔那张爱意满满的脸也被赋予了一个特写。另一例，当审判长宣布汉娜将被处以终身监禁时，电影镜头在汉娜与迈克尔的脸部特写之间频繁切换。电影镜头所呈现的影像符号不同——一个是因痛苦而夺眶的热泪，一个是焦虑而干枯的双眼，尽管如此，它们却都指向相同的对象——绝望与孤独，从而使迈克尔与汉娜处于绝对同等的文本地位。

与文字叙述相比，电影叙述通过"看"的视觉化处理，将文字叙述中的"无法阅读"（文字叙述中汉娜的无法阅读与"我"的长篇沉思及学者式的追问形成鲜明对比，电影叙述充分发挥影视符号的可视性，将此叙述格局处理为对"看"的视觉化）处理为关于自我缺失的典型文本。汉娜至死不能面对自我，迈克尔沉重的回忆和无法释怀的感情以及对法律与人性之间灰色地带的无奈……每个涉入其中的人，都以自己的方式来逃避、应对这种缺失，直到慢慢学会将之纳为自我生命轨迹的一部分。这无不体现出从"可视"向"可思"的符号转换，这一转换本身便是意义可能拓展的空间。正如斯图亚特·麦克道格拉在其《电影制作》中总结所言：每一种艺术形式都有因其媒介而导致的独特性，电影制作者在将故事转换为电影之前，必须认清每一媒介的独特性。鲜有人能心甘情愿地接受生命中的那根刺，直到叙述的"我"在诉说中慢慢学会将之拾起。这或许更是电影改编想带给我们的启示。

进一步而言，每一种媒介的独特性，正是其所携带的媒介符号的具象化。如本文开篇所言，符号的转换或翻译不只是引发文本交流方式的变形，更是开启了新的认知可能性。叙述，为意义所牵引。作为出现相对较晚的第七艺术，电影开启了新的意义体验与生成空间，使我们将电影赞誉为"电影"。

引用文献：

施林克，本哈德（2012）. 朗读者（钱定平，译）. 南京：译林出版社.

马睿，吴迎君（2016）. 电影符号学教程. 重庆：重庆大学出版社.

文一茗（2011）.《红楼梦》叙述中的符号自我. 苏州：苏州大学出版社.

赵毅衡（2013）. 广义叙述学. 成都：四川大学出版社.

作者简介：

文一茗，四川外国语大学英语学院教授，研究领域为叙述学、符号学理论。

Author:

Wen Yiming, professor of School of English Studies, Sichuan International Studies University. Her research fields are Narratology and Semiotics.

Email：wyml023@163.com

《椭圆画像》中的语象叙事

张　旭

摘　要：《椭圆画像》是爱伦·坡的一篇经典的语象叙事作品，在其中作者为我们提供了关于语言与形象之间关系的全新理解：语言与形象以及自我与他者之间的关系不再是传统二元论意义上相互对立、相互冲突的关系，而是一种你中有我、我中有你的相互包容、相互依赖的关系。词语与形象之间的动态的、辩证统一的关系是我们理解小说本身的二元对立结构以及其中存在的多个二元对立关系的基础，包括艺术与现实、性别与权力等。与此同时，语象之间所具有的这样一种动态的互动关系则隐喻性地体现在小说所具有的复杂的叙述结构之中。

关键词：《椭圆画像》　语象叙事　叙述结构　艺术与现实　性别与权力

On Ekphrasis in "The Oval Portrait"

Zhang Xu

Abstract: "The Oval Portrait" is a classical Ekphrasis of Edgar Allan Poe in which the author provides us with a new understanding of the relationship between language and image: the relationship between language and image, and between self and other, is no longer one of opposition and conflict in the traditional dualistic sense, but one of mutual inclusion and interdependence. The dynamic and dialectical relationship between words and images is the basis for our understanding of the binary structure of the novel itself and the multiple binary oppositions that exist within it, including art and reality, gender and power, and so on. At the same time, such a dynamic interaction between words and images is metaphorically reflected in the complex narrative structure of the novel.

Keywords："The Oval Portrait"；Ekphrasis；the narrative structure；art and reality；gender and power

《椭圆画像》（"The Oval Portrait"，1845）是美国浪漫主义时期著名小说家、诗人和文学评论家埃德加·爱伦·坡（Edgar Allan Poe，1809—1849）的短篇小说，自发表以来就以其主题的丰富性与结构的复杂性而备受关注。王尔德（Oscar Wilde，1854—1900）就是受到《椭圆画像》的影响创作了长篇小说《道林·格雷的画像》（*The Picture of Dorian Gray*，1890）。《椭圆画像》也被认为是最具爱伦·坡风格特征的一部作品：对于人物无意识层面的探索、浓厚的象征主义色彩、一个漂亮女人死亡的主题、一口气能读完的篇幅，以及忧郁的、哥特式的小说背景与基调，所有这些无一不符合坡本人的创作哲学（Poe，1956b，pp. 452-463）。

如果恰如布鲁姆（Harold Bloom）所言"一切解读皆是误读"，那么我们可以看到在爱伦·坡的身上以及在他的作品上，这句话有着最好的体现。爱伦·坡对文学创作所秉持的是一种科学家或数学家的态度，为了达到美的效果，他对于作品中的每一个细节都有精准的把握。因此，在坡的作品中内容与形式不仅仅是不可分割的，而且两者共同形成了一个融贯统一的整体。批评家们长期以来对《椭圆画像》的分析也兼顾内容与形式两个方面：一方面是对于小说中重要的象征、意象以及人物心理等内容的关注，并联系坡的个人经历或者将其置于坡的全部作品之中对其主题进行解读与阐释[①]；另一方面是对小说复杂的形式与结构的聚焦，而基于形式与结构的分析进一步对小说的主题或作者的创作意图做出恰当的解读与阐释。虽然在具体的研究中存在对形式或内容分析的不同侧重，但是往往这两方面的探讨都是密切关联且相互交织的。

---

① 这方面的讨论大多散见于对爱伦·坡本人的创作思想的研究之中，而其中对于《椭圆画像》的探讨也往往仅作为一个例子；也有将其与同时代作家的其他类似主题的作品进行比较研究的尝试，参见 Patrick Quinn. *The French Face of Edgar Poe*. Carbondale：Southern Illinois University Press，1957；William L. Howarth, ed.. *Twentieth Century Interpretations of Poe's Tales：A Collection of Critical Essays*. Englewood Cliffs：Prentice-Hall，1971；D. M. McKeithan. "Poe and the Second Edition of Hawthorne's *Twice-Told Tales*". *The Nathaniel Hawthorne Journal*，No. 4，1974，pp. 257-269.

批评家们对《椭圆画像》内容的分析主要聚焦于爱伦·坡对小说先后发表的两个版本所做的修订。[①] 格罗斯首先注意到在第二次的修订版中，爱伦·坡删掉了渲染恐怖气氛的内容并减少了对叙述者意识的直接呈现。格罗斯认为这样的改动是为了保证作品"主题的连贯性与整体效果的统一性"（Gross，1959，p. 16）。因为这些哥特式元素与小说的主题表达无关，甚至有损小说整体的道德框架，这也是坡将小说标题由原本"激动人心的《死亡中诞生》（Life in Death）修改为不带感情色彩的《椭圆画像》的原因"（p. 19），而小说的道德主题则是坡在提醒读者不要过度沉湎于艺术而忽视了现实生活。很明显，在这里格罗斯对小说主题的解读只是对小说表面内容的直接接受。因此，汤普森完全反对格罗斯的观点并且认为：

> 对于粗心的读者而言，《椭圆画像》只是一个充满神秘色彩的哥特小说，目的是对艺术与人生的关系发表一通模棱两可的道德说教；而对于细心的读者而言，它则是一篇复杂的具有多重含义的反讽性故事，并且其中不存在任何生硬的道德说教而是设计了许多隐秘的推理线索，而这些线索最终指向一场典型的爱伦·坡式的骗局。（Thompson，1973，pp. 132－137）

在汤普森看来《椭圆画像》主要是一部心理小说（psychological tale），而其所聚焦的恰恰是叙述者的"不安的想象力"（disturbed imagination）。因此整篇小说都是对不可靠叙述者（unreliable narrator）的心理的呈现，而解读故事的关键在于透过小说表面的显性含义而厘清小说中多个隐含故事及各个故事框架之间的关系。因为很明显，《椭圆画像》是一个典型的多重故事互相嵌套的文本。尽管汤普森对《椭圆画像》作为一篇心理小说的定义并没有吸引到多少追随者，但是其对小说的形式与结构方面的分析产生了深远的影响。在汤普森之后，更多的批评家开始关注小说看似简单实则复杂的形式与结构。

石里克首先受到汤普森对《椭圆画像》叙述结构的解读的影响，开始关注小说的虚构空间所具有的同心圆式的几何结构，并且认为这样一种几何结构是理解小说主题的关键，而这很可能是坡在印度教"曼荼罗"（mandala，或译为"神圣圆轮"）的影响下而获得的启发。这样一种精心设计的同心圆式

---

① 《椭圆画像》最初于 1842 年以《死亡中诞生》（"Life in Death"）为题发表于《格拉汉姆杂志》（Graham's Magazine），而作者修改之后的最终版本于 1845 年重新发表在《百老汇日报》（Broadway Journal）。

的结构并非静止的而是动态的：一方面读者的意识会跟随叙述者的意识从"古堡、角楼，到画像、笔记中的注释，直至移动到最后画像中年轻女性的眼眸"，而这样一种连续的向心运动实际上是一种向灵魂深处的探索，但是探索的尽头却只能发现一片"虚无"（Nothingness）；另一方面，画像中年轻女性的眼眸中所具有的神秘力量同时作为支撑整个故事存在的力量来源，暗示了一种相反的运动，即"对肉体的完全摆脱而走向一种纯粹精神的存在"（Scheick，1978，pp. 6－8）。这样一种同心圆式的结构以及其中具有的相互冲突的两种力量所产生的张力，很好地体现了爱伦·坡本人的艺术哲学，即艺术所具有的"毁灭性超越"（destructive transcendence）的特质。莫兰热则进一步发掘《椭圆画像》中嵌套结构及其间的平行关系，并且指出小说中两个主要的平行结构，即艺术家与其妻子的关系以及小说作者与叙述者的关系实际上是互相映射、互为对照的，而这些平行关系中所涉及的"叙述者、画像、艺术家以及作者"等多个身份，事实上都是爱伦·坡本人无意识心理的投影。莫兰热最后论证道，小说所蕴含的艺术与人生的辩证关系实际上是爱伦·坡幼年丧母所受到的心理创伤的变体："尽管坡希望相信所有的一切都是相关包含的，但是其内心深处却清楚地知道他的生存与创作是以另一个人的死亡与消失为代价的。"（Mollinger，1979，pp. 147－153）

除了对《椭圆画像》形式与结构的关注，批评家们还关注小说中的吸血鬼主题（vampirism）以及性别与权力的关系，但是对于这方面的研究也很明显地无法离开对小说形式与结构的讨论。特威切尔将《椭圆画像》置于吸血鬼主题（vampirism）的传统之中进行考察，并且指出《椭圆画像》与霍桑（Nathaniel Hawthorne）的《美之艺术家》（"The Artist of the Beautiful"）有着明显一致的主题："一个艺术家创作的生命力是以汲取其所爱之人的生命为代价的。"（Twitchell，1977，pp. 387－388）特威切尔从这一角度出发重新将《椭圆画像》放回坡的全部作品之中，发现从坡早期的作品到其最后的巅峰之作《厄舍古屋的倒塌》（"The Fall of the House of Usher"），有一条清晰的、持续关注和发展吸血鬼主题的线索，而吸血鬼主题的实质就是对爱或者艺术创作所具有的毁灭性与破坏性特质的强调。但是这样的解读很明显只关注了小说的最后三分之一部分，并且完全将叙述者贬低至辅助与次要的地位："《椭圆画像》中的叙述者只是一个无足轻重的角色，他只是为了画家的出场而做的铺垫。"（p. 393）① 科特则注意到在这样一种吸血鬼主题的传统之中同时蕴含着性别与权力的关系问题，而后者很可能才是问题的关键所在。从这样一个角度出发，科特发现《椭圆画像》实际上是"坡对于西方长久以来将对死亡与虚无的恐惧投射到女性形象上这一传统的批判，但是从小说的前后两个版本的对比中却可以看出，坡也并没有完全脱离这一传统的影响"（Kot，1995，pp. 1−6）。

乍看起来，对于《椭圆画像》的探讨至此似乎已经涵盖了小说形式与内容的方方面面，但是有一个重要的事实却被忽略了，即《椭圆画像》从根本上而言明显是一篇语象叙事，并且是坡所有作品中最典型的一篇探讨词语与形象的关系的作品。② 因此，《椭圆画像》本身的二元对立结构以及其中存在的多个二元对立关系，包括性别、艺术与现实、物质与精神等，都源自词语与形象之间的辩证关系；换言之，词语与形象之间的动态的、辩证统一的关系是我们理解小说中其他二元对立关系的钥匙，并且也是理解小说的复杂形式与多元主题的关键。

一、语象叙事

卡宁汉姆在其文章的开篇就宣称："离开语象叙事（Ekphrasis），整个文学传统（从古希腊至今）都是不可想象的。"（Cunningham，2007，p. 57）这一宣称所基于的事实就在于文学作品中随处可见的对艺术品进行描写的现象：诗人可能用整首诗来描写一件艺术品，小说的叙述者可以随时停下来将人物和读者的目光暂时聚焦在对某件物品的描写之上。语象叙事最早的也是最经典的例子就是《荷马史诗》中对于阿喀琉斯之盾（Achilles' shield）的描写，而自古希腊以来，语象叙事这一概念的内涵与外延也经历了多次变化：

> 在古希腊−罗马时期，语象叙事指任何对视觉现象的语言描述，它

---

① 但是，这样的分析很明显是对小说形式的忽略，而形式与内容是一个有机的整体，对任何一方面的忽略都会有损于主题阐释的有效性。与吸血鬼主题类似的研究还将小说置于哥特小说的传统中加以考察的尝试，参见 Maria Antónia Lima. "Poe and Gothic Creativity". *The Edgar Allan Poe Review*，vol. 11，no. 1，2010，pp. 22−30；以及对于小说的女性死亡主题的关注，参见 Jenny Webb. "Fantastic Desire：Poe, Calvino, and the Dying Woman". *The Comparatist*，vol. 35，2011，pp. 211−220.

② 随着视觉文化的崛起与图像转向的出现，爱伦·坡作品也开始作为语象叙事逐渐得到学界的广泛关注，参见 Theodore Ziolkowski. *Disenchanted Images：A Literary Iconology*. Princeton：Princeton University Press，1977；以及 Tony Magistrale and Jessica Slayton. *The Great Illustrators of Edgar Allan Poe*. London：Anthem Press，2021.

使"所描绘的内容生动地呈现在人们的眼前"。当代批评理论把语象叙事定义为"对真实的或者想象的视觉艺术作品的文学性描写"或者"对视觉再现的文字再现"。……在文化转向和图像转向的背景中……语象叙事涉及到文学、修辞学、图像学……等各种视觉文化形式，具有跨艺术、跨媒介和跨学科研究的特征，其最核心的问题是词语与意象的关系。（王安、程锡麟，2016，p.78）

因此，语象叙事可以广义地理解为关于意象或形象的话语（words about images），而对语象叙事含义的阐释则往往必须诉诸其所出现的具体语境。但是，其核心无论如何都是"'再现的再现'，而这一点也是大多数学者的共识"（王安、程锡麟，2016，p.81）。然而，这一定义本身仍然具有很强的模糊性，并且围绕这一术语也依然存在很大的争议，因此在具体应用这一概念之前，"必须尝试着为其划定某个较为明晰的理论边框，否则建立在这一概念基础上的其他分析便成为无源之水、无根之木"（p.83）。

既然语象叙事被视为词语与意象之间的关系或是"再现的再现"，那么对于再现的认定，即对意象与现实之间关系的把握，就成为一切讨论的基础。卡宁汉姆在文章中讨论的就是意象与现实之间存在的经验主义与后现代主义相互冲突的关系，以及由此导致的语象叙事这一概念的内在的二元冲突倾向。当然了，这两种相互冲突的关系也是在语象叙事的历史发展之中相继出现的。

首先是经验主义的再现观以及由此为语象叙事带来的一种"现实的效果"：

> 这些文本中所呈现或者描绘的绘画、挂毯或者其他任何审美对象，提供了罗兰·巴尔特（Roland Barthes）所说的"现实的效果"（the effect of the real），这种现实的效果是写作永远无法像绘画那样以一种更确实的风格达到的效果，而将绘画或者其他物品作为写作的主题或者对象，实际上是通过代理的方式来宣称写作的在场、现实与真理（the presence，reality，truth）。（Cunningham，2007，p.62）

这种经验主义的再现观所遵从的明显是一种艺术的模仿论，即艺术是对现实的模仿或对真理的"复制"（copy）。然而，这样一种观念的成立是以完全忽视艺术家或者创作者本人的主体性与创造性为代价的。因此，后现代主义的再现观似乎更符合事实："图画不过是形式与颜色。……我们所读的以及叙述者正在读的，实际上只是人工制品（artifice）。"（p.67）后现代主义的再现观开始关注意象所具有的建构性本质：艺术与其说是对现实的客观模仿，不如说是艺术家本人对现实的主观加工与创造。因而，语象叙事已经无法达成其一直所追求的"现实的效果"，或者至少，这样一种现实不是客观的，而更多的是主观的现实。

这样一种后现代主义的再现观实际上在爱伦·坡所处的美国浪漫主义时期就已经开始出现，并且坡不仅对这一种理论倾向有很明显的意识，还有意地推动了这一观念的形成。"自然"（nature）一直以来都是美国文学关注的主要对象，而在浪漫主义时期"美国作家对自然的严格的考察使得自然世界越来越带有人类的色彩"（Gooder，1987，p. 111），换句话说，文学作品中对客观的自然世界的再现只不过是作者本人主观的内心世界的投影。但是这样一种对客观性的抛弃也同时催生了一种恐惧的情绪，也就是对"无意义"（meaninglessness）与"空虚"（emptiness）的恐惧。因此，在这样一种恐惧情绪的影响之下，语象叙事没有完全抛弃其所具有的指示的稳定器（deictic stabilizer）功能，这在与坡同时期的霍桑与梅尔维尔（Herman Melville）等作家的作品中有着最清晰的体现。但是与此相反，坡"完全放弃了在艺术作品中为现实性效果寻找固定支点的尝试，并将自己完全投入到对主体性（subjectivity）的探索之中"（p. 112）。因而，坡的作品向来都被认为是对个人内在的精神生活与心灵生活的纯粹直观呈现，但是显然，这并非事实的全貌。

坡的创作哲学所反映的是两个方面：在消极方面，坡是为了反抗当时美国社会上弥漫的陈腐的与压抑人性的社会改革与宗教变革的观念；在积极方面，坡是为了文学自身的独立自主性而战斗，他试图将所有非文学思想排除在文学领域之外的努力，实际上反映的是他自身所追求的"一种关于'纯'诗的形而上学的理想，一种关于诗歌和小说整体效果的美学理想"（埃利奥特，1994，p. 221）。坡践行这一理想的决心与实际行动毫无疑问是值得敬佩的，但是就其作为"理想"而言则是无法实现的，或者至少在现实世界中不存在这样一种纯粹的空间可以让它实现。因为，艺术创作所依赖的看似纯净的媒介，也就是词语或者形象，都不可以避免因为社会性存在的本质而具有意识形态的特征。关于这一点，米切尔（W. J. T. Mitchell）在《语象叙事与他者》一文中有着清楚的阐释，并且词语与形象的关系在米切尔看来也不过是一种自我与他者的关系，而这样一种关系普遍地存在于阶级关系、性别关系与种族关系之中。

因此，一方面《椭圆画像》作为一篇典型的语象叙事、作为对词语与形象关系的一次探索，呈现的是一种动态的、辩证的、交互关联的词象关系；

另一方面，从语象叙事这一理论视角出发，对小说中语象关系的梳理实际上可以更好地帮助我们把握小说中存在的艺术与人生、性别与权力、物质与精神等其他二元关系，并对小说的主题做出更加完善与更加系统化的阐释，且以语象叙事为核心可以更好地将小说的内容和形式融合为一个和谐的整体。

二、叙述结构与语象叙事

米切尔在《语象叙事与他者》一文中总结了语象叙事认知发展的三个阶段或三个时刻（three phases or moments）。第一个阶段米切尔称之为"语象叙事的冷漠"（ekphrastic indifference），也就是说语象叙事是不可能的："这一种不可能性是指不同的媒介都具有其本质的与内在的特征，并且都有其所适用的感知方式。"（Mitchell，1992，p. 696）第二个阶段是"语象叙事的希望"（ekphrastic hope），在这一阶段"语象叙事的不可能性在想象或隐喻中被克服了"（p. 697），也就是说可以达成一种"诗如画与画如诗"的效果。然而，认知发展到第三阶段"语象叙事的恐慌"（ekphrastic fear），实际上就走向对前一个阶段的一种反作用：对于"视觉再现与文字再现之间区别的瓦解以及修辞性的与想象性的语象叙事的真正实现"（p. 697）的恐惧。王安指出文字与意象应处于一种动态的关系，换言之，应处于一种介于"希望"与"恐惧"的中间状态："'语象叙事的希望'使文字再现意象失去了限定，有将文字与意象同一化的危险，因此需时刻保持警惕，使文字与意象之间保持竞争与沟通的张力关系"（王安、程锡麟，2016，p. 82）。米切尔对于语象叙事认知发展的三个阶段的总结与阐述，实际上为语象叙事的具体应用做好了理论上的准备。

在《椭圆画像》中叙述者对语象叙事的认识也很明显地经历了冷漠、希望与恐慌这三个阶段，而最终对于语象叙事的动态关系的把握实际上蕴含于小说动态的叙述结构之中。《椭圆画像》的叙述结构可以分为三个层次，由内及外分别为：嵌入故事层（embedded story）、框架故事层（frame story）和整体结构（the whole），在这三个层次的关系呈现为一种动态的、螺旋上升的形式。大部分批评家对于小说的分析与解读主要聚焦于小说的嵌入故事层，也就是小说最后一部分引用的一本笔记中关于椭圆画像的品评与描述的文字。这里所记载的是一位画家沉湎于艺术而忽略了同样美丽动人的妻子。有一次他为妻子画肖像，一连画了几个星期："画家以绘画为荣，一小时接着一小时，一天接着一天，他的画笔片刻不停。"①（Poe，1956a，p. 173）。画家一直沉浸在他的绘画创作之中，并没有注意到妻子的精神与健康在不断枯萎。当最终画像完成之时，画像中的妻子仿佛真人一样跃然而出："画家立于画前，为自己的创作所倾倒。可接下来，凝视的他不安起来，面色骤然煞白，发出令人毛骨悚然的叫声：'这就是生命！'"（Poe，1956a，p. 174）画家在转身看到妻子的时候，发现她已经死了，没有了呼吸。

在这个嵌入故事之中，很明显，爱伦·坡为我们呈现的是艺术与现实之间的关系，其所要表达的核心思想也与大多数批评家的解读一致，是艺术与现实之间相互对立甚至相互敌对的关系：艺术的创造是以现实的毁灭为代价的。因此，艺术的过程既是一个创造的过程，也是一个毁灭的过程。但是，对小说的这样一种解读忽略了两个很重要的方面：第一，这只是对小说中的一个层次的解读，而小说是一个有机整体，对部分的解读相对整体而言是不完整的；第二，这样的解读很明显地受到了传统的二元对立观念的限制，而这样一种阐释框架表面上的明晰性实则是以牺牲大量文本细节为代价的。因此，这一部分所表达的艺术与现实的关系事实上是语象叙事的一种变体。

从语象叙事的理论视角出发，我们首先可以看到嵌入故事中的画家在精神上经历了类似于从"语象叙事的冷漠、希望到恐慌"的发展变化。当画家进行画像创作的时候，他所处的对于艺术神迷的状态使他充满了一种艺术可以完美地再现现实的希望，而当画像完成时，似乎这一希望已经变成了现实：画像中的妻子如现实中的妻子一样，甚至比现实中的妻子更加真实。然而，这一种真实的感觉却很快转变为一种恐惧的情绪，而画家最后的叫喊"这就是生命！"也是用一种令人毛骨悚然的声音发出的。在这里，叙述者和读者在阅读这一故事的过程中也随画家一同经历了从希望到恐惧这一意识上的转变，而冷漠则很明显是叙述者和读者在阅读这篇故事之前所秉持的态度。但是，无论是语象叙事的希望还是恐慌，都不是作者真正想要表达的主题，因为无论从小说的细节还是从整体的结构来看，词语与形象的动态的、辩证的、互相包容的关系才是小说的真正主题。

在嵌入故事之中，艺术与现实的关系也并非此前批评家们所认为的相互对立、冲突的关系，而是相互依存、相互包容的关系。当画家忘情于绘画创作的时候，有一个重要的细节他没有注意到，聚焦于画家意识的读者也因为

---

① 小说的中文译文参考了杨建国的翻译，参见彼得·巴里《理论入门：文学与文化理论导论》（杨建国译，南京大学出版社，2014 年）附录，第 314—317 页。

视野的限制而倾向于忽略这一事实："他（画家）没有看到他在画布上所渲染的色彩是从坐在他身旁的她（妻子）的脸颊上提取下来的。"（p. 174）无论这是一种隐喻式的表达还是实际所发生的事情，其含义都是艺术作品存在所依赖的物质基础来自现实生活，而一件艺术作品就像一个真实的人一样，物质层面的消亡必然导致精神层面的消解。这一点在小说的框架故事层也有着同样的体现。

小说的叙述者也是小说的主角，一位刚刚脱离战场、身负重伤的军官，他和他的仆从误打误撞闯进了一座废弃的庄园，而在其中一个偏僻的角楼里，军官发现了大量的画作和一本描述与品评这些画作的笔记，椭圆画像正是众多画作中的一幅。军官重伤的身躯已经使得他的精神极度萎靡，而他此时的状态和隐藏在角落中的椭圆画像是相同的，两者都面临着即将从这世间消失的危险。实际上，爱伦·坡在负伤的军官与尘封的画像之间建立了一种神秘的关联，两者的命运似乎被捆绑在了一起。因此，当军官为了让照在笔记上的烛光更亮些而移动烛台的时候，蜡烛的光线却无意中照亮了深陷于黑暗之中的椭圆画像。然而，当军官看到画像时，他的目光却再也离不开了："定睛望去，我（军官）再也不能，也不愿怀疑。烛光一照亮画面，就驱散了悄悄聚集于感官之上的沉沉睡意，瞬间把我带回到清醒之中。"（p. 172）在这里，我们已经可以很清楚地看到画像与军官之间存在一种同一性（identity），因为烛光在驱散笼罩画像上的黑暗之时，也就驱散了聚集于军官感官之上的沉沉睡意：画像的重见光明所引发的是军官精神上的振奋。

事实上，军官与画像之间的关系也是语象叙事的一种变形，而军官作为认知主体与作为认知客体的画像之间存在的这样一种内在的同一关系，暗示了词语与形象之间的互相包含与互相依存。实际上，军官在观看椭圆画像的过程中也经历了类似于从"语象叙事的冷漠、希望到恐惧"的过程。首先军官注意到这幅年轻女士的画像是用"晕笔法"画成的，以及椭圆形的画框和画框上用金丝勾勒的精巧的摩尔图案，这一切都在提醒军官这只是一幅画。但是恍惚之间，他却将画中的形象当成了真人："我感到，这幅画的魅力简直就和真人一模一样，开始时惊艳，最终令人迷惘、挫伤、恐惧。"（p. 173）在这里，军官的意识变化简直和嵌入故事中的画家的意识变化如出一辙。但是，与画家不同的是，军官接下来读到了这一篇嵌入故事。

因此，《椭圆画像》是一篇具有明显的自反性（self-reflectivity）的小说。作为小说叙述者的身受重伤的军官在读完这篇嵌入故事时，一定清楚地认识到了：自己就像画家的妻子，自己讲述故事的声音就像画家的妻子脸颊上被取走的色彩，自己和画家的妻子一样是在以自己的生命为代价来完成一件艺术作品。因此，小说最终完成的时刻，也同样是叙述者本人死亡的时刻。而爱伦·坡作为故事真正的作者，一方面犹如画家一样，亲身参与了这一过程；另一方面，他作为一种超然的存在，又有能力通过反思达成一种真正的理解。因此，从小说的嵌入故事层，到框架故事层，再到最终的整体结构，很明显地存在着一个螺旋的上升模式，而此间的上升是指意识层面不断地达到的更加深入与更加透彻的境界。通过小说各层结构之间所存在的相互包含、相互依赖的关系，以及其间所存在的往复循环、永无止境的运动，爱伦·坡实际上所要传达的是词语与形象之间的同样的关系，因为小说的标题《椭圆画像》本身即已暗示了这一含义。此外，对于语象叙事的这一深刻且全面的理解可以帮助我们更好地掌握由此而生发出来的性别与权力以及其他二元对立概念之间的关系。

三、从吸血鬼到美杜莎

《椭圆画像》中几乎没有任何人物的外在行动，整篇故事基本上都是由叙述者的视觉移动和由此引发的心理活动构成的。在框架故事层，叙述者只是在不断地观看画像、阅读笔记，而在嵌入故事层，其中的画家也是在不断地观看与绘画。因此在叙述者与画像以及画家与其妻子之间存在相对应的凝视与被凝视的关系，很明显，凝视并不是一种单纯的观看，而是蕴含着权力关系与意识形态的内容："凝视（gaze）是携带着权力运作或者欲望纠结的观看方法。"（陈榕，2006，p. 349）因此，《椭圆画像》很明显地处于以理性主义为特征的视觉中心主义西方传统之中，而其所呈现的观看过程实则是一种将主体客体化、将自我他者化的凝视机制。前文已经提到，批评家们已经逐渐注意到《椭圆画像》中批判这一视觉中心主义传统的倾向，而他们的研究所依据的主要是吸血鬼这一意象，但是这一意象本身作为这一传统的产物是无力达成对于这一传统真正的批判与颠覆效果的。然而，从语象叙事的理论视角来看，与其将《椭圆画像》中的男性角色视为吸血鬼，不如将其中的女性形象看作美杜莎（Medusa），这样不仅更接近小说真实的主题，而且可以对性别与权力之间的关系达到一种更深入、全面的理解。

因此，对于性别与权力之间关系的主题，《椭圆画像》很明显是一篇美杜莎式的语象叙事：

> "美杜莎式的语象叙事"是赫弗南、斯科特和米切尔等人所定义的那种作为男性的语言担心作为女性的图像剥夺了其声音与权威的，将图像

视为妖女美杜莎的语象叙事，其中又内在地包含由美杜莎的凝视而产生的颠覆性力量。男性的语言一面痴迷于图像，一面又担心被图像褫夺权力而失声，米切尔将这种文字对图像的矛盾情结称为语象叙事的"美杜莎的效果"。（王安，2020，p. 210）①

在《椭圆画像》的嵌入故事层、框架故事层以及整体结构这三个层面中都可以看到这种语象叙事的"美杜莎的效果"。首先是在嵌入故事层，这种效果主要体现在画家与其妻子之间的关系中。画家为其妻子创作肖像画实际上就是将其妻子客体化与他者化的一个过程，而以往批评家们通常将这一行为解读为典型的吸血鬼意象，这也就意味着画像最终的完成与妻子的死亡代表着这一客体化过程的完结与最终的胜利。然而，这明显与小说情节不符，因为在上一节中我们已经看到，画像这一象征着绝对客体的存在仿佛拥有了自己的生命，并且让画家陷入了一种深深的恐惧。因此，最终画像完成的时刻所出现的恰恰是与此前相反的客体化过程，而画像中的女性则成为凝视的主体。此外，此中所涉及的艺术与现实的关系也可以从这一角度进行更好的解读。画家对其妻子进行客体化的过程所暗含的是艺术对现实的客体化过程。但是这一过程所达成的最终结果却是艺术好似现实一样，而艺术这一原本的主体在最后就转化为一种客体的存在。这其中明显存在一个悖论，这一悖论是二元对立逻辑关系的必然产物，然而，在艺术作品之中，主体与客体之间不存在截然的对立与区分，而是一种相互依存与相互包容的关系。这一点在小说的框架故事层中的语象叙事中有着更清晰的体现。

在小说的框架故事层中，小说的叙述者也体验到了这样一种美杜莎式的效果。叙述者对椭圆画像的观赏实际上就是一个客体化和他者化的凝视过程，而时常出现的把画像当成真人的错觉则明显是由美杜莎的凝视而产生的颠覆性力量所造成的结果。并且作者所提示我们的画像与叙述者之间存在的同一性，实际上是在暗示主体与客体以及自我与他者之间的同一性：他者并不是别的什么东西，而只是另一个自我，因而他者与自我是相互包含的、相互定义的。但是叙述者刚开始没有认识到这一点，因此他转而诉诸笔记中关于画像的叙述，并希望通过文字的力量重新将画像他者化与客体化。然而，这一希望注定是要落空的，因为这一篇叙述所讲述的恰恰就是一次试图将女性他

---

① 此外，王安对于《洛丽塔》中的美杜莎式语象叙事的分析为本文第三部分的研究提供了很好的思路和范例，详见《〈洛丽塔〉中的美杜莎式语象叙事》（《探索与批评》，2021年第4辑，第1—15页）。

者化而失败的故事。因此，《椭圆画像》的嵌入故事层与框架故事层之间形成了一个互相映射、互为参照且相互阐释的动态体系，并且这一体系并非封闭而是开放的。

《椭圆画像》中各个故事层次之间存在着明显的循环，这一循环不断地螺旋上升。因此，如果说在嵌入故事的结尾，画家因为这一客体化尝试的失败以及美杜莎式的凝视而陷入了深深的恐惧无法自拔的话，那么处于框架故事层的叙述者则一定能认识到自己处于类似的处境之中，并且这样的认识可给予他走出这一恐惧的可能。小说的作者爱伦·坡很明显对这一过程有着清晰的认识，小说修订后的标题《椭圆画像》已经清楚地表明这是一篇语象叙事："语象叙事的文学作品是一种文字与其意义的他者相遇的体裁，其核心目标是'克服他者性'，这些他者是语言的竞争对手，是外来的图像、造型等视觉空间艺术。"（王安、栗锡麟，2016，p.82）在这种意义上，《椭圆画像》这篇作品为我们提示的是一条超越语象叙事的希望和恐慌的道路，认识到文字与形象之间本质上的相互包含与相互依存的关系，而这样一种关系也同样存在于性别关系、艺术与现实之间的关系以及其他的二元对立的关系之中。

结　语

《椭圆画像》是爱伦·坡的一篇经典的语象叙事作品。小说通过对词语与形象之间关系的探索，为我们提供了关于自我以及自我与他者关系的全新理解：词语与形象以及自我与他者不再是传统二元论意义上相互对立、相互冲突的关系，而处于一种你中有我、我中有你的相互包容、相互依赖的关系之中。与此同时，语象之间这种互动的、辩证统一的关系也是我们理解包括性别关系、艺术与现实之间的关系等其他二元对立关系的钥匙，而这样一种理解隐喻性地体现在小说所具有的复杂的空间形式与叙述结构之中。小说中各个叙述层次之间所具有的螺旋上升的关系，一方面是爱伦·坡本人的文学创作整体观的美学思想的体现——其将小说的内容与形式融合为一个统一和谐的整体，以便产生一种连贯的美的效果；另一方面，这也是作者对语言与形象之间关系的空间性的隐喻表达——各个叙述层次之间存在的相互映射、相互参照与相互包含的关系实际上代表着语言与形象之间的本质关系。

引用文献：

埃利奥特，埃默里（1994）．哥伦比亚美国文学史（朱通伯，等译）．成都：四川辞书出版社．

陈榕（2006）．凝视//西方文论关键词（赵一凡，主编）．北京：外语教学与研究出版社．

王安（2020）．美杜莎式语象叙事、性别政治与再现的困境．符号与传媒，1，206－221．

王安（2021）．《洛丽塔》中的美杜莎式语象叙事．探索与批评，4，1－15．

王安，程锡麟（2016）．西方文论关键词：语象叙事．外国文学，4，77－87．

Cunningham, V. (2007). Why Ekphrasis? *Classical Philology*, 102 (1) (Special Issues on Ekphrasis), 57－71.

Gooder, R. D. (1987). Edgar Allan Poe: The Meaning of Style. *The Cambridge Quarterly*, 16 (2), 110－123.

Gross, S. L. (1959). Poe's Revision of "The Oval Portrait". *Modern Language Notes*, 74(1), 16－20.

Howarth, W. L. (1971). *Twentieth Century Interpretations of Poe's Tales: A Collection of Critical Essays*. Englewood Cliffs: Prentice-Hall.

Kot, P. (1995). Painful Erasures: Excising the Wild Eye from "The Oval Portrait". *Poe Studies/Dark Romanticism*, 28(1/2), 1－6.

Lima, M. A. (2010). Poe and Gothic Creativity. *The Edgar Allan Poe Review*, 11(1), 22－30.

Magistrale, T. and Slayton, J. (2021). *The Great Illustrators of Edgar Allan Poe*. London: Anthem Press.

McKeithan, D. M. (1974). Poe and the Second Edition of Hawthorne's *Twice-Told Tales*. *The Nathaniel Hawthorne Journal*, 4, 257－269.

Mitchell, W. J. T. (1992). Ekphrasis and the Other. *South Atlantic Quarterly*, 91 (3), 695－719.

Mollinger, R. N. (1979). Edgar Allan Poe's "The Oval Portrait": Fusion of Multiple Identities. *American Imago*, 36(2), 147－153.

Poe, E. A. (1956a). The Oval Portrait. *Selected Writings of Edgar Allan Poe*. Ed. Edward H. Davidson. Boston: Houghton Mifflin Company.

Poe, E. A. (1956b). The Philosophy of Composition. *Selected Writings of Edgar Allan Poe*. Ed. Edward H. Davidson. Boston: Houghton Mifflin Company.

Quinn, p. (1957). *The French Face of Edgar Poe*. Carbondale: Southern Illinois University Press.

Scheick, W. J. (1978). The Geometric Structure of Poe's "The Oval Portrait". *Poe Studies* (1971－1985), 11(1), 6－8.

Thompson, G. R. (1973). *Poe's Fiction: Romantic Irony in the Gothic Tales*. Madison:

University of Wisconsin Press.

Twitchell, J. (1977). Poe's "The Oval Portrait" and the Vampire Motif. *Studies in Short Fiction*, 14(4), 387-393.

Webb, J. (2011). Fantastic Desire: Poe, Calvino, and the Dying Woman. *The Comparatist*, 35, 211-220.

Ziolkowski, T. (1977). *Disenchanted Images: A Literary Iconology*. Princeton: Princeton University Press.

作者简介：

张旭，四川大学外国语学院博士研究生，主要研究方向为英美文学和文学理论。

Author：

Zhang Xu, Ph. D. candidate of College of Foreign Languages and Cultures, Sichuan University. His research fields are English and American literature and literary theory.

Email：saulzx2018@163.com

文类研究 ● ● ● ● ●

边界·特质·功用：科幻文类探赜①

郭 伟

摘　要：科幻是一种具有自身传统和惯例而又边界模糊的文学类型，同时也是一种独特的文学手段，见于各式文学作品。科幻着力呈现现状之外的种种可能性，其想象力并不依附科学话语，而是与科学相关或相似。科幻不负责普及科学、预言未来，却擅长进行深刻的思想实验。当然，作为文学，它与现实世界的关系乃平行而非交叠。正因将想象力发挥到极致，科幻步入了文学虚构之腹地。

关键词：科幻　文类　科学　思想实验

Frontiers, Features and Functions: Probing into the Genre of Science Fiction

Guo Wei

Abstract: Science Fiction is a genre of vague boundary with its own tradition and convention, and meanwhile a unique literary device employed by different types of literature. Science Fiction aims at exhibiting infinite

---

① 在科幻的诸多载体里，小说无疑处于核心地位，而科幻发展的历程中也不断出现小说以外的其他样式。本文谈及的作品大多是科幻小说，但探讨的理论议题并不拘于小说一体，所关注的焦点是更为基本的"科幻性"问题，因而可涵纳科幻的种种样式与变体。

possibilities other than the factuality of status quo. The imagination of Science Fiction is not scientific, but is related to or resembling science. Science Fiction is not responsible for science popularization or future prediction, but capable of performing thought experiment. As literature, Science Fiction is parallel to, rather than overlapping with, reality. Ultimate fictionality and imagination make Science Fiction the most representative form of literature.

Keywords: Science Fiction; genre; science; thought experiment

科幻,乃科学幻想。英义的"Science Fiction"(常缩写为 SF)直译为"科学小说"。由于"fiction"一词本有虚构、想象之意,故汉语中"Science Fiction"被称作"科幻""科幻小说"或"科幻文学",亦科学,亦幻想,二者交融一体,可谓得其要领。

科幻亦有许多变相称谓。例如,雨果·根斯巴克(Hugo Gernsback)曾以"Scientifiction"称之。此词将"scientific"与"fiction"缩为一词,然而似因过于机巧雅致,反未能流行开去,倒是"Science Fiction"[1] 这个较为直白的叫法成了后来通行的名号。国内早期接触这类小说之时,也曾将其唤为"科学小说"等。[2]

一方面,科幻是一种独特的文学类型,有其自身的传统和惯例;另一方面,科幻也是一种文学手段,见诸更为广泛的文学创作。不论独成一类的科幻文学,还是泛而化之的科幻笔法,都仿拟科学的语境,将文学的虚构性与想象力发挥到了极致。

一、文类之辨

作为一类文学的科幻,常常被视作类型文学,与所谓"纯文学""主流文学"有着巨大的文类区隔,并且二者雅俗高下似乎一望即知,无需深辨。然而文类之别本就虚妄,高雅文类与通俗文类的界限从来都不是明晰和固定的(郭伟,2019,p.40)。因此,给科幻贴上通俗文学的标签,抑或试图为其摘

---

[1] "Science Fiction"这一名称亦为雨果·根斯巴克所创造,正式出现于 1929 年 6 月的《科学奇异故事》(*Science Wonder Stories*)创刊号上。虽然 19 世纪文献中偶见此名,但其真正作为专名而生无疑应归功于根斯巴克。

[2] 较为详尽的考证、梳理与辨析,参见贾立元《"现代"与"未知":晚清科幻小说研究》(北京大学出版社,2021 年),第 5—17 页。

掉通俗文学的标签，于学理来讲意义不大，反而可能局限了对科幻的全面理解。但对雅与俗的考察，或可帮助我们管窥科幻发展的脉络。

科幻产生之初①，不论英国的玛丽·雪莱（Mary Shelley）、H. G. 威尔斯（H. G. Wells），法国的儒勒·凡尔纳（Jules Verne），还是美国的埃德加·爱伦·坡（Edgar Allan Poe），其科幻创作都并非通常意义上的通俗文学，而是有着较为严肃的基调，对人性、社会、科技颇具关怀。及至 20 世纪二三十年代的美国，科幻的确经历了一番通俗化甚或庸俗化的演变。不过这对于科幻本身的发展而言不见得是件坏事，"廉价杂志"（pulp magazine）时代的科幻作品虽然在文学上有着种种缺陷，却以粗糙的风格为自己巩固了一方领地。客观而公正地看，这些"廉价科幻"（pulp SF）也孕育了其后更具文学性、更为经典化的科幻作品。自 30 年代末至 50 年代，在约翰·坎贝尔（John W. Campbell, Jr.）的倡导和指引下，艾萨克·阿西莫夫（Isaac Asimov）、罗伯特·海因莱因（Robert A. Heinlein）等科幻作家发展和升华了之前的科幻传统，进一步打磨了科幻的文类范式，也留下了众多杰作，至今仍广为阅读。这便是群星璀璨的美国科幻"黄金时代"。当然我们不应忘记在 20 世纪上半叶的欧洲，很多作家在进行较为严肃的科幻创作实践，如叶甫盖尼·扎米亚京（Yevgeny Zamyatin）的《我们》（We，1921）、阿道司·赫胥黎（Aldous Huxley）的《美丽新世界》（Brave New World，1932）、乔治·奥威尔（George Orwell）的《一九八四》（Nineteen Eighty-Four，1949）这些"反乌托邦"（dystopia）写作；又如卡雷尔·恰佩克（Karel Čapek）的《罗素姆万能机器人》（Rossum's Universal Robots，1920）②、斯坦尼斯拉夫·莱姆（Stanisław Lem）的《索拉里斯星》（Solaris，1961）这类充满警示与哲思的科幻创作。

20 世纪六七十年代，英、美科幻领域涌现了"新浪潮"（New Wave）运动。"新浪潮"极端强调科幻文学的价值，其创作理念和创作实践远远超出了坎贝尔所提倡的那种文学性。坎贝尔要求科幻小说人物刻画细腻、情节推进合理、写作技巧考究、科学描述精确等（Westfahl，1999，p. 193），这些尚

---

① 关于科幻的起源，学界有所论争。布赖恩·奥尔迪斯（Brian Aldiss）将玛丽·雪莱的《弗兰肯斯坦》（Frankenstein, or The Modern Prometheus，1818）视作第一部真正意义上的科幻小说，此论在学界获得了较为广泛的认同，后文对此还会有所提及。另外值得注意的是，19 世纪科幻文学的早期创作实践，并未使用"Science Fiction"这个在 20 世纪产生与流行的称谓。

② 《罗素姆万能机器人》是捷克作家卡雷尔·恰佩克的科幻戏剧，恰佩克在此剧中引入了"Robot"（机器人）一词，后广为流传采用。剧作 1921 年 1 月于布拉格上演后，在欧洲和北美产生了很大影响。

属于较为传统的文学观念和审美诉求。而"新浪潮"承袭的则是现代主义文学观，以相当先锋的姿态对科幻作品的艺术素质和文学实验性提出了极高要求，从而深刻改变了科幻的审美范式，扩张了文类的边界。对于"新浪潮"的成败，很难给出简单判定。一方面，"新浪潮"科幻迥异于以往的书写对象、主题立意、叙事策略、风格技巧，有意无意之中为传统科幻读者带来了阅读障碍；其对科学要素的轻视，促成了一种偏"软"的科幻作品，这也并不符合传统科幻读者的口味。因此当时在科幻迷（fandom）这个最为核心的科幻读者群体中，"新浪潮"并未引起太大兴趣。然而另一方面，"新浪潮"运动过于前卫、共鸣寥寥，很快便销声匿迹，却留下了文学性极强的作品和堪称先锋的创作理念，潜移默化地影响了其后的科幻创作实践，例如，80年代兴起的"赛博朋克"（Cyberpunk）看似是对"新浪潮"的反拨，其实在更深的层面，二者有着相当紧密的承继关系。

也正因"新浪潮"的主张和实践，科幻文学愈发与主流文学难以区分。阿西莫夫虽对"新浪潮"不以为然，但仍不失公正地指出："科幻小说的逐渐宽泛，也意味着它在风格和内容上不断接近'主流文学'（就是那些通常为受过良好教育的大众写作的小说）。还意味着数目不断增多的主流小说家正逐渐认识到了科技变化和科幻小说的流行的重要性，他们将科幻小说的主题吸收进自己的小说中去。"（阿西莫夫，2011，pp. 120－121）的确，自"新浪潮"以来，科幻文学创作与主流文学创作渐成双向流通趋势，文类区隔日益淡化。例如，科幻作家菲利普·迪克（Philip K. Dick）、厄休拉·勒古恩（Ursula K. LeGuin）、撒缪尔·狄兰尼（Samuel R. Delany）的科幻作品颇具主流文学意味，广受学界关注；而多丽丝·莱辛（Doris Lessing）、伊塔洛·卡尔维诺（Italo Calvino）、玛格丽特·阿特伍德（Margaret Atwood）等主流作家则多有科幻色彩浓郁的作品。更有甚者，许多后现代派作家干脆随意取科幻手段为己用，毫不纠结于文风雅俗或文类纯杂，如约翰·巴斯（John Barth）的《羊孩贾尔斯》（*Giles Goat-Boy*，1966）、弗拉基米尔·纳博科夫（Vladimir Nabokov）的《爱达》（*Ada or Ardor：A Family Chronicle*，1969）、库尔特·冯尼格特（Kurt Vonnegut, Jr.）的《五号屠场》（*Slaughterhouse-Five*，1969）、托马斯·品钦（Thomas Pynchon）的《万有引力之虹》（*Gravity's Rainbow*，1973）、唐·德里罗（Don DeLillo）的《拉特纳星》（*Ratner's Star*，1976）等。

随意取用科幻手段的后现代派作品，往往偏离科幻文类的传统、惯例和范式，并非典型意义上的科幻作品。然而倘若不允许"偏离"，也就无所谓

"正统"，大可不必另眼看待各种调用了科幻元素的"类科幻"① 作品。况且科幻本无一定之规，在两百年来的发展中，科幻的内涵与外延游移不定，绝非某种范式所能框定。尤其"新浪潮"以来对文类疆界的拓展，使得科幻不断冲破范式的枷锁。毋宁说，科幻乃向往无限可能性的文类，正是探索的本性决定了科幻在内容和形式上总是开放的。可见，关于科幻雅、俗或纯、杂等文类属性的辨析无甚定论，亦有学者建议将科幻视作不同文类和亚文类相互交织的领域（Seed，2011，p. 1），而非某种固定的文类。

二、何为科幻

虽然科幻的文类属性难以定论，但为了不使这个文类消融于无边无际的文本性之中，对科幻做出定义的尝试仍是有益的。即便无法给出确切的界定，还是不妨从学理上考察一下，当我们谈论"科幻"时，我们在谈论什么。

科幻之"科"无疑是个相当关键的字眼。20 世纪 20 年代其名初现时，科幻被理解为关于"科学""科学技术""科学发现""科技发明"，或以之为背景的文学作品。这种理解符合当时的思想氛围。泛而论之，幻想文学自古不乏其例。甚至可以说，几乎所有现存的古代叙事作品都含有幻想元素（罗伯茨，2010，p. 33）。不论古巴比伦的《吉尔伽美什》（*Epic of Gilgamesh*）还是古希腊的《奥德赛》（*Odyssey*）皆满溢幻想。我们一般并不将这些古典作品归为"科"幻。虽然科幻文学的历史有时会被追溯至古罗马时期的希腊语作家琉善（Lucian of Samosata，又译卢奇安），但他那篇《一个真实的故事》（"A True Story"，亦作"True History"）更多被看作"雏形科幻"（proto-SF），与后世的科幻文学其趣迥异。

尽管科学的萌芽早在古代就已出现，然而直到 16 至 17 世纪才逐渐形成现代意义上的科学。因此科幻文学有时被回溯到开普勒（Johannes Kepler）的《梦》（*The Dream*，1634）、戈德温（Francis Godwin）的《月亮上的人》（*The Man in the Moone*，1638）等作品。亚当·罗伯茨（Adam Roberts）就将 1600 年布鲁诺（Giordano Bruno）被处以火刑这一事件视为科学和科幻史的重要节点（p. 47）。当然，更具现代意义的科学观念形成于 19 世纪。布赖恩·奥尔迪斯（Brian Aldiss）认为科幻乃是工业革命的产物，第一部科幻小

---

① 拉里·麦卡弗里（Larry McCaffery）将后现代派等"主流"作家带有科幻色彩的作品称作"类科幻"（quasi-SF），与之相对的是以"赛博朋克"为代表的"后现代科幻"（postmodern science fiction）。参见 Larry McCaffery, ed. *Storming the Reality Studio: A Casebook of Cyberpunk and Postmodern Science Fiction* (Duke University Press, 1991), pp. 1—2.

说当属玛丽·雪莱的《弗兰肯斯坦》(*Frankenstein，or the Modern Prometheus*，1818)，"这部小说戏剧化地表现了旧时代和新时代之间的差异……古老的智慧已经被现代的实验所取代……在没有超自然神力相助的情况下，生命被创造出来。科学独当一面。一种新的认识出现了"(奥尔迪斯、温格罗夫，2011，pp. 27－28)。奥尔迪斯此论初遭质疑，后渐为学界所广泛接受。例如，詹姆斯·冈恩(James Gunn)就曾表述过相似的观点。冈恩虽将《科幻之路》(*The Road to Science Fiction*，1977—1998)第一篇选文的位置留给了琉善的《一个真实的故事》，但他坚称"在1818年玛丽·雪莱发表《弗兰肯斯坦》之前，不存在任何真正意义上的科幻小说"(冈恩、郭建中，2008，英文版前言 p. 11)，因为只有在工业革命和科学时代开始后，社会剧变成为可能，才产生了科幻小说，"科幻小说是人类对变革的经历在艺术上所做出的反响"(英文版前言 p. 4)。

科幻文学伴随科学思想而生，这一点似乎毋庸置疑。然而，此中尚有待辨析之处。科幻之"科"毕竟是一个文学而非科学的问题。很多时候，科幻中的"科学"只不过是"展示貌似科学的解释"(Seed，2011，p. 122)；对"科学"意象的调用"通常是为了象征的目的"(奥尔迪斯、温格罗夫，2011，p. 9)。科幻不是科学，甚至也不是科普。科幻话语不依赖也不负责科学知识的真实与可行——况且科学本身也只是一种话语方式。毋宁说，科幻中的"科学"完全可以是准科学、类科学、拟科学。否则我们很难解释为何诸如特德·姜(Ted Chiang)《七十二个字母》("Seventy-Two Letters"，2000)这样的作品会被视作科幻小说。

于是笔者在此尝试给出自己对科幻的定义：科幻是呈现异于现状之无限可能性的杂糅文类，其想象力与科学相关或相似。科幻所呈现的无限可能性，既是指题材、主题上的，也是指文体、风格上的，不论内容抑或形式，科幻总是意欲探索现状之外的情境。将科幻唤作文类只是权宜之称，即便不得已而称之，这文类也必然是杂糅和开放的。科幻对无限可能性的呈现之所以可能，乃是经由想象，这无疑宣示了科幻作为文学的虚构性。"与科学相关或相似"① 既免除了科幻对科学的依赖与义务，也赋予了科幻区别于其他幻想文类的特征。一方面，"与科学相关或相似"意味着科幻性并不等同于科学性。科幻中的"科学"不是现实中的科学，而是在换喻(metonymy)的意义上与

---

① 对"与科学相关或相似"的论述，亦可参见笔者拙文《作为诗和科幻的科幻诗》(《科普创作》，2020年第4期)。

其相关，或在隐喻（metaphor）的意义上与其相似。因此科幻中的"科学"并不需要真实，而需要令读者信服并沉浸于作品的虚构世界。另一方面，"与科学相关或相似"使科幻与其他幻想文类区别开来。泽拉兹尼（Roger Zelazny）充满神话色彩的《光明王》（*Lord of Light*，1967）之所以被归为科幻而非奇幻，正是因为在神话的外观之下，整个故事的世界建构有着科学式的底层设定。虽然在作品写作和出版的时代，故事所描述的种种情形不可能得到现实世界中科学理论的验证或支持，但故事里用以阐释自然现象和行为动机的，是某种与科学思维相关的理性模式和与科学方法相似的实证原则。正是此般"拒斥超自然"的底层逻辑，使《光明王》作为科学的换喻和隐喻具有了科幻的底色。由是观之，准科学也好，类科学也好，拟科学也好，虽非科学本身，却无疑都是与科学相关或相似的话语，都能够引领读者走进科幻的世界。

当然，想要对科幻下某个一劳永逸的定义，绝无可能。"反复再定义、再描述自身的企图是内在于科幻的"（Seed，2011，p.117）。种种不同的科幻定义，或互相补充，或互相矛盾，抑或互不相干。它们各有侧重也各具启迪，共同丰富了我们对科幻的理解。例如，达科·苏恩文（Darko Suvin）从"认知陌生化"（cognitive estrangement）角度对科幻的界定（Suvin，1979，p.4），便深悉科幻之精妙，也颇得学界青睐，引发后辈学者更为深入的探讨。

亦有很多从反本质主义思路来界定科幻的尝试，如"科幻约典"（SF Megatext）这一概念。此概念可溯源至罗兰·巴特（Roland Barthes）提出的"文化符码"（cultural code），即文本"时时引及的诸多知识或智慧符码"（巴特，2000，p.82）。所谓科幻约典，是众多科幻作品共享的一套符码体系，源自巨大的科幻互文本中沉淀的术语、意象、隐喻、世界观、背景设定、叙事策略、审美偏好、认知模式、阐释途径以及其他种种惯例和规约。科幻约典具有辨识性，在科幻作者、读者、研究者中广受认可。因此，大致符合科幻约典的作品便可被归为科幻。与此同时，进入科幻互文本的新作品必然有其自身特质，会带来新的惯例和规约，故而科幻约典又是开放的，处于不断演化之中。

在此意义上，科幻与其他文类的区分其实是相当模糊的。例如常与科幻文学相提并论的奇幻文学。虽然依"与科学相关或相似"的程度，可以从学理上方便地区分奇幻、科外幻①、软科幻、硬科幻等，但在实际操作中它们之间的界限往往游移不定，难以辨认。不管怎样，且让我们接受一个叫作"科幻"的杂糅文类。那么科幻能够为我们带来什么呢？

三、科幻何为

文学的功用是一个相当古老的问题。柏拉图（Plato）主张将诗人驱逐出他的理想国，除非做一篇辩辞以证明诗"不仅能引起快感，而且对于国家和人生都有效用"（柏拉图，1959，p. 71）。柏拉图以降，历代文学家和批评家的确不断试图为诗一辩。然而"文学作品既不是日行一善倡议书，也不是犯罪指导手册"（郭伟，2019，p. 60），以功用来衡量和要求文学，实为虚妄之举。不过关于科幻的探讨行至此处，我们不妨宽待柏拉图的忧虑，检视一下科幻究竟有何"功用"。

科普常被视为科幻的重要功用。科幻当然可以行使科普职能，但如前所述，科幻往往不必负责其科学知识的精准可靠。科幻对科学话语的调用更多出于修辞目的，或体现为特定的文体风格。因此，准科学、类科学、拟科学等话语资源皆可为科幻所用。科幻对科学的助益——倘若当真有所助益的话——并不在于普及科学知识，而在于启迪科学精神，甚至对科学进行批判与反思。毋宁说，批判与反思恰恰体现了科幻更为深刻的洞见。

预言未来也常被视作科幻分内之事。此中亦不乏对科幻的错误期许。一方面，诸如迪克的《高堡奇人》（*The Man in the High Castle*，1962）这类错列历史（alternate history）并非着眼未来；另一方面，科幻作品即便对未来有所展望，也不承诺兑现，它只是在探讨未来的可能性。倘若科幻所构想的未来科技、发明、事件、演化等有朝一日见于现实之中，也并不意味着作品"实现"了"预言"。现实世界中的鹦鹉螺号②与凡尔纳《海底两万里》（*Twenty Thousand Leagues Under the Sea*，1870）中的鹦鹉螺号是完全不同的。作品所展现的只是虚构之物。虚构世界与现实世界间的关系并非交叠亦非模仿，而是类比以及述行（performative）。

不论是对科学技术的推演与反思，还是对某种未来或另类历史的构想，

---

① 科外幻（extro-science fiction）这个概念由甘丹·梅亚苏（Quentin Meillassoux）在《形而上学与科学外世界的虚构》（*Métaphysique et fiction des mondes hors-science*）一书中提出。参见笔者拙文《科学外世界与科外幻小说》（《科普创作》，2019 年第 3 期）。

② 鹦鹉螺号［USS Nautilus（SSN-571）］是世界第一艘核潜艇，1954 年下水，1980 年退役，其名源自凡尔纳的科幻小说。

皆可归于思想实验。根本而言，所有的文学虚构其实都是异于现实的思想实验，只不过体现为不同层面、不同程度、不同形式、不同目的，抑或并无自觉。而科幻文学往往对思想实验具有强烈的自觉意识，甚至视之为作品本身的特质或使命。在对无限可能性的想象性探索中，科幻善于构造和呈现另一种可能的世界、社会、制度、生命形式、生活状态，为此现实提供替代性的彼"现实"；或设置极端条件，以考察人类个体或群体可能采取的行为与可能产生的异变。正是在这个意义上，科幻以类比的方式与现实世界产生联系，从而具有了憧憬、引导、反思、警示甚或挑战现实的能力，也由此达成了文学述行的"功用"。很多优秀科幻作品都在自身设定的框架内虚拟和推演重大而深切的论题，如《弗兰肯斯坦》中僭越神力的人造生命，《黑暗的左手》（*The Left Hand of Darkness*，1969）中消解二元性别的雌雄同体，《神经漫游者》（*Neuromancer*，1984）中各显神通的后人类形态，《尤比克》（*Ubik*，1969）中虚实难辨的缸中之脑，《双百人》（"The Bicentennial Man"，1976）中向死而生的非人之人，《索拉里斯星》中终无定解的异域他者，《冷酷的方程式》（"The Cold Equations"，1954）中进退维谷的伦理困境，《发条橙》（*A Clockwork Orange*，1962）中扼杀人性的社会规训，《美丽新世界》中娱乐至死的意识形态，《时间机器》（*The Time Machine*，1895）中对立阶级的区隔进化，凡此种种，不一而足。这些科幻创作不仅展示了新奇的科幻点子，而且进行着深刻的思想实验。

谈及科幻中的思想实验，势必会提到乌托邦/反乌托邦。对于科幻与乌托邦/反乌托邦的关系，学界有许多不同的论述，此不赘言。不妨视乌托邦/反乌托邦为科幻可化用的叙事资源。亦有学者借福柯（Michel Foucault）的"异托邦"（heterotopia）概念来分析科幻。柴纳·米耶维（China Miéville）作品中的世界就常被视为典型的异托邦。而王德威将科幻作家们在乌托邦与反乌托邦之间创作的种种异托邦称作"文学之所以必然存在、必须存在的绝对意义"（王德威，2014，p. 307）。阿特伍德则认为"每个乌托邦中都掩盖着一个反乌托邦，每个反乌托邦中都隐藏着一个乌托邦"（Atwood，2012，p. 85），因此她更愿意以"正反乌托邦"（ustopia）一词来指称难解难分的乌托邦/反乌托邦。阿特伍德的《使女的故事》（*The Handmaid's Tale*，1985）、《羚羊与秧鸡》（*Oryx and Crake*，2003）、《洪水之年》（*The Year of the Flood*，2009）、《疯癫亚当》（*Madd Addam*，2013）皆为此类创作。这些正反乌托邦故事发出耐人寻味的质疑："为何当我们想去抓住天堂，却常常造出地狱？"（Atwood，2012，p. 84）

除了在题材和主题上的重大关切，思想实验还赋予科幻独特的美学意蕴。伊斯特万·奇切里－罗内（Istvan Csicsery-Ronay, Jr.）在《科幻七美》（*The Seven Beauties of Science Fiction*，2008）中，从认知与审美体验的角度列述了虚构新词、虚构新奇、未来历史、幻想科学、科幻崇高、科幻怪诞、技术史诗这七种科幻之美（Csicsery-Ronay，2008，pp. 5－7）。从认知与审美角度来考察科幻之用或许是更值得嘉许的路径。毕竟，科幻是文学[①]，以任何超出文本的外在目的来衡量科幻都难免失之偏颇。即便科幻能够带来某些有益于人生和社会的实际功用，那么这一切也都是通过文学手段达成的。

结　语

虽然自古以来便有诸多原始样态可供追溯，科幻基本上还是一种现代的文学形式。面对当今日益加速演化的世界，其他文学品类似乎已经丧失了从总体上把握现实的能力（刘大先，2018，p. 50），而科幻擅长在虚构细节的铺陈之上搭建宏大叙事，在当下与未知间的每一个坐标点上呈现陌生化的现实感。科幻的奇思妙想貌似空中楼阁不着边际，却往往承载着关乎此时此处的思想实验。借助科幻手段可以方便地设置特殊或极端情境以供演绎，使文学得以触及普通状况下无法想象和思考的论题。当然，与思辨、论理并行不悖的，是科幻的认知和审美特质，这是科幻最根本的文学属性。倘若抛开对所谓类型文学的偏见，不难发现，科幻中那些宏阔而又微妙的想象世界恰恰居于文学虚构之腹地。

引用文献：

阿西莫夫，艾萨克（2011）. 阿西莫夫论科幻小说（涂明求，等译）. 合肥：安徽文艺出版社.

奥尔迪斯，布赖恩；温格罗夫，戴维（2011）. 亿万年大狂欢：西方科幻小说史（舒伟，等译）. 合肥：安徽文艺出版社.

巴特，罗兰（2000）. S/Z（屠友祥，译）. 上海：上海人民出版社.

柏拉图（1959）. 柏拉图文艺对话集（朱光潜，译）. 北京：人民文学出版社.

冈恩，詹姆斯；郭建中（主编）（2008）. 钻石透镜：从吉尔伽美什到威尔斯. 北京：北京大学出版社.

郭伟（2019）. 解构批评探秘. 北京：中国社会科学出版社.

---

① 文学应作宽泛解，既指小说、戏剧、诗歌等传统形制，亦含漫画、影视、游戏、艺术作品等，或可借结构主义与后结构主义之辞，以"文本"称之。

刘大先（2018）. 总体性、例外状态与情动现实——刘慈欣的思想试验与集体性召唤. 小说评论，1，49—58.

罗伯茨，亚当（2010）. 科幻小说史（马小悟，译）. 北京：北京大学出版社.

王德威（2014）. 现当代文学新论：义理·伦理·地理. 北京：生活·读书·新知三联书店.

Atwood, M. (2012). *In Other Worlds: SF and the Human Imagination*. London: Virago Press.

Csicsery-Ronay Jr., I. (2008). *The Seven Beauties of Science Fiction*. Middletown: Wesleyan University Press.

Seed, D. (2011). *Science Fiction: A Very Short Introduction*. New York: Oxford University Press.

Suvin, D. (1979). *Metamorphoses of Science Fiction: On the Poetics and History of a Literary Genre*. New Haven: Yale University Press.

Westfahl, G. (1999). The Popular Tradition of Science Fiction Criticism, 1926—1980. *Science Fiction Studies*, 26 (2), 187—212.

作者简介：

郭伟，北华大学外国语学院副教授，主要研究领域为科幻文学、西方文学理论。

Author:

Guo Wei, associate professor at College of Foreign Languages, Beihua University. His research is focused on Science Fiction and Western literary theories.

Email: 10thmuse@163.com

重访乌托邦：写作传统的迁变与绵延

曲　宁

摘　要：乌托邦写作源自托马斯·莫尔，通过文体溯源可以总结出乌托邦写作的特征：它基于对现存社会秩序弊病的领会，展开针对性的想象，用陌生化的手法建构迥异于现实的理想社会，并模拟航海小说的框架将其置于不可企及的孤岛，从而形成对作者想象本身的自嘲。这一文体形式在后学的继承推演中渐趋僵化，原初的反讽因素遭到搁置，写作蜕变为现代化过程中的社会规划蓝图，衍生出众多代价惨重的乌托邦实践。出于对理性主义产物可能带来偏误的敏锐感知，反乌托邦文学应运而生，重续反讽传统，指出任何理想秩序由于盲目自信而自我闭合，就将走向乌托邦的反面。乌托邦与反乌托邦文本相互对话、相互启发、相互驳斥，保证了这一写作传统的反思精神不会轻易衰竭。

关键词：乌托邦　反乌托邦　写作传统　反讽

Revisiting Utopia: On the Change and Continuity of a Writing Tradition

Qu Ning

Abstract: Utopian writing originates from Thomas More. Through stylistic tracing, several characteristics of utopian writing can be summarized: based on the understanding of the defects of the existing social order, utopian writing develops targeted imagination, constructs an ideal society completely different from reality by means of estrangement, and places it on an unreachable island by simulating the framework of nautical novels, thus forming a mockery of the author's imagination itself. This style gradually became rigid in the inheritance and deduction of later studies, and the original irony of utopian writing was shelved and transformed into the blueprint of social planning in the process of modernization, resulting in numerous costly failures of utopian practices. Recognizing the errors possibly caused by the products of rationalism, anti-utopian literature came into being, continuing the ironic tradition, pointing out that any "ideal" order that closed itself up due to blind confidence would lead to the opposite of utopia. Utopian and anti-utopian texts inspire and refute each other in the process of dialogue, thus ensuring that the self-reflective spirit of this writing tradition will not be easily exhausted.

Keywords: Utopia; Anti-Utopia; writing tradition; irony

乌托邦（Utopia）——"不存在的好地方"，由托马斯·莫尔（Thomas More）创造并赋予最初形态的概念，是西方思想史上内涵最为精妙、影响最为深远的造物之一。① 莫尔在同名著作中展现了一座世界航海图中不存在的岛屿，于其上建起一个美好的国度，从而开启了个体性社会理想的构筑时代。从 16 世纪直至今天，人们或者纷纷推出同类的乌托邦构想，或者对他人的乌托邦展开批驳，或者急于将某些乌托邦蓝图付诸社会实践，或者警惕这些实践可能造成的严重后果，或者拆解一切乌托邦诉求的社会语境，又或者捍卫任何乌托邦设想的存在价值……无论何者，都不断从不同侧面确证或反证着乌托邦与现代西方乃至世界发展进程间的密切联系。五百年间，发轫于莫尔的乌托邦写作模式也绵延不绝，衍生出一脉极具历史互文性的书写传统。纵观整部现代文学史，很少有哪种文学类型能够像乌托邦写作一般带有鲜明的内部继承与论辩意识，其中的继承性可以从其强指涉力的政论取材倾向和高辨识度的镜像结构特征中得到验明，而其论辩性则可由同一写作模式中产生

---

① 加拿大学者苏恩文把"乌托邦"这个词汇的创造称为"始终是我们这个时代难以超越的丰富深邃的语义之妙举"。参见达科·苏恩文《科幻小说变形记：科幻小说的诗学和文学类型史》（丁素萍等译，安徽文艺出版社，2011 年）第 42 页。

的乌托邦与反乌托邦（Anti-Utopia）等主旨迥异的亚分类加以确证。①

有鉴于乌托邦在政治史与文学史上地位的特殊性，学者们早就对乌托邦写作投入大量研究精力，形成了专门的研究杂志和词典②，就乌托邦想象对我们当今社会方方面面的影响展开了深入的讨论③，并产生了像苏恩文（Darko Suvin）的《科幻小说变形记》（*Metamorphoses of Science Fiction：On the Poetics and History of a Literary Genre*，1979）与詹姆逊（Fredric Jameson）的《未来考古学》（*Archaeologies of the Future：The Desire Called Utopia and Other Science Fiction*，2005）这类乌托邦文体研究的伟大成果。前者综合了文体学和原型研究的诸家理论，对乌托邦的诗学结构进行了精当的总结；后者则进一步整合前论，基于西方马克思主义的意识形态批判立场，对乌托邦与类乌托邦写作展开了高屋建瓴的史述研究。有此等名篇珠玉在前，本无需另行赘笔冗言、狗尾续貂，但一方面前述作品的假想读者对全部乌托邦写作都谙熟于胸，因而论述中可大刀阔斧，直捣黄龙，对于我辈读者而言未免难于跟上思路；另一方面乌托邦写作本有极强的个体性，其中趣味也很待个体性的阅读来心领神会，换一个角度重述也能看到别样风景。因而本文拟借鉴前人研究遗产，沿着从乌托邦到反乌托邦两种亚文类的延续与发展的线索，拾取西方文学史上的若干代表性文本作为分析客体，略论乌托邦写作的迁变与绵延。

---

① 可参考詹姆逊对乌托邦的如下评论："一直以来，乌托邦都是一个政治话题。这对于一种文学形式而言，实在是一种不寻常的命运：正因为这种形式文学价值长久以来受到质疑，因此在结构上，它的政治地位也显得暧昧不明。"见弗里德里克·詹姆逊《未来考古学：乌托邦欲望和其他科幻小说》（吴静译，译林出版社，2014 年）第 3 页。关于"反乌托邦"的界定，学界存在若干争议。无论是西方语境中的"Dystopia"与"Anti-Utopia"，还是汉语译文中的"恶托邦""敌托邦""反乌托邦""反面乌托邦"等，这些词汇所指的内涵与外延都有诸多缠夹之处，可参考干一平《思考与界定："反乌托邦""恶托邦"小说名实之辨》一文［《四川大学学报（哲学社会科学版）》，2017 年第 1 期］。本文从乌托邦写作内部的论辩与悖反精神出发，选择了"反乌托邦"（Anti-Utopia）一词指代兼具对乌托邦写作传统的继承与反思意味的文学性写作，用"恶托邦"（Dystopia）来指涉反乌托邦文本中所构建的灾难性未来图景。

② 分别是《乌托邦研究》与《乌托邦文学词典》，参见弗里德里克·詹姆逊《未来考古学：乌托邦欲望和其他科幻小说》（吴静译，译出版社，2014 年）第 10 页。

③ 主要见于恩斯特·布洛赫的《希望的原理》，他在该作中为我们揭示了乌托邦冲动如何不为人所察觉地渗透了广告、现代医学、城市规划等各个角落，成为我们当代生活样态的重要塑造因素。参见弗里德里克·詹姆逊《未来考古学：乌托邦欲望和其他科幻小说》（吴静译，译林出版社，2014 年）第 11—12 页。

一、乌托邦文本的初始形态

按苏恩文的定义来说，乌托邦写作是对一种特定的近似人类社会状况的语言文字建构，在那里，社会政治机制、规范和个人关系是按照一种比作者身处的社会中更加完美的法则来组织的（苏恩文，2011，p. 55）。这种构建是以一种从拟换性的历史假设中产生的陌生化为基础的，与一般和抽象意义上的乌托邦项目和计划相反，它的任何结构都具有特定的或个性化的特征。

苏恩文还指出，乌托邦的基本结构势必满足以下特征：

（1）一个完整的和隔绝孤立的地点；

（2）以全景式的概观表达出来，其概观的关键是该隔绝孤立地点的内在组织；

（3）一个形式的等级系统成为乌托邦的最高秩序，因而也是最高的价值；

（4）具有一种隐含的或明显的戏剧性策略，使全景性概观与读者的"正常"期待发生冲突，（因而）虽然形式上结束了，但具有重要意义的乌托邦的主题却开放了。（苏恩文，2011，pp. 56-57）

就乌托邦的初始文本《乌托邦》（*Utopia*）而言，莫尔将自己心目中的完美世界放置在一座遥远的海岛上。这种孤立性的强调特别表现在，最初乌托邦位于一个半岛的岬角之上，其社会组织形成过程中乌托邦的开国国王下令挖掘了一道海沟将自身与半岛隔离（莫尔，1982，p. 50）。这一举动保证了乌托邦的"完整"和"隔离"，而莫尔强调该地区附近海域难于通行，进一步强化乌托邦的孤立感——乌托邦的讲述者是经验丰富的航海家拉斐尔·希斯拉德船长，纵然是他也评价该岛航路艰险。

希斯拉德船长对于乌托邦来说是一位外乡人，但是由于他在岛上生活了近五年时间，又有着很强的社会判断能力，因此可以宏观地"说明地域、江河、城镇、居民、传统、风俗、法律"等读者想知道的一切，而读者又是如莫尔这位行政司法长官一样的受过高等教育的贵族知识分子，故此整篇讲述高度概括，使我们了解到该地由五十四座壮丽的城市组成，每座城管辖等量土地，由全体民众选举德高望重的长老治理；全境废除了私有财产和物品交易，实行按需分配的经济制度；社会全员轮流从事农业劳动和手工业劳动（但是社会服务性行业由奴隶担当），医疗、饮食、住宿、教育等统统并入公共事业，皆由各城区统一调度负责。没有寄生阶级，国民不分男女全部参与生产，人人道德高尚、劳动积极性高涨，因此只需六小时工作制就能保证国家繁荣……此类描述自然可以对当时的读者常识形成挑战，苏恩文所谓的陌生化认知确乎可以达成，同时在读者掩卷之时还可以引发其关于社会现状的进一步思考，也就是苏恩文所谓的"戏剧化"效果。但是我们这里需要说明的是，早在莫尔的《乌托邦》中，另一些形式因素就已经形成，并在后来的同类写作中不断被有意重复。

詹姆逊将乌托邦文学体裁看作"更像一种在特定时期不同文学体裁的特殊组合"：讽刺文学、游记文学、宪法写作，乃至政治宣言（詹姆逊，2014，p. 53）。值得特别指出的是，莫尔的《乌托邦》能够获得长久的影响力的原因之一，恰恰在于他将这些文体整合为一种特殊文体的能力。与后世的《格列佛游记》（*Gulliver's Travels*，1726）等同样带有讽刺文学与游记文学双重因素的作品相比，《乌托邦》明显更为严肃，接近政论文体，同时也更具有自我指涉的反讽意识，莫尔在严肃性与戏谑性之间取得了巧妙平衡。

从严肃性的方面来看，莫尔笔下乌托邦社会组织设置的合理性被文体结构加以确证。在乌托邦中取消私有财产，实际上是作为解决既存社会问题的方案而提出的。《乌托邦》分上下两部，第二部记录希斯拉德船长在乌托邦的种种见闻，而第一部则由莫尔等人与希斯拉德的对话组成。从写作顺序角度讲，莫尔是先完成第二部再反过来写作第一部的，并且使两部分篇幅相当。在第一部的对话中，莫尔借希斯拉德之口评论英国现状，对盗窃处罚的严峻和盗窃犯罪横行的现实进行了犀利的比对，继而逐一分析其成因：城市中囤积居奇所造成的贫富差距，乡村圈地运动造成的大量失业人口，国家维持的大量常备军队及其治安隐患、贵族豢养的奴仆制度和奢靡消遣……最根本的是这一切全是为了满足少数人的贪欲。贵族生活奢靡无度，又豢养大批奴仆作为消遣的辅助，女性被关在家庭之中不被允许参与生产，而君主也视国家与百姓为自己的私有财产，无视自身本为引导国民而被推选（莫尔，1982，p. 58）。"你们始而纵民为盗，继而充当办盗的人"，自然只能使国家成为一座大型监狱（p. 24，p. 39）。正因为有了第一部对不公残忍的社会现状加以全面批判的铺垫，第二部对取消私有财产的积极结果的多方展示才有了推论的正当性，并显出釜底抽薪般的功效。

从戏谑性角度看，《乌托邦》书中虽然对岛上社会组织的有效性言之凿凿，甚至叙事人在附于开篇的莫尔写给弗兰德斯的贾尔斯的信中一再保证，这部作品全是对希斯拉德船长的言谈记录："我只须把在你陪同下拉斐尔所讲的东西重述一下……我的文体越是接近他的随意朴质风味，越是接近真实，而只有真实才是这种情况下我必须注意，也实际上是注意了的。"（p. 3）叙事人声称"我要避免在这本书中有任何错误……我但愿做老实人，不愿装聪明人"（p.5），然而莫尔在地名人名方面大做文章，以消解苦心经营的"真实"许诺："Utopia"一词，是莫尔将两个拉丁语词汇"Eutopia"（美好的地方）和 Outopia（不存在的地方）捏合而成的；乌托邦的首府"亚马乌罗提"也杜撰自希腊语，意为"晦暗不清的"；甚至由可敬的贾尔斯背书、人品见闻一如柏拉图的希斯拉德船长，其姓氏也是莫尔基于希腊语创造出来的，意思为"空谈的见闻家"。[①]

　　为什么要如此自我消解？理由可在作品第一部后半段找到。文中莫尔赞叹希斯拉德船长的才学，认为他应该主动向君主进言，以便充分实现才学的价值。希斯拉德则用虚拟的口吻描摹了一幅朝臣们如何在议会中恭维君主的漫画场景，让莫尔承认在一群愚蠢的疯子或装疯卖傻的"聪明人"中宣扬真理何其滑稽。此处希斯拉德援引了柏拉图的比方：哲学家与其冒着自身被淋得尽湿的风险去规劝那些不肯躲雨的盲目行人，不如待在家中不出门的好（p.43）。这番洞见正来自莫尔作为亨利八世宫廷臣属在议事会中试图谏言的实际体验。当然莫尔并没有做一个对世道不公视而不见、明哲保身的"聪明人"，而是选择将自己的全部批评曲笔写进了《乌托邦》中。这一过程中对游记文体的借用一方面是为了在现实政治中略作自我保护——在《乌托邦》末尾，莫尔还郑重其事地跟希斯拉德的观点撇清关系，表示"我觉得他所讲述的人民的风俗和法律中有许多东西似乎规定得十分荒谬……单这一点（取消私有制）就使得一般人认为一个国家引以为自豪自荣的全部高贵宏伟和壮丽尊严都荡然无存了"（pp.118-119）；另一方面，莫尔也是在调侃自己明知不会受人欢迎却仍不吐不快的"老实"与坦率。最终莫尔也因为违逆亨利八世而被寻得罪名送上了断头台。不过《乌托邦》的发表（1517年）与莫尔最终获罪赴死（1535年）之间毕竟时隔多年，或许这也是《乌托邦》春秋笔法效果的证明吧。

　　既然谈到了莫尔对柏拉图的引述——他在文中提及柏拉图有近十次之多，就应该着力谈谈由莫尔开创的乌托邦文体之互文性借鉴传统。我们虽然奉《乌托邦》为同类写作的肇始，但是《乌托邦》也是有参照原型的，那就是柏拉图的《理想国》。

　　在《理想国》（*Republic*，约前387—前367）这一对话录中，柏拉图借苏格拉底及其学生之间关于"正义"的讨论，引出对理想国家形态的探讨，

---

① 参考戴镏龄先生的译注，见托马斯·莫尔《乌托邦》（戴镏龄译，商务印书馆，1982年）第3-5页。

认为一个理想的国家应当同一个知、情、意三方面协调运作的人一般，其管理阶层富有智慧，其保卫阶层能够体现国家意志，而其生产阶层能够勤劳生产，克制欲望。要实现这一理想，一方面靠完善的城邦制度的建构，另一方面仰赖因材施教的国民教育：对生产者奖掖勤勉、惩罚奢侈；对保卫阶层强健其体魄、铸炼其精神；对管理者使之通达知识，穷极真理。柏拉图虽然对这一国家形态最符合国家"理式"非常自信，但是他在如何将管理者培养为哲学家，或者哲学家如何能够成为管理者这个问题上也表现得颇为踟蹰。正是在《理想国》第六卷论及这一问题时，柏拉图谈到了前面希斯拉德所引述过的哲学家困境。[①] 柏拉图甚至暗示，理想国很难在世间实现，他后来在叙拉古培养哲学王的失败尝试也确证了这种疑虑。[②] 由此可见，莫尔不但继承了柏拉图的社会理想构建工程，也继承了柏拉图的自我质疑甚至自我否定。

詹姆逊认为莫尔在第二部乌托邦想象中加入的罗马式教堂的建筑偏好和新教禁欲主义式刚毛罩衫的服饰偏好，源自莫尔本人的教育经历和信仰，说明不管一个乌托邦作者如何标榜其乌托邦想象具有普世价值，都不可能不受其阶级属性染污（詹姆逊，2014，p. 39）。这种评述实则可以作为柏拉图笔下哲学家困境的一个推演版本：一个坐看路人淋雨的哲学家毕竟也处在同一场大雨之中。但是我们从对柏拉图和莫尔的分析中可以看出，他们这种类型的知识分子有别于其他身处大雨而不自知的行人之处，正在于他们的自我否定与自我拆解，这份自省恰恰是能够使他们突破其社会阶层乃至教育背景来推进社会变革的源动力。那么自省的动力又从何而来呢？如果詹姆逊所言不虚，莫尔之所以能提出乌托邦经济结构，除了对柏拉图思想的传承，还参考了当时人文主义知识分子们根据同时代地理大发现过程中得悉的印加文明（p. 42），那么乌托邦想象就不单单是对作者本人的社会身份与当时已知的社会现实的某种重构，也得益于对他者文明形态的了解，从而获得了反躬自鉴的契机。因此这个过程中如果存在陌生化的因素，也并非源自纯粹的美学内部自我革新的诉求，而是源自对社会性大他者视野的开拓。

---

① 柏拉图的原文是："极少数真正的哲学家就好像孤身一人落入猛兽群中，既不愿意参与作恶，又不能单枪匹马地抗拒所有人的野蛮行径，在这种情况下他一事无成，无法以任何方式为朋友或城邦做好事，在他能这样做之前就英年早逝。由于上述原因，哲学家都保持沉默，独善其身，就好像在狂风暴雨或风沙满天之时避于矮墙之下，目睹他人干尽不法之事，而他只求洁身自好，终生无过，最后怀着善良的愿望和美好的期待而心满意足地离世。"参见柏拉图《柏拉图全集·第二卷》（王晓朝译，人民出版社，2003 年）第 489—490 页。

② 参考谢文郁为《蒂迈欧篇》做的第二条注释，见柏拉图《蒂迈欧篇》（谢文郁译，上海人民出版社，2005 年）第 67 页。

同样深有意味的是，在《理想国》之后写成的《蒂迈欧篇》（*The Timaeus*，约前 360）一开篇提纲挈领地回顾了前文讨论过的国家的最好形态之后，柏拉图就借一位学生之口谈到了大西洋岛的存在。这座位于赫拉克勒斯之角外的大西洋岛屿上的居民，据说在九千年前曾征服地中海，雅典人的先祖奋起抗争并将其赶出赫拉克勒斯之角，后来这座岛屿由于失道沉没在海洋之中。而当时击退了大西洋岛殖民势力的雅典先祖正是全面实践《理想国》中的政治理想的先行者。从乌托邦书写范式的角度看，柏拉图的这段故事很耐人寻味，其中也有一个理想的社会范本、一个孤立的岛屿、一个陌生化的视角，不同的是这里的大西洋岛不是理想社会范本的实践者，而是对立的他者，就像 16 世纪的英国之对立于乌托邦一样；而陌生化的效果是借助对照这个他者的强大与雅典先祖之抵抗的成功来实现的，这一番对比使"永远年轻""没有古老记忆"的希腊人重新认识了自身的渊源（柏拉图，2005，p. 16）。因此，无论是对已经被遗忘的历史的再次习得，还是对未知世界的全新探索，都能够使乌托邦想象必需的陌生化建构得以实现，这种建构足以帮助身陷泥淖的赫拉克勒斯借助外力脱离困境。

那么上述这些意味着什么呢？从乌托邦书写史的角度来讲，我们认为这意味着乌托邦写作史从其开端就预示着其模式在后世的延续与变异。

二、乌托邦写作模式的僵化

作为乌托邦文本的肇始之作，《乌托邦》绝非完美，特别是内容方面受到莫尔本人所处时代与认识的限制之深，令人惊异。比如，乌托邦人的地方孤立主义在全球资本主义进程中显得多么缺乏预见性；乌托邦保留了奴隶制足以证明莫尔对殖民主义并无批判精神；乌托邦靠征召国外雇佣军的方式来维护国家的和平和国民的心理健康，显然没有超越国界的共情意识；等等。但是我们无意将《乌托邦》推为一部理想的社会纲领，而是要强调其文体建构的跨时代影响。

因此，我们不妨在进一步审视《乌托邦》的后世影响之前，再来概括一下其文体范式。结合前面的解读，我们基于苏恩文与詹姆逊的乌托邦评论，总结出以下几点：

（1）乌托邦的组织结构是为了应对某种既定的社会困境而提出的，这一困境往往在文本中有所提及，从而在乌托邦文本中形成理想与现实的对照局面，以此反衬出乌托邦组织结构的合理性；

（2）乌托邦的叙事者通常和作者一样，是一位知识分子，其叙事可靠性往往能够得到文本的多重保障，从而为概览乌托邦全貌提供可信依据；

（3）乌托邦往往处于一个地理上相对隔绝的地点，既能宣示其陌生化的他者属性，又能表征其不可能存在的虚构属性；

（4）乌托邦往往是经多人转述才呈现给读者的，以此实现离间作者与乌托邦理想的作用，进一步消解由（1）（2）两点所建立起来的严肃性；

（5）乌托邦文本具有明显的互文性特征，有意识地以同类文本作为自身的写作语境，并对前人的乌托邦方案进行借鉴或者反驳；

（6）叙事者与作者、乌托邦文本与现实、乌托邦文本与前人乌托邦文本之间的对比，构成了乌托邦文本戏剧性与反讽精神的重要来源。

上述特征在后续一百多年的乌托邦写作中不断得到强化。

康帕内拉（Tommaso Campanella）的《太阳城》（*Sun City*，1623）中，同名理想国度同样处于一个相对隔绝的岛屿之上，山城邦中贤者祭司"形而上学者"主政，三位领导人"威力"分管战争与和平，"智慧"分管自由艺术、手工业、科学部门，"爱"分管生育事务。太阳城财产公有，生活资料按需分配。农业劳作是全体公民的共同义务，实行四小时工作制（而不是莫尔的六小时工作制），劳作之后的时间则由公民自由支配。比莫尔的乌托邦更为激进的是，太阳城中完全没有家庭束缚，两性之间各取所需，所生儿童由国家统一抚养教育。

修道士约翰·凡·安德里亚（Johann Valentin Andreae）的《基督城》（*Christchurch*，1623）在经济方面同样采用公有制度。政治方面则没有采用乌托邦的君主制和太阳城的终身执政官制，而是采用三人联合执政的共和制。社会方面，安德里亚作为虔诚的路德宗教徒，不赞同太阳城式的性开放，强调了一夫一妻的必要性。虽然基督城保留了家庭制，但居民生活物资和孩童教育以及老病者的照拂等方方面面都由国家福利提供。在开明的宗教管理核心的引导下，人们积极探索各种知识（以不违背基督教精神为前提），创造出丰富的精神文明产物。

培根（Francis Bacon）的《新大西岛》（*The New Atlantis*，1626）是求知者的天堂，这个岛上城邦带有神秘主义意味，严格审查进出岛屿的人员身份，又大力收集世界各地的人类文明结晶，将之汇集在城邦中的圣堂所罗门宫之内，鼓励发明，用各种最先进的科研工具对植物学、矿物学、光学、声学等领域进行长足探索，并由专职人员将所有的科学研发转化为实际技术，发展出了飞行器、水下船只等远超其他文明的辉煌成果。

上述这几篇乌托邦文本都对航海家经历交流的模式有所保留，只是具体的呈现形式有或多或少的调整。比如《太阳城》打破了《乌托邦》上下章节的分界，以"一位热那亚航海家"与记述者"朝圣香客招待所管理员"之间的对话为形式，将批评现状的对话与乌托邦见闻的讲述编织在一起，不过对话并非对等地展开，管理员的台词只有引起下文的作用，没有实质内容（康帕内拉，1980，p. 3）。《基督城》直接去除了对话体构造，采用第一人称直述的方式，交代了以主人公为首的一群科学考察者遭遇海难来到南极岛屿上所领略到的基督城盛况，但在游记前面附上了一篇《谨致基督教徒读者》的引言，由作者直接出面在新教立场上批评了旧式宗教的社会压迫，并提到希望自己的作品不至使莫尔的杰作蒙尘（安德里亚，1991，p. 10）。《新大西岛》也以航海冒险家为第一人称叙述者，写到"我们"一行人抵达大西岛后，得到德高望重的外邦人宾馆馆长的援助和接见，在他的全面介绍下，了解到大西岛的历史与现状。由以上种种可以得知，这几本书叙述手法上的变化并非对《乌托邦》的背离，反而应看作同一写作传统中后来者为致敬先贤而采取的策略。

然而，如前所述，原初的乌托邦形态在理想构筑的严肃性与自我反思的戏谑性的二元对立间维持了一种微妙的平衡感，一旦其中一元被取消，这一平衡就变得岌岌可危。柏拉图的理想国或莫尔的乌托邦都是作者为对照现实而雕刻出的水晶之国，它们似乎与现实世界比邻，但实为作者参照各自对理式的理解绘成的海市蜃楼，现实中的航海家纵然舍生忘死、穷极世界也不可能真正觅得。而在后世的乌托邦文本中，理式与现实固有的二元对立逐渐消弭，文本内部富有自嘲色彩的虚构性自觉就被牺牲掉了。

在《基督城》中，安德里亚在篇末的《再致基督徒读者》中借基督城政府总理之口恳请读者多用别处的制度来比较批评，以使自身这个"孤零零的小岛"能够有所改进（p. 147）。而康帕内拉则撰写了一篇名为《论最好的国家》的政论文章，从各个角度为太阳城的制度合理性进行辩白，认为其中推行的种种策略完全可以克服任何恶劣的习性，方方面面都堪称完美。文中下面一段话不但再次确证了乌托邦写作的互文性，而且赫然将乌托邦文本与圣经中的神圣律法相提并论：

> 圣徒托马斯·莫尔……之所以描述一个臆造的乌托邦国家，目的是要我们按照它的方式建立自己的国家，或者至少建立这种国家的个别基础。柏拉图同样描述过这样一个国家的实质……摩西从上帝那里取得了法律，于是建立了一个最公正的国家；当犹太人以它作榜样的时候，他们活着一天就繁荣一天……（1980，pp. 63—64）

言下之意，乌托邦主义者的国家设计可与上帝的创世规划比肩。此种自信在培根笔下进一步膨胀，他的叙述者虽然是航海家，却不曾亲见新大西岛的状况，他来到岛上后被隔离在外邦人宾馆，全由馆长口头介绍岛上种种——馆长用自豪的话语追溯新大西岛这方圣土当初如何被神迹赐福，继而用美洲开发的实际知识来推导柏拉图的"大西岛"的毁灭过程，以此坐实新大西岛的历史见证人身份，再以文明古国中国的制度文化（传闻中的）为参照物，来反衬其体制的优越性（培根，1959，p. 14，pp. 16—17）。如是，无论读者是 17 世纪上半叶虔诚的基督徒，还是持有怀疑论的知识分子，对于培根本人乌托邦构想合理性的质疑都被防御性地打消了。我们在这里完全未见一个希斯拉德式的能够凭借亲身见闻客观比对岛屿内外的中立者，新大西岛岛民的自述成了彻底迷醉式的自我夸耀，文本内部没有给任何反讽的声音留下空间。

就这样，从《基督城》到《新大西岛》，叙述者对自己的乌托邦之合理性越发自我维护，似乎这些理想城邦不必是纯粹想象的产物，甚至可以在某一方现实土地上落地实践。而乌托邦传统中原本用于表示理式/现实之界的地理孤立性，在后世的文本中却逐渐被拆解为乌托邦变现的可行性保证——如果外部世界一团混沌、难于整肃，我们何不在一座岛屿或一座城邦中建个完美王国试点呢？乌托邦作者的潜在自信一旦与百年后启蒙主义乐观精神相互融汇，就水到渠成地激发出傅立叶（Jean Baptiste Joseph Fourier）、欧文（Robert Owen）们一砖一瓦地建设"法郎吉"（Phalange）与"新和谐公社"（New Harmony）的勇气。[①] 他们画地为城，修筑高高的围墙，在城内将自己的乌托邦组织形式一一加以实践，但很快就因理想化的规则设定无法支撑现实生活生产的复杂性而宣告破产。

[①] 傅立叶投入了大量精力来阐述他的乌托邦公社法郎吉得以建立的心理学依据、经济学原理，乃至从组织到运作的各个环节，巨细靡遗地书写成册，可参看《傅立叶选集》（汪耀三等译，北京：商务印书馆，1982 年）第一到第二卷中收录的《经济的新世界或符合本性的写作的行为方式》部分。虽然他并未真正主导任何一座法郎吉的建设，但是他的追随者们从1832年到1834年间开始着手营建现实中的法郎吉，并得到赞助，于凡尔赛西南一块 500 公顷（5 平方公里）土地上开工，尚未真正建成就宣告失败了。欧文曾于1824年先在苏格兰新拉纳克经营协作工厂，后在美国印第安纳州筹建新和谐公社，后者被视为典型的乌托邦实验体，曾吸引了上万人远道而来参与，但不到四年即以破产告终。受到新和谐公社的鼓舞，从欧洲到北非，从北美到南美，许多地区都曾兴建过乌托邦试点，其中维持时间最长的是带有基督教社群性质的奥奈达社团（1848—1880），实行共产制与复杂婚姻制，在创建者约翰·诺耶斯去世后组织分崩离析，无力继续维系，改组为股份公司，延续至今。上述乌托邦实践情况可参见让-克里斯蒂安·珀蒂菲斯《十九世纪乌托邦共同体的生活》（梁志斐等译，上海人民出版社，2007 年）第 9—36 页。

我们甚至无需去一一检查傅立叶与欧文们乌托邦规划的缺陷，从他们对乌托邦孤岛属性的理解与误用本身，就可以发现其中的问题所在。乌托邦写作最富有反讽意味的因素在于，莫尔们所假托的航海冒险故事，正是与全世界日益走向不可分割的有机联系之历程相伴而生的，而莫尔们笔下的孤岛之所以能够实现内在结构的完美，正是倚重于世界范围内的国际化分工：支撑莫尔乌托邦公有制经济的大量财富并不来自岛上自给自足的小农生产，而源自海外贸易。相比而言，大西岛维持着一种古怪的只进不出的锁国制度，唯欲将各地知识精华吸纳于自身，这一国策不可能脱离世界文明一体化趋势，其垄断倾向也是 17 世纪各国采取的重商主义政策之反映。法郎吉与新和谐公社得以筹建，所依赖的恰恰是作为大工业生产内在逻辑的社会协作体系。因此当乌托邦实践在乌托邦写作模式的启示下将自身闭合在孤岛或围墙之内，以避免外界的混沌侵害时，势必会隔断自身与全球化生产链条的血脉联系，从而快速耗尽内在的生机。

使乌托邦文本略略回归到原初写作初衷的，是 19 世纪末威廉·莫里斯（William Morris）的《乌有乡消息》（*News from Nowhere*，1890）。莫里斯在文中继承了乌托邦初始模式中的多元特性。开篇，莫里斯描写了一场社会主义者同盟的讨论会，借"一位朋友"的眼光观察其中一个出席者的言行举止，散会后一路追随他的所见所想，继而潜入该角色内心，转用第一人称摹写了这位朋友的一场梦境。在梦中主人公从 19 世纪末来到了 21 世纪初的英国，一个真正美好的共产主义国度，这里不但没有金钱和私有制，而且还废除了政府、法律、军队以及其他一切国家机关，连国家的概念也趋于泯灭，机械化生产所造成的劳动异化同样消弭无形，人人幸福自在。

如前所述，莫尔在写作《乌托邦》时采用的转述一方面能够对乌托邦图景形成离间效果，另一方面也构成了对自己身份的反讽——在此不妨引述文艺复兴研究学者格林布拉特对莫尔的评论以作补充：莫尔在描绘乌托邦组织结构时，没有为司法体系留下什么空间，尽管他本人的社会身份正是司法官（格林布拉特，2022，p.60）。在这方面莫里斯可谓蹈履先贤，同样对自己的知识分子身份做了调侃。他借出场人物之口，批评了 19 世纪牛津剑桥的商业化弊端：

> 一种自封为有教养的人士的特殊寄生阶级的训练所。他们这些人对人生抱着一种冷眼旁观的愤世嫉俗的态度，当时一般所谓受过教育的阶级全是这样的。可是他们有意夸大他们愤世嫉俗的态度，希望给人们一种印象，认为他们经验丰富，通晓世故。……不过，应该承认这些寄生

虫远没有旧时代的弄臣那么讨人喜欢，事实上他们是社会上人人讨厌的家伙。他们受人嘲笑，受人轻蔑——并受人赏赐，这也就是他们的目的所在（莫里斯，1981，pp. 87－88）。

莫里斯年轻时（1853—1855）受教于牛津大学，正是其笔下角色口中批评的"有教养的寄生虫"，而他笔下的叙事主人公最初出场时也恰是个"愤世嫉俗者"，在社会主义者同盟的讨论中，对其他派别的意见嗤之以鼻，"咒骂其他的人都是傻瓜"（p. 3）。莫里斯本人也在1884年实际参与了该同盟的讨论，这里叙事者的形象与莫里斯对自身过去心态举止的反思恐有解不开的联系。在《乌有乡消息》的新世界中，牛津不再是装模作样的文人聚集地，而恢复为真正的学术中心，任何人都可以随意出入，畅饮知识之泉。就这样，莫里斯将莫尔的自我嘲讽传统带回了乌托邦写作之中。

除转述之外，莫里斯还引入了此前乌托邦写作中一直欠缺的元素来巩固叙述者的谦卑形象。传统乌托邦文本虽然有航海小说的框架，但实则并无探索未知的意趣。苏恩文所说的乌托邦式"戏剧性"只存在于理想与现实的对话之间，在文本内部恰恰缺乏任何戏剧化的因素。叙事者与他的受众之间理解无虞，外乡人与乌托邦居民也交流顺畅，误会、冲突、争执不见于任何乌托邦舞台，文化差异和理解习惯所造成的障碍也全无踪迹。对于来访者来说，乌托邦虽然理应是一片陌生国度，但是它丝毫不神秘难解，也不半遮半掩，就像一个全体通透的水晶模型一般向观摩者敞开，等待考察的目光。乌托邦的叙事者们自然也无待曲径通幽地了解过程，只需用俯瞰的视角统览万象，就可对乌托邦做全景性的介绍。这使得传统乌托邦文本与游记文学间的距离，较政论小册子与之更为遥远。如此结构文章的结果之一，就是没有哪部传统乌托邦文本对岛上居民做过有名有姓的刻画塑造，局中人的生存体验被有意无意地无视，成了隐藏在一切乌托邦许诺之下的内在裂痕——纵使作者本人因喜欢修道院式的苦行生活，而大力推广朴实无华的刚毛罩衫，将金银矫饰视若敝屣，但是每一个乌托邦居民都会无条件认同简朴、摒弃享受吗？我们对此一无所知。针对这一缺陷，莫里斯借助了文学笔法回驳。

莫里斯受狄更斯（Charles Dickens）影响颇深——就像莫尔不断致敬柏拉图、安德里亚再三提及莫尔一样，在《乌有乡消息》中，作家狄更斯的名讳也不时出现[①]，狄更斯式的逸笔细描手法也贯穿全文。叙事主人公"我"来到乌有乡后结识了一位邻居迪克，请他代为引路，在乌有乡盘桓畅游，为

---

① 准确来说有五次之多，分别见于《乌有乡消息》第三、十七、十九、二十六章。

期短短几日，经历旅途也不过从伦敦市区到牛津郡而已，其间见闻却耗费了两百多页的篇幅，所经之处尽皆明媚清爽、恬静宜居，与狄更斯笔下被重重烟雾笼罩、阴冷黏着的伦敦形成对比。行文中不但引路者迪克得到了丰满的塑造，而且一路走去，他的友人、家人、恋人也纷纷被带上前台，与主人公或座谈或伴游，个个性格鲜活。乌有乡的邻人们不吝发挥各自才华，设法将日用物品装点到极致奢华，于是连烟斗的纹饰与服装的刺绣也得到详细摹写。对无关主旨的装饰性细节投注大量写作精力，与环境摹写、人物塑造一起，构成了莫里斯用以弥补乌托邦传统文本中体验不足的手段，使读者可以充分地代入，体会在克服了工业大生产异化缺陷后的梦幻未来里人人可以获得的舒适安逸。

需要承认的是，莫里斯与他笔下乌有乡间的反讽距离是不够的。一方面，就像莫尔们一样，莫里斯将自己的私人兴趣大量地裹挟进了乌有乡塑形之中。他文中体现出的对装饰品的偏执兴趣即为一例。1861 年，25 岁的莫里斯曾和朋友一同开设美术装饰公司，负责家具雕刻、服装刺绣等，要"通过艺术来改变英国社会的趣味，使英国公众在生活中能够享受到一些真正美观而又实用的艺术品"（莫里斯，1981，p. 2）。鉴于这种私己化审美观的渗透，那个关于乌托邦体验之普适性的质疑就需得保留。另一方面，莫里斯对自己的乌有乡设想之合理性也不疑他。当"我"从梦中悠悠转醒，并没有为一切都是黄粱一梦而感到绝望，反而振奋于自己可以通过"不辞辛勤劳苦，为逐渐建设一个有爱、平静和幸福的新时代而奋斗"（p. 263）。于是乌有乡在莫里斯处也成了一个"终究会到达的好地方"。考虑到莫里斯的理想设计是基于对大工业生产的不信任与对中世纪小农经济的眷恋，就足以知晓他的乌有乡之可行性并不比傅立叶的法郎吉更高，可二者对自己乌托邦必然成真的信念强度却难分伯仲。

因此，尽管莫里斯借转述、互文性与文学虚构，重新引回了乌托邦的反讽要素，补足了乌托邦体验之缺乏，拓展了乌托邦写作的表现空间，但令人遗憾的是，他的虚构笔法无力抵抗将私人想象转化为人类未来的诱惑，当然也无法承担乌有乡从梦想照向现实后可能产生的全面后果。

三、乌托邦之死与反乌托邦文学

从莫尔到莫里斯，我们始终无法回避乌托邦的普适性问题：假设一个人人身穿刚毛罩衫、伴侣由国家统一调配、个体价值观高度一致的乌托邦已然成为现实，对于莫里斯笔下率性自由、喜欢华美服饰的迪克来说，那会是一个理想的天堂吗？公平起见，我们再把问题反过来：假设一个人人闲适自在、工作与游戏浑然不分、拒绝任何管理组织统筹规划的乌有乡就地落成，它会令希斯拉德船长欢喜纳受吗？限于各自的教育背景、社会经历、阶层属性或审美偏好，乌托邦作者们各自的造梦产品都难以摆脱同一尴尬局面——自己笔下尽可能普适的乌托邦不可能成为所有人的共同梦想，这也就意味着，即使不考虑任何技术细节，也能够推知，如果要全面实现某个乌托邦，势必要使一部分人遭到压制，从而违背乌托邦要使人人幸福安乐的原初许诺。正如柏拉图的理想国所启示的——理想国本身就蕴含着极权帝国的种子，同样，每一个乌托邦晶体之下都暗藏着恶托邦（Dystopia）的阴影。[①] 乌托邦写作固然可以通过虚构性和反讽性来自我解嘲，然而一旦经受不住将理想照进现实的致命诱惑，恶托邦就必将随着乌托邦实践一起降临大地。

20 世纪上半叶，沿着乌托邦写作的潜在逻辑路线，另一条写作支线产生：反乌托邦文学。[②] 如果说乌托邦写作是以现实问题的针对性解决方案为基点，推演出关于理想社会的美好想象，那么反乌托邦写作则从现存的乌托邦规划倾向中发现危机苗头，借想象将其可能造成的毁灭性结局加以文学呈现。与《乌托邦》《太阳城》《基督城》这三大乌托邦文本相对应，自 20 世纪 20 年代到 40 年代间产生了描述乌托邦之反面图景的"反乌托邦三部曲"：《我们》（We，1921）、《美丽新世界》（Brave New World，1932）与《一九八四》（Nineteen Eighty-Four，1949）。三部作品从各自侧面摹写了化为现实的未来乌托邦，其各自理想的社会规划没有迎来天堂，反而造就了地狱。

苏联作家扎米亚京（Eugene Zamiatin）的《我们》中的"联众国"建造者认为个体差异为万恶之源，视灵魂为应被切除的恶瘤，因此借统一生活步调、大型公共集会、全面人身监管、废除亲族关系等手段，将所有公民打造为一个个数字，人们没有姓名只有编号，没有自我只有"我们"，整齐划一地共同维护国家的统一秩序。英国作家赫胥黎（Aldous Huxley）的《美丽新世界》预言"福特纪元"六百年后的"世界国"将彻底解决分工矛盾，依靠瓶装胚胎的人工培植与筛选、睡眠教育与行为强化将五个社会等级加以固化，

---

① 本文中恶托邦与反乌托邦的概念界定参见引言部分注释。

② 饶有意味的是，反乌托邦文学的发端可以归于一位乌托邦主义者——H. G. 威尔斯（Herbert George Wells）。作为 19 世纪末工业文明发展巅峰时代的见证人与现代科学前沿的研习者，威尔斯本人既是热忱的科学乌托邦理想构建者，也是较早发觉科学技术与工业生产的发展势头之下的隐患，并以文学笔法敲响醒世警钟的反乌托邦先驱。但是考虑到其思想与文体的摇摆不定，本文将越过威尔斯，以反乌托邦写作形式更具代表性的"反乌托邦三部曲"为后续讨论对象。关于威尔斯的摇摆，可参看《科幻小说变形记》第二卷一、二两章。

并辅以高水平的社会福利与物质享乐供给，使针对社会现状的抗争意识无力萌生。如果说"联众国"与"世界国"至少兑现了传统乌托邦规划的富足愿景，那么奥威尔（George Orwell）的《一九八四》中的"大洋国"甚至并不许诺物质丰盛与生活幸福，且通过发动永久性世界战争来规避生产过剩所造成的社会危机，凭借高压的行政手段、高科技的监视设备和语言词汇的系统消减来实现对社会成员人身与思想的全面控制。

表面看上去反乌托邦文本是对乌托邦写作的背离与嘲弄，但只要略加分析，就可以发现反乌托邦作品不但在形式上对乌托邦文体模式有所延续，同时其深层的现实批判精神也与乌托邦传统一脉相承。下文我们将借助第二节所列六点乌托邦文体特征的框架，分析反乌托邦与乌托邦写作的差异与共性。

（1）现实社会问题的针对性。正如乌托邦的组织结构能够针对性地诊治乌托邦文本中明示或暗示的现实社会问题，反乌托邦文本中的社会秩序也源于某种社会问题的解决方案。《我们》的"联众国"用数学秩序取消个体差异造成的无序性。《美丽新世界》的"世界国"用胚胎工程解决阶级矛盾。《一九八四》的"大洋国"用极权统治消灭经济危机以及社会不满。不同的是，在反乌托邦文本中这些作为屠龙者的解决方案最终都成了恶龙本身："联众国"中的人都成了仅具代码的机器零件，连灵魂和想象力都成了必须切除的冗余成分。"世界国"的民众固然不会再为阶层流动性而焦虑，却全体退化为仅有欲望满足机能的动物。"大洋国"与其他两个国度三分世界，对外通过持久战争维持三方平衡；对内利用种种愚民手段，确保各自国民绝对认同本国政权。就这样，当初用来解决社会问题的手段本身反而成为终极目的，工具合理性取代价值合理性成了人们追求的唯一目标，甚至连策划一切的首脑们也因要背负真相而成为这一秩序神坛上的祭品。所能想象的最好的国度最终沦为最坏的国度，在这些恶托邦中，没有任何一个人真正幸福。

（2）叙事者与作者的趋同性。正如乌托邦的叙事者与作者同为知识分子，来保障其记录与想象的可信性，反乌托邦作品也都以知识分子为聚焦主人公：《我们》中的 D-503 号是"联众国"首架宇宙飞船"积分号"的设计师，能够充分领会"联众国"的统治逻辑；《美丽新世界》中前半部分聚焦人物伯纳德是"世界国"的核心胚胎工程师之一；《一九八四》中的温斯顿是"大洋国"用来统摄全民思想的"真理部"的机密信息处理人员。透过他们的眼睛，读者得以理解每个反乌托邦国度的兴建历史与组织原则。再考虑到这些事实——扎米亚京曾任造船工程师，参与建造了苏联当年最大的破冰船"列宁号"；赫胥黎的祖父是生物学家 T. H. 赫胥黎（Thomas Henry Huxley），赫胥黎本人亦曾有从医的计划；而奥威尔则是"英社"原型英国工党的党员，在第二次世界大战期间长期参与制作 BBC 的政治宣传广播节目，也可看出反乌托邦作品中主人公的经历、体验多数是作者的夫子自道。他们之所以能够写出如此的警世作品，也正是由于身为知识分子能够洞观同时代存在的社会问题，并以私人体验为探测机制，觉察社会发展趋势中的潜在陷阱。洞见与体验的二元并立，形成了作品戏剧化主题的重要动力源。

（3）空间或心理上的封闭性。反乌托邦写作全面继承了乌托邦的孤岛设定："联众国"是毁灭性的世界大战后在永久性玻璃和高压电网组成的巨型"绿墙"中建立起来的；"世界国"同样成立于几何形围栏之内，外侧是不受工业秩序控制的蛮荒保留区；"大洋国"则用人造谎言和信息封锁来将民众牢牢控制在思想藩篱之内。基于类似设定所产生的效果则有明显的差异。乌托邦的孤岛特征最初意在强调理想难以企及及其与现实的疏离感，后来成为乌托邦实践能够成功的物质保障，而每一个恶托邦的隔离属性则在意指：一旦玻璃围墙或思想的铁幕构筑闭合，个体就没有再次突围的可能。从空间上讲，与殖民开拓初期的乌托邦写作不同，反乌托邦写作诞生在帝国主义全球瓜分完毕的时代，20 世纪人们已经找不到任何一块化外飞地来寄托诗性的理想，每一寸土地都只有现实残存。从时间上讲，当恶托邦构筑者们把社会闭合在一个固定的围墙之内时，历史就冻结在"理想"时刻，任何变革的潜在可能都被取消。

（4）叙事形式与叙事者身份的变化。与乌托邦写作用转述形式再三强调记录真实性的做法不同，反乌托邦写作从开端就表明其文学虚构的身份，同时不再以外来旁观者为叙事核心，而以恶托邦内部成员为叙事者或聚焦主人公，围绕他们的个体经验展开情节，揭示恶托邦的可怕之处。对叙事模式的如是改写，既受到莫里斯等人所做的程式突破之鼓励，也最适于呈现反托邦写作主旨——尽管从社会体制运作的自我支撑角度看，"联众国""世界国""大洋国"各自组织结构都可自圆其说，但一旦聚焦到内部成员不堪的生存体验，其合理性假象也就不攻自破。必须指出的是，传统乌托邦的"外乡人"元素在反乌托邦写作中并未遭到彻底抛弃，反而以变体的形式重获生机。毕竟身处恶托邦的围墙之内的角色若想获得超越性的批判视角并不容易，因此反乌托邦文本中的主人公往往会在某些"异乡"启示下转化为精神上的"外乡人"。《我们》中主人公 D-503 受反叛组织"魔非"成员 I-330 的影响，开始质疑"联众国"数学秩序的唯一合理性；《美丽新世界》后半部分的主人公约翰虽是"世界国"之子，但因意外成长在蛮荒保留区，被带回围墙之内后仍然能靠少时所读的莎士比亚作品来对抗享乐主义的侵蚀；《一九八四》中的温斯顿则因保留了"大洋国"成立之前的生活记忆而能觉察到现状的诡谲。这些角色对恶托邦的游离与反思，恰如莫尔借希斯拉德这一异乡人之口批判英国现状时所持的冷峻态度，乌托邦写作中传统的批判异化现实之刃，成功在反乌托邦写作中转换为反讽异化理想之锋。

（5）互文性特征的强化。如果说乌托邦文本间存在大量互文性，那么反乌托邦文学则不仅在自身传统中互相竞争，也在不断对乌托邦文本进行戏拟。不知将理想国比喻为有机人体的柏拉图看到《我们》中所有个体都被化约为国家整体的组成细胞，千百万细胞组成"伟大的协调一致"（扎米亚京，2005，p. 139），是否会表示满意。"联众国"中的"号码"们每天都要遵守严格的时刻表行事（p. 12），而在《太阳城》中也可看出康帕内拉对制定时刻表的兴趣。"联众国"允许"号码"们用"粉红票"来建立一段男女关系，"世界国"对两性滥交的鼓励、对感情忠贞的鄙夷也可从"太阳城"中的共妻制度找到源头。《美丽新世界》在驳斥莫尔式禁欲主义的同时，延续了傅立叶与莫里斯等人的享乐倾向，而其中以胚胎工程来固化阶级划分的做法，恐怕会令柏拉图与莫尔一起惊叹。《一九八四》中的三大统治部门"和平部""真理部""友爱部"与《太阳城》中的三位核心领导人"威力""智慧""爱"名称与职权惊人地一致——不过是在讽刺的意义上："和平部"负责制造战争，"真理部"负责制造谎言，"友爱部"负责制造恐怖（奥威尔，2002，p. 8）。无论是《乌托邦》的君主制还是《基督城》的共和制，传统乌托邦国家的建构都是自上而下完成的，"联众国""世界国""大洋国"的建国过程也莫不如此，莫尔们对管理者权威的强调也预示了"老大哥"与"英社"的极权统治，而这正是莫里斯笔下的无政府主义乌有乡民们的噩梦。

（6）反讽精神的继承。上述理想与现实、作者与角色、乌托邦与反乌托邦的二元对立共同成就了反乌托邦文本强劲的反讽力量。詹姆逊曾指出，乌托邦作者对乌托邦理想的构建努力是对自身身份所受意识形态限制的逃离，而这一逃离的结果是他反而对自己梦想的真实性更为依赖（詹姆逊，2014，p. 229）。如果说这解释了为什么从安德里亚到莫里斯，乌托邦作者越发缺乏对自身的乌托邦想象的批判和反思意识，那么反乌托邦写作可以看作对上述窘境的尝试性突破。反乌托邦作家们都饰演着各自所在世界的秩序建构者角色，但也皆因身在其中而对发展走向感到不安，遂用反乌托邦写作的反讽形式来展示现有秩序的潜在问题，用陌生化手法放大其异化倾向，借文学想象凸显其可怕未来，将人们从迷醉不疑中高声唤醒——扎米亚京借《我们》对自身的工程师身份与当时苏联的社会制度进行反讽；赫胥黎借《美丽新世界》

对自己的生物学、进化论家学和同代人对社会规划、科学进步的迷信进行反讽；奥威尔借《一九八四》对他本人所在工党的政治信仰、第二次世界大战时英国的配给制度，以及当时炙手可热的政治经济学与方兴未艾的新兴媒体技术进行反讽……

或许每个时代都存有它的痼疾，如果不加以诊治，就将引发灾难。每个时代的人们也都会提出针对性的诊疗方案，对这一方案的想象推演就成为乌托邦文本的思想来源。然而被视为济世良方的规划的逻辑延长线，也许会通往另一种灾难，反乌托邦文本即旨在以呈现未来灾难的方式来警示当下灵药在握的盲目乐观。因此尽管反乌托邦写作看似有许多冒犯、调侃乌托邦的成分，但归根结底源自同一种忧患意识，以及对当下的焦虑、对自身的省察。这份焦虑、省察与忧患，使得乌托邦作者与反乌托邦作者不但在形式层面，也在灵魂层面享有传承关系。他们确乎像詹姆逊所说无法彻底摆脱各自的时代与自我之限，但是他们都能够或多或少地认识到自己身在泥淖之中，并尝试自救救人。奥威尔们以笔为矛，如同堂吉诃德一般对渐渐围拢的异化铁幕发起进攻，在读者心中产生的震颤冲击，与莫尔对当年英国社会弊端的铿锵批评形成隔代共鸣，至今回响不绝。

结　语

当然，哈贝马斯宣告乌托邦已死，并不是故作惊人之语。[①] 无论是乌托邦还是反乌托邦，之所以能够形成对现实的反思视角，皆因有"他者"来做反衬当下之镜。柏拉图借与雅典形成对照的斯巴达来建构自己的理想国，16世纪的莫尔们参照新航路开辟所探知的美洲来构建自己的乌托邦，19世纪的莫里斯们对比未被工业化城市全面吞噬的残留村社来构建自己的乌有乡，到了20世纪的反乌托邦作者这里，世界经济一体化已经成为事实，全球少有神秘岛屿未被开发，城乡之间乃至国家之间的差异也日趋减小，留给反乌托邦作者们作为参照物的他者，几乎只剩下了历史记忆。那么当地球村越发趋同，所有的差异都被时间抹平，连历史记忆也被彻底尘封之际，我们可还有机会获得任何自省的参照物与立足点？

至少我们的想象力尚未枯竭。想象外星来访，想象未来穿越，想象平行时空……晚近科学界对宇宙的探索大大拓宽了我们对"他者"的想象能力。

---

① 哈贝马斯被视为乌托邦终结最著名的宣判者，参见陈周旺《正义之善：论乌托邦的政治意义》（天津人民出版社，2003年）第252页。

虽然这些想象就像乌托邦－反乌托邦想象一样，总难免于赫拉克勒斯之困境，借助现时性的想象之力，无法使我们彻底从现实性的泥淖中解脱，但是乌托邦－反乌托邦写作所独有的现实批判力与自我反讽力结合在一起，毕竟可以构成挣出沼泽的初步踏板。我们也确实看到了许多扩展到宇宙范围的乌托邦与反乌托邦写作在不断延续这一批判与反讽的传统，催促我们永不停驻在任何一个幻象之前。毕竟乌托邦写作一直在充当的，并非未来世界的造物主，而是当下世界的靡菲斯特（Mephisto）。

引用文献：

安德里亚，约翰·凡（1991）．基督城（黄宗汉，译）．北京：商务印书馆．

奥威尔，乔治（2002）．一九八四（孙仲旭，译）．南京：译林出版社．

柏拉图（2005）．蒂迈欧篇（谢文郁，译）．上海：上海人民出版社．

铂蒂菲斯，让－克里斯蒂安（2007）．十九世纪乌托邦共同体的生活（梁志斐，等译）．上海：上海人民出版社．

陈周旺（2003）．正义之善：论乌托邦的政治意义．天津：天津人民出版社．

傅立叶（1982）．傅立叶选集（赵俊欣，等译）．北京：商务印书馆．

格林布拉特，斯蒂芬（2022）．文艺复兴时期的自我塑造：从莫尔到莎士比亚（吴明波，等译）．上海：上海文艺出版社．

赫胥黎，阿道司（2017）．美丽新世界（陈超，译）．上海：上海译文出版社．

康帕内拉（1980）．太阳城（陈大维，等译）．北京：商务印书馆．

莫尔，托马斯（1982）．乌托邦（戴镏龄，译）．北京：商务印书馆．

莫里斯，威廉（1981）．乌有乡消息（黄嘉德，译）．北京：商务印书馆．

培根，弗朗西斯（1959）．新大西岛（何新，译）．北京：商务印书馆．

苏恩文，达科（2011）．科幻小说变形记：科幻小说的诗学和文学类型史（丁素萍，等译）．合肥：安徽文艺出版社．

扎米亚京，尤金（2005）．我们（殷杲，译）．南京：江苏人民出版社．

詹姆逊，弗里德里克（2014）．未来考古学：乌托邦欲望和其他科幻小说（吴静，译）．南京：译林出版社．

作者简介：

曲宁，北华大学文学院副教授，主要研究领域为西方文学理论．

Author:

Qu Ning, associate professor at College of Literature, Beihua University. Her research is focused on Western literary theories.

Email：etinarcadiaego@163.com

从乌托邦到日常生活：科幻现实主义的演变与局限

张 杨

摘 要： 自晚清民初担起新民救国之大任的"科学小说"，到十七年时期的科技发明预言小说、80 年代初的社会性科幻小说，再到当下重构现实的科幻小说，科幻现实主义作为一种方法始终贯穿于中国科幻文学史。这既体现了中国科幻作家介入现实的积极姿态，也体现了中国科幻的"中国性"。如今，在新的现实面前，回顾科幻现实主义的演变历程，观照其如何承担认知批判、政治反思与重构秩序的功能，是必要而有意义的。在批判性的返观中或将寻得"未来的科幻文学应以何种姿态介入现实"这一问题的答案。

关键词： 科幻现实主义 乌托邦 日常生活 超现实

From Utopia to Daily Life: On the History and Limits of Science Fiction Realism

Zhang Yang

Abstract: From the science fiction that took on the task of saving the nation in the late Qing Dynasty to the Gadget SF that predicted scientific and technological inventions in the Seventeen Years, the social science fiction novels in the early 1980s, and the current science fiction that reconstruct reality, science fiction realism has become a method running through the history of Chinese science fiction literature. This not only reflects the positive attitude of Chinese science fiction writers to intervene in reality, but also reflects the "Chineseness" of Chinese science fiction. Today, in the face of the new reality, it is necessary and meaningful to look back at the evolution of science fiction realism and how it undertakes the functions of cognitive criticism, political reflection, and order reconstruction. Through the critical retrospection, we may find the answer to the question of "what kind of attitude should be held when science fiction intervenes in reality".

Keywords: science fiction realism; Utopia; daily life; hyper-reality

如今，科幻与现实的界限越来越不可分，科幻正在成为日常生活：一方面，不少先前的科学幻想已然变成现实，科幻式进步随处可见；另一方面，也正是因为这种进步，"现实"成为技术制造之物，真实在复制中解体。（波德里亚，2012，pp. 95-96）超现实的幻象成为每个人所能感知到的唯一现实，因此，作为"人学"的文学如何反映这种全新的社会现实及人在其中的境况成为亟待解决的问题。我们唯有改变把握现实的方式才能真正介入现实，在这一点上，科幻文学提供了一种新的可能路径。这种"新"并非高蹈于现实之外的"奇"，而是一种"新的历史意识""新的表达机制"，它能够讲述"旧的文学形式几乎不能再记录"的"我们的现实"。（詹姆逊，2004，p. 7，p. 15）在"内爆"的时代，拟像法则统治一切，真实成为不可想象的乌托邦（布希亚，1998，p. 235），科幻小说成为一种现实主义，成为对"真实"的召唤。而在中国，"科幻现实主义"作为一种方法贯穿了科幻文学的发展。这一术语诞生于 20 世纪 80 年代，而后在陈楸帆等青年科幻作家那里获得了新的意义。它体现了中国科幻的"中国性"：作为类型的科幻小说一开始便被晚清知识分子视为新民救国之工具，至十七年时期成为社会主义现代化建设的一种蓝图，在新时期又同主流文学一道参与对过往激情的反思，90 年代以来则在新的日常生活秩序中表征现实。如今，科幻文学步入了新的发展阶段，在此之际回顾科幻现实主义的演变历程是必要而有意义的，经此，科幻与现实的历史缠绕将得以显明，而科幻文学在整个文学场域中的位置及意义也将更为清晰，最重要的是，从返观中我们或将寻得"未来的科幻文学应以何种姿态介入现实"这一问题的答案。

一、批判现实处境：科学小说中乌托邦的认知功能

作为一种外来的文学类型，科幻小说一开始是以"科学小说"之名传入

中国的。1902 年，梁启超在宣传《新小说》杂志时，将柏拉图的《理想国》（*The Republic*，约前 375）、莫尔的《乌托邦》（*Utopia*，1516）、矢野文雄（矢野竜渓）的《新社会》（《新社会》，1902）、埃留（Albert Robida）的《世界未来记》（*Le vingtième siècle*，1882），以及凡尔纳的《环绕月球》（*Autour de la lune*，1870）、《气球上的五星期》（*Cinq Semaines en ballon*，1863）、《海底两万里》（*Vingt Mille Lieues sous les mers*，1869）等归为"哲理科学小说"。尽管在稍后的《新小说》创刊号（1902）上，"哲理"与"科学"被分别作为《世界末日记》（*La Fin du Monde*，1894）与《海底两万里》的标签，但对梁启超而言，哲理小说与科学小说的界限并不那么明显，《世界末日记》即以"科学上最精确之学理，与哲学上最高尚之思想"（饮冰，1902，p. 117）组织而成。几年之后，另一位小说批评家也表达了类似的观点："吾意以为哲理小说实与科学小说相转移，互有关系：科学明，哲理必明；科学小说多，哲理小说亦随之而夥。"（定一，1905，pp. 170 - 171）"哲理"与"科学"的缠绕源于时人的科学观："科学"包含了形而上学（政治学、社会学等）与形而下学（格致学），而且，在"科学"尚被译成"格致"时，它就已经接近一个本体性概念，所谓"浅之在日用饮食之间，深之实富国强兵之本"（佚名，1898，p. 3）。因此，在当时，凡是"发明哲学与格致学"（梁启超，1902，插页）的小说均可视为科学小说。

"科学"的真理性意味赋予了科学小说以终极关怀的深度，不过梁启超也深知如《世界末日记》这样的小说只适合"语菩萨"，而非"语凡夫"，真正能够唤起国民政治热情的是《新中国未来记》（1902）之类的政治乌托邦小说，或凡尔纳式的科学冒险小说。值得注意的是，与前者想象的"拟换性历史"相比，以科技发明为主题的凡尔纳式的小说并未建构起"异"世界，而仍处于现实世界的框架内，但以科学为基石的政治乌托邦小说则提供了一种观照现实的全新维度，并使革命成为可能。乌托邦在此成为"诊断"与"批判"的工具，"它允许我们返回到具体的环境和情形当中，了解其中的暗点和病理层面"（詹姆逊，2014，p. 200）。正是由于梁启超基于"科学"而想象出迥异于中国历史的图景，黄克强与李去病的辩论才具有了"逻各斯"的意味，读者在这种"指示性话语"中，看到"新中国"作为"未来的"事物出现。同时，"楔子"中的"新中国"并不是"真理的原始所在"，作者真正想要展示的乃是真实与现实。① 倘使缺少了楔子中的未来寓言这一环，那么，读者从文本中所见的则是令人眼花缭乱的"怪现象"，而非本质。

虽然在有些批评者看来小说是"社会之 X 光线"（楚卿，1903，p. 5），但事实上，如"现形记""怪现状"等看似直接描摹社会现实的小说却总因"描写失之张皇，时或伤于溢恶"（鲁迅，2005，p. 295）而违背了真实。与之相比，晚清科学小说中的乌托邦另建了一个异世界，其中关于真实的逻辑是现实的某种延伸，在此种框架内，即便对现实的描写存在夸张、变形的问题，也同样可以被视作真实的反映。以《新石头记》（1905）为例，作者吴趼人是晚清谴责小说的代表性作家，这篇"兼理想、科学、社会、政治而有之"（吴趼人，1998，pp. 299－300）的小说前半部分是对晚清种种现实相的直接描绘，后半部分则营造了一个"文明境界"的乌托邦。宝玉进入文明境界后首先感受到的便是科学的万能，如"性质"之类的无形之物可被轻易检测出本质：在验性质镜面前，人之内核亦无从遮蔽。在晚清科学小说中，"镜"的隐喻尤其值得注意，它体现了那个时代的"看"的渴望，不仅仅是"看见"，更是"看清"，这是医治的前提，无论是换脑术还是洗心术，均离不开"镜"与"看"。"文明境界"本身即承担了镜的功能，以此为参照，前面以嬉笑怒骂之笔所建构的现实本质——黑暗与荒诞——才得以明示。同时，文明境界的构造原理，也即儒家价值体系与现代科学的结合，才获得了意义。与《新石头记》类似，《新纪元》（1908）、《电世界》（1909）、《乌托邦游记》（1906）等科学小说文本也都通过营造乌托邦使历史、现实与未来之间形成了独特的张力，在虚构与真实中，国家乃至世界被剧场化了，成为需要个人参与的舞台剧，当读者选择合乎自身想象的路径，并将之化为实际行动时，一场由虚构发起的对现实的革命便成功了。

辛亥革命之后，共和初定，科学小说中的乌托邦发生转向，出现两个分支：一个姑且称为实业的优托邦②，如对铁路强国、工业强国、农业强国的想象；另一个便是恶托邦，通常被标为滑稽理想小说，借助寓言的形式呈现地狱般的惨相。前者可被视为所谓"大国重器"科幻小说的源头；在后者的

---

① 这里意在借用"逻各斯"一词所涵盖的理性、判断、关系等多重意义。张汝伦在《〈存在与时间〉释义》（上海人民出版社，2014，第 99－100 页）中认为，"logos"作为"指示性话语"，"让某事物作为某事物被看见"，"真理"则是"在指示性话语中的去蔽"，这也是海德格尔所说的"logos 不过是一种确定的让人看见的样式，但却不是真理的原始所在"。

② 此类想象"实业界之天国"的科幻小说有：剑秋《环游二十万里铁道记》（1912—1913）、疠白《沧桑梦》（1913）、蔡疯癫《梦里中华》（1913）等。

谱系上则出现了《猫城记》（1932）等。尽管五四时期"赛先生"的旗帜高扬，但科学小说并未因此而繁荣，其中最重要的原因就在于，科学的终极价值，也即梁启超隐约感知到的科学与整个人类的关系，演变成科学对具体人生的指导意义，所谓"科学的最大的贡献与价值"，是"领导人生的行为，规定人类的关系"（任鸿隽，1922，p.639）。于是，"为人生"的文学应运而生。在这股现实主义的冲击波中，科学小说或倾向于科普教育，或以讽刺社会现实为旨归，《猫城记》即后者的代表。

事实上，在《猫城记》之前，市隐就曾作过一篇关于火星的科幻小说《火星游记》（1925）。在他那里，火星这个"赤星世界"是"暗星世界"（地球）的参照，是建筑于佛法和科学基础之上的乌托邦。与之相反，老舍笔下的火星则是纯粹的"恶梦"，主人公因飞机失事进入猫国后，感受到的是"快要灭绝"的文明："文明与民族是可以灭绝的，我们地球上人类史中的记载也不都是玫瑰色的。"（老舍，1936，p.85）老舍自言此篇不像威尔斯（Herbert George Wells）的《登上月球的第一批人》（*The First Men in the Moon*，1901）那样"有意的指出人类文明的另一途径"，他只是出于"对国事的失望"而作了这个"讽刺文章"，换成别的星球或生命亦不影响。（老舍，1937，p.48）这恰恰是晚清评论家对科学小说的认知："所谓某某未来记、某星想游记之类"，不过"'今社会'之见本也"（曼殊，1905，p.172）。对讽刺功用的强调使得近现代中国的科学小说具有自觉关怀现实的倾向，但同时也不必讳言沉重的现实对科学幻想的削弱：梁启超最初意识到的终极关怀，或威尔斯小说中对人类命运的大思考几乎未曾出现在这一时期的中国科幻里。

当一些知识分子将现代科幻小说归入中国讽刺文章的传统时[①]，这种美学价值的接轨使科幻小说具有了十足的中国特色。小说家们借助寓言等笔法在科学之名下勾画乌托邦以寄托家国情怀，并希望这形形色色的乌托邦能够使现实之本质被民众看清，从而使中国成为真正"伟大的光明的自由的中国"（老舍，1936，p.271）。这正是根植于现实的科幻现实主义。当然，近现代科

---

① 回顾现代中国知识分子对恰佩克（Karel Čapek）、威尔斯等经典科幻作家的接受，通常被看重的是其讽刺现实的功力，而幻想则相对不被重视。如佩韦在《现代捷克文学概略》（《小说月报》，1922年第10期，第5—8页）中评价 R.U.R 是"半讽刺半想象的剧本"；胡哲谋在 *Selections from Contemporary British and American Writers*：*H. G. Wells*（《英文杂志》，1922年第1期，第13页）中认为其"科学的幻想的小说"（这也是较早出现的与"科学小说"相并列的称谓）"都是很聪明的作品，很能代表威尔士的敏捷的丰富的幻想力……但是他的更有价值的著作却要算几本写实的或是讨论社会问题的小说"。

学小说并不仅此一脉，但另一条路径——科技发明介入现实世界——同样如此，并在 20 世纪 90 年代之后演化成对日常生活的重构。

二、激情与反思：从"现实主义的幻想"到"科幻现实主义"

80 年代初，郑文光提出"科幻现实主义"这一概念，并发愿作"现实主义的科幻小说"："……外国人说我是科幻现实主义，这个名词在他们那里是贬义，但我却恰恰想致力于搞现实主义的科幻小说，也是我们社会主义科幻小说的一个组成部分"（郑文光，1984，p. 249）。据姜振宇的研究，"现实主义的科幻小说"也即"Social Sci-Fi"（社会性科幻）（姜振宇，2017，p. 78），而这一概念则由阿西莫夫（Isaac Asimov）在 1953 年提出：他认为科幻小说的模式可大致分为三种：科技发明（Gadget）、冒险（Adventure）与社会性（Social），而且后者才是最成熟（most mature）的形式。（Asimov，1953，p. 157）且不考虑评价者的个人倾向性，不可否认的是，郑文光所提倡的"科幻现实主义"带有鲜明的中国特色，欲考察其话语生成机制，有必要回顾新中国成立后科幻小说的发展历程。

新中国成立后，在"时间开始了"的喜悦与激情中，"一切愿意新生的"站在了崭新的画布前，拥有了书写名为"社会主义"的历史的自由。（胡风，1999，p. 106）"他们神往于更加美好的未来生活。他们根据自己的革命经验和劳动经验，相信世界是可以改造的"，革命浪漫主义与革命现实主义相结合被视为"对全部文学历史的经验的科学概括"，这一"科学"的方法成为五六十年代文学创作的指导方针。（周扬，2019，p. 232）加上苏联科幻的影响，郑文光认为"科学幻想小说就是描写人类在将来如何对自然作斗争的文学样式"，为鼓舞"千万青年为社会主义建设和共产主义事业的胜利英勇地向科学进军"，他创作了《从地球到火星》（1954）、《火星建设者》（1957）等多篇科幻小说。（郑文光，1956，pp. 21-23）其中，《火星建设者》以薛印青的回忆为主线讲述了火星建设者们十三年间的经历，他们致力将火星建设成"人类的第二故乡"，这是一次征服宇宙空间的尝试，并开启了"人类成为地球以外的自然界的主人的时代"（郑文光，1957，p. 26）。郑文光并未忽视其中的艰辛，小说描写了严酷自然条件下人类的脆弱，但最终建设方案在调整后获得了成功，世界青年与学生联欢节也将要在火星上举办。这里再一次出现了庆典想象，它不再作为楔子中的政治寓言以使读者看清现实处境，而成为社会主义新人征服宇宙的必然结果。

在社会主义现代化建设的语境中，这样的火星并不是空想的乌托邦，而是"以科学法则为基础"的"幻想"，尽管"科学幻想小说"代替了"科学小说"一词，但这里的"幻想"指的是"可以促进读者的思想，提高创造新事物"，且不会"败坏或麻痹劳动能力"的想象。（奥霍特尼柯夫，1955，p. 336）基于此种思想，苏联科幻文学出现了"现实主义的幻想文学"（也即"今日的幻想文学"）流派，代表人物包括奥霍特尼柯夫（Вадим Охотников）、涅姆佐夫（Владимир Немцов）、萨巴林（Виктор Сапарин）等，其作品通常描绘的是不久之后便会"在人民生活中具有现实意义的发明创造"（西尼亚夫斯基，1960，p. 54）。可以看出，一开始，现实主义的科幻并不是阿西莫夫所说的"社会性科幻"，而是指具有预言性质的科技发明。50年代再次出现的凡尔纳译介热潮也证明了这一点。值得注意的是，与凡尔纳不同，这些科幻小说中的科技发明始终以满足人民的社会发展需要为目的，是"增加物质资源的生产的一种手段"（胡捷，1956，p. 3）。科技被视为人的主体性的延伸，并在人征服自然的劳动中发挥作用。在这一潮流的影响下，出现了郑文光的《共产主义畅想曲》（1958）、刘兴诗的《北方的云》（1962）、萧建亨的《蔬菜工厂》（1962）、鲁克的《潜水捕鱼记》（1957）、嵇鸿的《神秘的小坦克》（1958）等充满革命浪漫主义且"具有共产主义风格"（胡本生，1958，p. 35）的作品。其中，郑文光、刘兴诗等对于西部改造的想象看似仍是虚构了"实业界之天国"，但本质实有不同：他们不仅增加了"人"这一维度，而且关注的是社会主义建设中的实际问题，并非空洞的乌托邦。

至20世纪70年代末，预言科技发明与折射现实依然被视为科幻小说独特魅力的根源，郑文光在凡尔纳小说再版之际指出其对科学创造的指引作用，肯定了科学假说对现实世界的重要意义，此外值得注意的是他对于其中的"科学"与"民主"精神的阐发。（郑文光，1979，pp. 67-68）这一年恰逢五四运动六十周年，对凡尔纳的此种阐释呼应了思想解放的需求，是科幻领域的"重返五四"。同时体现五四精神的，还有童恩正对包括科幻小说在内的科学文艺目的的定位——"宣传一种科学的人生观"（童恩正，1979，p. 110）。在新的启蒙的呼唤下，科幻开始"正视现实"、注重"思想性"。金涛的《月光岛》（1980）从外星文明的角度对地球文明进行观照，超越了伤痕文学的视域，开启了批判现实的科幻创作热潮。随后，郑文光正式提出"科幻现实主义"，认为科幻小说对现实的反映是"折光镜"式的，又将其等同于"现实主义的科幻"，一种"立足于现实基础上的充满理想光辉的科幻现实主义"，"现实主义和浪漫主义的统一"。（郑文光，2021，p. 153）塑造新人物被看作科幻小说的重要任务，50 年代的热情、单纯的模范人物已经无法满足时代需求，更应呈现的是摆脱过去的"精神枷锁"与"精神烙印"的复杂的、崭新的人物形象，以起到"教育青少年一代、振兴中华、建设中国新的精神文明"的作用。（郑文光，1981，pp. 8-9）《命运夜总会》（1981）、《神翼》（1983）、《战神的后裔》（1985）等小说即此种科幻现实主义观念的体现。

可以看到，80 年代的"科幻现实主义"是在征用"五四"与"十七年"话语基础上的重构，显示出科幻小说对现实的积极介入。这证明科幻小说绝不是逃避现实的文类，相反，它"更多地考虑到科学和社会的关系"（郑文光，1982，p. 13）。如果说五四时期科学小说因现实主义的冲击而分化成科普与讽刺两条路径的话，那么，此时科幻文学向现实主义的靠拢则显示出其寻求发展的努力。这并不是对自我的背叛，毕竟，在中国语境中产生的科幻小说从一开始就不是高蹈于现实之外，而是承担了启蒙救亡重任的文学类型，在反思激情的年代，科幻小说有充足的理由参与其中。但同时也必须看到，尽管现实主义方法丰富了中国科幻，使其突破了十七年时期的发展模式，不再沉浸于天真的乐观与激情，但是，它所能给予科幻的生命力是有限的，而且有重新陷入讽刺文章传统的危险，一旦作家在把握尺度时有所偏差，科幻这一文类的独特性就有受到损害的可能。

郑文光曾以"蝙蝠"比喻科学文艺在科学与文艺之间拉扯的尴尬处境，巧合的是，西方左翼批评家也曾以"蝙蝠"为喻讨论现实主义的边界问题，后者争论的焦点在于卡夫卡的创作究竟是否可归入现实主义。[1] 在某种意义上，新时期以来的科幻文学也遭遇了卡夫卡的困境：当科学幻想突破了预言模式转而表征社会现实时，是否背离了这一文学类型的本质？是否会因简单的抽象而扭曲了真实，导向一种空洞的隐喻？尤其是，当现实变得复杂而难以把握时，科幻又该如何介入现实？关于这些问题，更年轻的一代给出了他们的答案。

---

[1] 郑文光在《科学文艺小议》（《人民文学》，1980 年第 5 期，第 31-33 页）一文中借"蝙蝠"传达了他对"科文之争"中科学文艺命运的担忧："现在科学文艺成了童话中的蝙蝠，兽类认为它是鸟类，鸟类却又认为它是兽类，弄得两头够不着。我的意思是很明显的：科学文艺，跨科学与文学两个行当，会不会也落到这样的命运？"1963 年，民主德国批评家库莱拉在《春天、燕子与卡夫卡——评一次文学学术讨论会》（见叶庭芳编《论卡夫卡》，中国社会科学出版社，1988 年，第 370 页）中认为法国批评家加洛蒂等将卡夫卡称为"一个新的春天的第一批燕子"是值得商榷的，因为"把现实的真实性诉诸于譬喻……意味着贫乏化"，"一只蝙蝠终究是一只蝙蝠"，"卡夫卡的作品不适宜于用来克服颓废、并扩大和丰富现实主义的源泉"。尽管表面上看两个"蝙蝠"的含义并不相同，但它们均涉及了如何反映现实的问题。

三、重构日常生活秩序：当下"科幻现实主义"的真实观照路径

20世纪80年代的"科幻现实主义"在本质上仍属于社会主义现实主义与批判现实主义的结合，然而这种现实主义在新技术革命时代显得虚弱而无力，因为"现实"一词已发生了根本转变。按照波德里亚（Jean Baudrillard）的观点，这是一个超现实/仿真的时代。他将仿象分为三个阶段：仿造、生产与仿真。在仿造阶段，复制品与原件的关系是和谐的，是"一种封闭的精神实体的幻想"（波德里亚，2012，p. 66）；在生产阶段，仿象精准地模拟再现真实，表象与真实之间的差异大幅缩减；在仿真阶段，真实与想象的距离消失，意指终结，变成一种"为真实而真实"的"超真实"。如果说第一阶段体现的是乌托邦式的想象，那么，第二阶段则对应"科幻小说的世界"，但到了第三阶段，"内爆"抹平了一切界限，真实与想象之间不再有距离，能够作为投射的空间不存在了，虚构/小说（fiction）便无法产生。（尚希亚，1998，pp. 233-236）也即，如今的科幻不再通过乌托邦的镜像折射现实，异世界不复存在，摆在我们面前的现实就是一个没有时间与空间界限的流动的科幻现实。那么，面对这样一个"科幻的"现实世界，科幻文学何为？在对这一问题的探索上，中国科幻作家的征途才刚刚开始。

90年代以来，中国科幻文学开始走向成熟，王晋康、刘慈欣、何夕、韩松、江波等重量级科幻作家的出现丰富了中国科幻的维度，在多元化的发展趋势中，科幻与现实的关系仍是作家普遍关注的问题之一。其中，被认为具有"卡夫卡风格"的韩松尤其值得关注。他擅长通过小人物的日常生活重构现实，在怪诞的呓语中再现现实的假面与真实的混沌，用科幻的寓言阐释鲁迅所说的"于一切眼中看见无所有"。（宋明炜，2011，p. 153）在小说《地铁》（2011）中，韩松意在呈现技术时代人的处境——在此之前，中国科幻小说中的铁路通常作为乌托邦的空间呈现方式，承载着工业强国、民族复兴的愿望，到了他这里，乌托邦不复存在，铁路成为被技术异化的怪诞世界，联结现实与非现实。作家选取老王等无比真实的小人物，借用种种的"明喻"（张定浩，2017，p. 156），如退化与吃人、盘踞于人心的千年的怪物等，通过他们在琐碎生活中的异常感受表达对现实的认知。在这一点上，韩松接通了鲁迅。也就是说，尽管韩松借用了小人物，作品中也出现了日常生活的截面，但其用意并不在于重构日常生活秩序，而偏向于揭示荒诞与进行精神批判。正如他在《地铁》自序中所言，"愤怒、怀疑、批判、嘲讽"（韩松，2010，

p. 12）于今天是缺乏的。这也导致其小说更多是在表达不满与不安的感受，对于人应如何面对这样的现实，韩松并未提供答案。

尽管如此，在对日常生活的征用上，韩松为后来的科幻作家提供了范例。这里，有必要再次提到梁启超。当初未被梁启超采用的《世界未来记》[①]所展现的其实正是科技对日常生活的影响。从表面来看，罗比达像凡尔纳一样预言了很多日后成真的科技发明，但他并不像凡尔纳那样将重心置于对新发明的机械原理的详尽阐释上，在他的小说中，科技发明仅仅是为了给人物提供一种社会架构，进而展示人们如何在"美丽新世界"中生活，为此，作者运用了巴尔扎克式的写作方法。（Willems，1999，pp. 354－378）对于那个时代而言，想象一个由技术支配的"美丽新世界"是困难的，而且与"日常"相对的"历史"才是知识分子关注的重心，因此，梁启超的选择无疑是合理的。在将近一百年后，当中国科幻不再局限于科普、启蒙或传统现实主义时，当"历史"可以容纳个体经验且宏大叙事在流动的现实面前显出无力时，日常生活才得以真正进入科幻文学。

作为一种"恰恰在掩盖现实之时却以某种方式揭示现实"的"现象世界"（科西克，2015，p. 56），日常生活在韩松那里是一种突入历史的方式。那么，他所发掘的"荒诞"是否是这个世界的唯一真实？面对"荒诞"，我们是否只能如老王们那样被卷入、接受、异化？对此，年轻一代的科幻作家做出了不同的回答。

与韩松相比，陈楸帆更愿意将科幻现实主义视为一种话语策略，或者说方法。他所想要做的是"把视线焦点从'科技'本身，转移到'人在科技时代的境遇与关系'上来，而这需要营造一种'现实感'，而不是照搬现实本身"（何平、陈楸帆，2021，pp. 149－151）。这就意味着，陈楸帆不是要展示

---

① 《新小说》创刊号上刊登的"科学小说"是《世界末日记》，而此前书目预告中的"哲理科学小说"《世界未来记》却未出现（此后也不曾在该刊上出现），其中原因至今不明，但有论者误将《世界末日记》等同于《世界未来记》。事实上，《世界未来记》应为法国作家阿尔伯特·罗比达所作，明治二十年时被蓧山广忠译成《社会进化 世界未来记》（东京：春阳堂），原作者被标注为アー・ロビダ，日文发音即"埃留"，这本书被康有为收入《日本书目志》，梁启超对此应不陌生。除"题未定"的类别小说外，创刊号上其他类别小说如"历史小说""政治小说"等皆与预告书目相合。原本的"哲理科学小说"类别细化为"哲理小说"与"科学小说"，而后者所选的《海底两万里》亦在书目中。如此看来，《世界末日记》更具特别之意：充盈着"新"和"未来"的氛围中出现"末日"，一方面体现了梁氏"不死者存"的观念，另一方面也显现出他对科学小说中哲理性的重视。此外，《新中国未来记》《海底两万里》《世界未来记》三篇文本所涵盖的科幻主题基本上可以用来概括中国科幻的发展史：政治乌托邦、科技发明、日常生活，而《世界末日记》中所蕴含的对宇宙的敬畏感以及对人生价值的思考则散见于各种主题中。

被解构得只剩下细节或事实的日常生活，而是要按照"真实性"原则重新建构起日常生活的秩序。在回答人类未来可能性的问题上，他向前更进了一步。在长篇小说《荒潮》（2012）中，陈楸帆搭建了一个具有真实性的"近未来"舞台，通过参照故乡潮汕而建立起来的"硅屿"的日常生活情境传达对科技的反思。作者并没有虚构一个另外的世界，"硅屿"并不是凭借技术而创造的乌托邦孤岛，相反，它就是对我们已经身处的现实世界的模拟，这种虚拟的现实将使人获得一种"临在感"（陈楸帆，2017，p. 30）。因此，小说中呈现出的科技对人的存在方式的改变，如赛博格身体、增强现实等并不是"冷漠、假象和支离破碎"的"景观"，而是一种"革命性的情境"（张一兵，2017，p. 44）；不仅陈开宗、小米等在其中完成了自我体认，而且读者也能够重新认识自我与世界，进而影响日常生活秩序的建构。

在另一篇小说《这一刻我们是快乐的》（2019）中，陈楸帆则直接以纪录片的方式展现了未来的生育秩序，包括代孕、同性生育、男性分娩与算法造人等。纪录片脚本使小说带上了强烈的非虚构色彩，镜头捕捉到的日常生活画面所传达的个体化经验更加具有真实感。科幻与非虚构的融合一方面能够规避陷入庸常泥沼的风险，另一方面也增添了"充满个人化色彩"的真实感（洪治纲，2021，p. 3）——这同时也是日常生活的本质意义。尽管该小说在此手法的运用上尚未达到成熟的境地，但这种尝试为中国科幻开辟了一条新的道路。

此外，如郝景芳、宝树以及一些新锐作者也都在重构日常生活秩序上贡献了力量。在他们笔下，科技塑造的日常生活不是未来，而是当下。这其实也是世界科幻文学的大趋势，石黑一雄（Kazuo Ishiguro）、伊恩·麦克尤恩（Ian McEwan）的新作均是如此，石黑一雄在谈到《克拉拉与太阳》（*Klara and the Sun*，2021）时曾说："这个故事不是对未来的预警。我更想表达的是，我们其实已经身处这样的社会了。"（陈赛，2021）在这个人类命运共同体的时代，科幻现实主义使中国科幻在保有"中国性"的同时汇入了世界潮流。

结　语

科幻现实主义在中国的诞生有其必然性，从近代的政治乌托邦到如今的日常生活重构，从主义或教条，到方法或认知手段，科幻现实主义已成为一种生长性话语。科幻对现实的介入不再是具体而详尽的规划蓝图、简单又浪漫的科技预言，或抽象的隐喻与反讽，而是在面对新科技革命与社会现实时能够以理性与超越性的思维对其进行审视，能够直击主流文学难以涉及的问题的核心。扎米亚京曾作过一个有趣的比喻，他认为"科学、宗教、社会生活、艺术之中的教条化"就是"思想的熵"，而"异端"是"医治人类思想之熵惟一的苦口良药"，所以，"应该有人见到今天，并在今天就异端地谈论明天"（扎米亚京，2000，p.120）。如果说，科幻小说是这样的"异端"，那么科幻现实主义就是"异端"中的拉格朗日点，它能够使我们在技术时代里持续而稳定地关注现实、突入现实，发现其喧嚣的本质，并思考人应当如何生存于其中而不被异化。只有看清了现实与人的本质，人们才能毫无畏惧地走向未来——无论那是一种怎样的未来。

引用文献：

奥霍特尼柯夫，伐（1955）. 探索新世界（王石安，钱君森，合译）. 上海：潮锋出版社.

波德里亚，让（2012）. 象征交换与死亡（车槿山，译）. 南京：译林出版社.

布希亚，尚（1998）. 拟仿物与拟像（洪凌，译）. 台北：时报文化.

陈楸帆（2017）. 虚拟现实：从科幻文本到科技演化. 陈思和，王德威（主编），文学（春夏卷）. 上海：上海文艺出版社.

陈赛（2021）. 专访石黑一雄："人类比任何动物都要孤独". 三联生活周刊，21.

楚卿（1903）. 论文学上小说之位置. 新小说，7，1−7.

定一（1905）. 小说丛话. 新小说，3，165−173.

韩松（2010）. 地铁. 上海：上海人民出版社.

何平，陈楸帆（2021）. 对谈：以一种更"本土化"的方式去抵达"世界性". 花城，3，149−151.

洪治纲（2021）. 非虚构：如何张扬"真实". 文艺争鸣，4，1−3.

胡本生（1958）. 多出版共产主义的科学幻想小说. 读书杂志，19，35.

胡风（1999）. 胡风全集（第一卷）. 武汉：湖北人民出版社.

胡捷，O.，等（1956）. 论苏联科学幻想读物. 北京：中国青年出版社.

科西克，卡莱尔（2015）. 具体的辩证法：关于人与世界问题的研究（刘玉贤，译）. 哈尔滨：黑龙江大学出版社.

老舍（1937）. 老牛破车. 上海：人间书屋.

老舍（1936）. 猫城记. 上海：复兴书局.

梁启超（1902）. 中国唯一之文学报《新小说》. 新民丛报，14，插页.

鲁迅（2005）. 鲁迅全集（第九卷）. 北京：人民文学出版社.

曼殊（1905）. 小说丛话. 新小说，1，165−173.

任鸿隽（1922）. 科学与近世文化. 科学，7，629−640.

宋明炜（2011）. "于一切眼中看见无所有". 读书，9，153−158.

童恩正（1979）. 谈谈我对科学文艺的认识. 人民文学，6，110.

吴趼人（1998）. 吴趼人全集（第三卷）. 哈尔滨：北方文艺出版社.

西尼亚夫斯基（1960）. 关于现代科学幻想小说. 学术译丛，6，53－54.

佚名（1898）. 格致新报缘起. 格致新报，1，1－4.

饮冰（1902）. 世界末日记. 新小说，1，101－118.

扎米亚京，叶·伊（2000）. 明天：扎米亚京文学随笔（闫洪波，译）. 北京：东方出
版社.

詹姆逊，弗里德里克（2004）. 全球化与赛博朋克（陈永国，译）. 文艺报，7.15.

詹姆逊，弗里德里克（2014）. 未来考古学——乌托邦欲望和其他科幻小说（吴静，译）.
南京：译林出版社.

张定浩（2017）. 职业的和业余的小说家. 济南：山东文艺出版社.

张一兵（2017）. 代译序：德波和他的《景观社会》. 景观社会（张新木，译）. 南京：南
京大学出版社.

郑文光（1981）. 从科幻小说谈起. 文艺报，10，8－9.

郑文光（1957）. 火星建设者. 中国青年，22，25－27.

郑文光（1979）. 科学和民主的赞歌. 读书，1，67－77.

郑文光（1982）. 科学幻想的潜科学价值. 潜科学杂志，1，11－13.

郑文光（1984）. 谈幻想性儿童文学. 中国作家协会辽宁分会（主编）. 儿童文学讲稿：东
北、华北儿童文学讲习班材料选编. 沈阳：辽宁少年儿童出版社.

郑文光（1956）. 谈谈科学幻想小说. 读书月报，3，21－23.

郑文光（1958）. 为了培养共产主义新人. 新观察，24，10－12.

郑文光（2021）. 在文学创作座谈会上关于科幻小说的发言. 吴岩，姜振宇（主编）. 中国
科幻文论精选. 北京：北京大学出版社.

周扬（2019）. 新民歌开拓了诗歌的新道路. 谢冕（主编）. 中国新诗总论（1950—1976）.
银川：宁夏人民教育出版社.

Asimov, Isaac (1953). "Social Science Fiction". *Modern Science Fiction: Its Meaning and
Its Future*, Reginald Bretnor (ed.). New York: Coward-McCann.

Willems, Philippe (1999). "A Stereoscopic Vision of the Future: Albert Robida's Twentieth
Century". *Science Fiction Studies*, 26 (3), 354－378.

作者简介：

张杨，金陵科技学院人文学院讲师，主要研究方向为乌托邦思潮、科幻文学。

Author:

Zhang Yang, lecturer of School of Humanity, Jinling Institute of Technology, whose
research mainly focuses on Utopia and science fiction.

Email: yniuwin@163.com

批评理论与实践 ● ● ● ● ●

An Interpretation on Multiple Themes of Alice Munro's Short Story "Runaway" from the Perspective of Image Schema

Liu Bilin

Abstract: "Runaway", a short story written by the Canadian female writer and Nobel Prize winner in literature, Alice Munro, was collected as the first chapter of her eponymous novella, *Runaway*. The story has been widely acclaimed for its discussion on themes of women's growth and has continued to attract scholars around the globe to interpret it from different perspectives. In previous studies, the women-related themes implied in "Runaway" have mainly been discussed separately, but their integrated analysis has rarely been seen. To offer a deeper understanding of this story and its connotation, this article attempts to investigate four major themes manifested in "Runaway", including runaway under oppression, awakening female consciousness, hindrance of women's consciousness, and runaway for return, on the basis of image schema theory from the perspective of cognitive linguistics, and it further discusses Munro's thoughts on women's existing situation by reading the text closely.

Keywords: image schema; multiple themes; female consciousness; escape; return

意象图式视角下爱丽丝·门罗短篇小说《逃离》的多重主题解读

刘碧林

摘　要:《逃离》是诺贝尔文学奖获奖作家艾丽丝·门罗创作的短篇小说，收录在同名小说集《逃离》之中。该短篇小说因对女性成长主题的讨论广受赞誉，不断吸引国内外学者透过不同视角对其进行解读与研究。然而在过往研究中，关于《逃离》主题分析的探讨大多视角单一，鲜见对其中多重主题的整合分析。本文拟从认知语言学视角出发，通过文本细读，借助意象图式理论显化《逃离》中四大主题，即压迫下的逃离、女性意识的觉醒、妇女意识的阻碍、逃离亦是回归，并揭示门罗对女性生存境遇的关注和思考。

关键词: 意象图式　多重主题　女性意识　逃离　回归

Ⅰ. Introduction

Throughout the later half of the 20th century, Alice Munro, known as the "Queen of Short Stories" and "Canadian Chekhov", along with other Canadian female writers, focused on the struggles that women were going through in their lives, creating a distinctive trend in the world literature (Zhao, 2016. p. 70). Munro won the 2013 Nobel Prize in Literature, in virtue of her magnificently selected settings, delicately projected stories, and appropriately used expressions, all of which her novella *Runaway* is featured with. *Runaway* is a collection of eight single short stories about women, each of which depicts a lady's escape experience. The first chapter is eponymously titled "Runaway" and is considered representative of the whole volume. To date, numerous researchers have worked hard to analyze this typical chapter from diverse angles, whose investigations generally fall into two categories: some focused on the themes manifested in the story, while others centered on narrative strategies applied to tell the story. First, academics was likely to choose a single perspective to investigate the themes. Zhou (2014), for example, examined the bond between women and their families, concluding that the story illustrates women's family ethics based on their will and self-esteem and reinforces the significance of traditional families. Some scholars talked about feminism-related topics, such as how women's egos are explored and how their female consciousness grows in the violence of marriages (Mu, 2014). Besides, several other studies conducted by applying new critical theories allowed for more creative interpretations. For instance, Li (2015) explored the concept of loss in "Runaway" to elaborate on the female ethical dilemma; Wu (2015) regarded the story as a feminine Gothic work that reveals the evilness of morality and darkness of human nature; Lü and Zhang (2016) also interpreted it in light of survival, with the intention of enlightening women living in similar predicaments. Aside from these, other research on "Runaway" paid attention to its narrative techniques, including the range of narration (Tan and Zhao, 2011), narrative order, tempo, and frequency (Zhao, 2016), narrative viewpoints and styles of presentation (Fu, 2011), to name but a few. Although these analyses of themes were diversified, they were often fragmented. To put it another way, each theme was separately discussed while little research was seen to integrate them. Since one tale presents several topics, these themes must be interrelated and interwoven. If a comprehensive study can be done, it may deepen our understanding. To uncover multiple themes hidden underneath the words, this article investigates "Runaway" from the perspective of cognitive linguistics and employs image schema theory as the theoretical framework. It is found that there are four major themes displayed in the story, each of which can be proven by a cognitive mode that involves a few corresponding schemas. Before we delve into the specific themes, let us first review the image schema.

Ⅱ. Image Schema

Lakoff and Johnson (1980) initially introduced the idea of image schema as a fundamental idea in cognitive linguistics within the field of conceptual metaphor. In their book *Metaphors We Live by* (1980), Lakoff improved his category theory with image schema theory, while Johnson described the experience foundation of image schema and its impact on meaning construction and ratiocination (Li, 2007, p. 80). Johnson (1987, p. 124) put that an image schema is a recurrent structure that generates patterns of comprehension and reasoning during our cognitive processes. As the highly abstract embodiment of human experience, image schema occurs in humans' subconsciousness, and its composition may be mapped out. Evans and Green (2006, p. 190) once mentioned that the most frequently used image schemas could be categorized into eight sections: (1) SPACE (including UP-DOWN, FRONT-BACK, LEFT-RIGHT, NEAR-FAR, CENTER-PERIPHERY, CONTACT, STRAIGHT, and VERTICALITY); (2) CONTAINMENT (including CONTAINER, IN-OUT, SURFACE, FULL-EMPTY, and CONTENT); (3) LOCOMOTION (including MOMENTUM and SOURCE-PATH-GOAL); (4) BALANCE (including AXIS BALANCE, TWIN-PAN BALANCE, POINT BALANCE, and EQUILIBRIUM); (5) FORCE (including COMPULSION, BLOCKAGE, COUNTERFORCE, DIVERSION, REMOVAL OF RESTRAINT, ENABLEMENT, ATTRACTION, and RESISTANCE); (6) UNITY/MULTIPLICITY (including MERGING, COLLECTION, SPLITTING, ITERATION, PART-WHOLE, COUNT-MASS, and LINKAGE); (7) IDENTITY (including MATCHING and SUPERIMPOSITION); and (8) EXISTENCE (including REMOVAL, BOUNDED SPACE, CYCLE, OBJECT, and PROCESS). Plots are what build stories, and settings are fundamental to plots, and settings are composed of characters, venues, and events, which are also required to embody image schema. As a result, image schema can be utilized to describe how characters carry out their actions in particular places. Among the eight kinds of schemas mentioned above, except for IDENTITY, other seven schema genres are all involved in this research.

As a subset of the SPACE genre, CENTER-PERIPHERY schema is the only one relevant to the later analysis. As shown in Figure 1 (Johnson, 1987, p. 124), the black dot represents the center, and the irregular curve stands for the periphery. The surroundings of the center are under its control. The farther one object is from the center, the more marginalized it becomes, and finally it completely deviates from its center.

Three schemas in the CONTAINMENT genre, including CONTAINER, CONTENT, and IN-OUT, which are closely connected to one another, are involved in this research. CONTAINER serves as a vessel for CONTENT, while IN-OUT is created based on CONTAINER and CONTENT. The proper name "container" frequently conjures up images of utensils, bottles, and so on, which explains how the CONTAINER schema is created and named. As diagrammed in Figure 2 (Evans & Green, 2006, p. 181), CONTAINER involves three structural elements: interior, exterior, and boundary. The "landmark" (LM), represented by the circle, comprises two parts: the interior (the area within the boundary) and the border itself. The exterior extends from the outer space of the landmark to the inside of the square. CONTAINER lays a foundation for the rest of the schemas of the CONTAINMENT genre. To specify, CONTENT, a variant of CONTAINER, comes into being because of LM. When a boundary (LM) exists, anything contained within that is content. Another variant of the CONTAINER, IN-OUT schema, is shown in Figure 3 (Evans and Green, 2006, p. 182), where TR represents "trajectory", an entity in motion that relocates itself to a new area in the exterior after leaving a certain spot in the interior (Evans and Green, 2006: 181), and the arrow line symbolizes the trail of TR's movement.

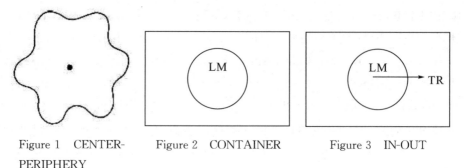

Figure 1   CENTER-PERIPHERY   Figure 2   CONTAINER   Figure 3   IN-OUT

The LOCOMOTION genre only consists of two schemas: MOMENTUM and SOURCE-PATH-GOAL, which are both used in the following analysis. It is easy to realize that movement requires motive power and a displacement from one spot（source）to another（goal）along a pathway, which are accordingly abstracted as MOMENTUM and SOURCE-PATH-GOAL respectively（Johnson, 1987, p. 185）, as diagrammed in Figure 4.

Belonging to the BALANCE genre, EQUILIBRIUM, as it refers to, is a state of balance, especially between conflicting forces or influences（Hornby, 2009, p. 672）. In Figure 5, an item placed on a flat stays stationary because it is subject to two forces, the upwardsupporting force（F）and the downward gravity（G）, that are opposed in direction and of equal magnitude. This object can remain motionless because it has achieved a balanced condition, or EQUILIBRIUM.

Figure 4　SOURCE−PATH−GOAL　　　Figure 5　A state of EQUILIBRIUM

As their functions are directly derived from physics principles, FORCE-related schemas are comparably simpler to comprehend. A distinctive feature of the FORCE schemas is that they do not appear alone but as a group. Johnson（1987, pp. 42−48）once summarized the common characteristics of these schemas, holding that they were experiences in interactions between humans and their surroundings, and they were measurable vectors with directionality and paths, and they should involve the application and bearing of force. In Figure 6（Evans & Green, 2006, p. 189）, where A and B are two objects, A is forced to depend on B by the power of ATTRACTION. In Figure 7, the black ball presses on the box, but the box resists accepting that force, which is known as COMPULSION（Evans & Green, 2006: 188）. In Figure 8 of the COUNTERFORCE schema, F_1 and F_2 are two forces that are produced as a result of one another（ibid.）, so F_1 and F_2 are two counterforces. As shown in Figure 9（Evans & Green, 2006, p. 189）, this force is displayed with a dotted arrow line, indicating that this is a potential energy. Figure 10（Evans & Green, 2006, p. 188）diagrams the DIVERSION schema, representing the diversion that occurs when a moving object collides with an immovable object （ibid.）. As seen in Figure 11, the BLOCKAGE schema " derives from encounters in which obstacles resist force" (ibid.). In other words, when object A pushes another object B ahead with a force, object A may be hampered by a certain force, which object A may overcome or be pushed back by.

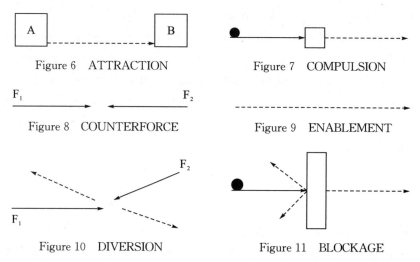

Figure 6   ATTRACTION

Figure 7   COMPULSION

Figure 8   COUNTERFORCE

Figure 9   ENABLEMENT

Figure 10   DIVERSION

Figure 11   BLOCKAGE

Included in the UNITY/MULTIPLICITY genre, the LINKAGE and MERGING schemas, both focusing on how items relate to each other and establish a basis for other schemas, such as FORCE. In every aspect of our everyday life, we experience the LINKAGE schema because we have a connection with anything around us. Figure 12 (Johnson, 1987, p. 118) demonstrates the LINKAGE between A and B, which appears in any schema of the FORCE genre since a force cannot exist without a link. The verb "merge" refers to the act of joining together as a whole, so the MERGING schema has the same denotation. But "merging" is slightly different from "mixing", for an item that has undergone merging cannot discern what its original components were; rather, parts are reorganized into a harmonious new mode.

Figure 12   LINKAGE

Schemas of the EXISTENCE genre are easier to understand if we associate them with life experiences. Three sub-genre schemas of OBJECT, BOUONDED SPACE, and REMOVAL are applied to the investigation.

OBJECT may be shown graphically using a circle to symbolize the boundedness of matter, as seen in Figure 13 (Johnson, 1987, pp. 32 – 33; Langacker, 2008, p. 33). We are surrounded by items on a daily basis, both tangible and intangible. Concrete objects include everything palpable that has a distinct limit and can be touched, whereas immaterial objects include things like thoughts, concepts, and other notions that have a defined range of application. It is not necessary for an item to be represented by a circle; other shapes can also work, provided they are capable of performing the same function (Szwedek, 2017, p. 7). BOUNDED SPACE, only denoting an object's border or limit, is created based on OBJECT. In other words, because of its boundary, everything is unquestionably independent and autonomous. The word "removal" derives from the verb "remove", which refers to taking away or getting rid of anything undesirable, so the last schema REMOVAL means the same.

Figure 13   OBJECT

Ⅲ. Different Schema Combined and Multiple Themes Disclosed

"Runaway" depicts the story of the protagonist Carla's escape experiences. Carla first split from her parents because they disapproved of Carla's husband Clark as well as Carla's plans for the future. Carla originally believed that she would have a perfect life with Clark, but in reality, Clark suffocated her by holding a cold face toward her, so Carla began her journey to escape Clark with the assistance of her friend and neighbor Sylvia. However, on her trip to Toronto, she decided to quit up and headed back home. Although the plot is straightforward, the issues explored are very intricate. Generally, four themes of runaway under oppression, awakening female consciousness, hindrance of women's consciousness, and runaway for return are to be analyzed in this section.

i. CONTAINMENT & FORCE: Runaway under Oppression

The most evident theme of runaway under oppression is showcased through the collaboration among schemas of the CONTAINMENT and FORCE genres. First, three subordinate schemas of CONTAINER, CONTENT, and IN-OUT are used to explain how Carla and Sylvia, two female characters, are subjected to oppression by their husbands, Clark and Jamieson. Second, ATTRACTION, COMPULSION, and COUNTERFORCE from the FORCE genre are employed to uncover what specifically drove Carla and Sylvia to depart.

Carla ran away first from her parents, owing to her disagreement with her parents. She adored animals and aspired to work as a veterinarian, but her parents forbade her from pursuing that dream. Besides, Carla had a crush on Clark, but her parents believed he was a loser and would hurt Carla's heart. She was also extremely disappointed since her stepfather had previously claimed that she was not his daughter. Her ambitions and dreams had all been dashed, and she hoped to escape both her parents as well as their home. Observed through the lens of image schema, Carla's prior residence with her parents is CONTAINER, and anything pertaining to the house is CONTENT in CONTAINER. Clark was the person who could satisfy her, so she was fascinated by him and their life that she had been dreaming of, which activated the ATTRACTION schema. Meanwhile, Carla developed a COMPULSION when her parents disapproved of her in terms of her future work and spouse. To resist, she responded with COUNTERFORCE to COMPULSION and was thus encouraged to abandon her old life, so the IN-OUT schema began to work.

Carla's second runaway was because of her patriarchal husband Clark, who at first showed her warmth but subsequently developed a frigid attitude. At the beginning, she felt Clark would ensure her an ideal life, so she ran away from her parents with him. But the truth was that the man was tough, petty, and short-tempered. Even though Carla made up a rumor about Mr. Jamieson harassing her in order to get Clark's attention, what Clark actually worried about was whether he could use Jamieson's actions against Carla to blackmail

Sylvia, Jamieson's widow. The trailer, which Carla initially thought of as their love nest, unexpectedly evolved into another cage to confine her. This mobile house again activated the CONTAINER schema, and anything in the container that could recall unhappy memories was CONTENT. Moreover, her husband's attitude towards her was undoubtedly an invisible COMPULSION, which made her suffocate. When she had been tortured in the evil atmosphere for a long time, she made up her mind to escape from the hell and head for a life of freedom. That was her dream, her ideal, and her so-believed destination, for which ATTRACTION was activated. Then Carla reacted with COUNTERFORCE, and naturally IN-OUT schema was once again activated: she ran away.

How does oppression come into being and how can escapes be done? Here is a pattern to make them possible.

Carla's two runaways, as indicated in Table 1, share many similarities, which constructs a cognitive pattern that makes two runaways viable. CONTAINER, where oppression is produced, is a necessary prerequisite. Additionally, CONTENT is important since it is CONTENT that causes Carla's COMPULSION and leaves her gasping for air. Rowbotham (1973, p. 55) points out that the relation between men and women is a "gentle tyranny", so oppression is surely easy to create. Afterwards, she may be drawn to something she craves, and ATTRACTION provides her mind a push; therefore, Carla will resist with COUNTERFORCE that prompts her to move from inside CONTAINER to the outside. Finally, IN-OUT is activated and runaway is realized. In conclusion, escape is a kind of rejection and resistance, an exile forced by oneself, an awakening of one's self-awareness, and also an approach for women to find and reconstruct their spiritual home (Bluefarb, 1972).

Table 1　The Cognitive Pattern of Runaway

Movement	Image Schema	Corresponding Content
Carla ran away from her parents	CONTAINER	Carla's parents' home
	CONTENT	Anything related to that home
	ATTRACTION	Carla's affection for Clark
	COMPULSION	Carla's parents' disapproval of her thought
	COUNTERFORCE	Carla revolted her parents
	IN—OUT	Carla's flee from that home
Carla ran away from her husband	CONTAINER	The mobile home of Carla and Clark
	CONTENT	Anything in the home reminding Carla of unhappy memories
	COMPULSION	Clark's cold attitude to Carla
	ATTRACTION	Carla's pursuit of a free life
	COUNTERFORCE	Carla's determination to leave Clark
	IN-OUT	Carla's movement of escaping

ii. UNITY/MULTIPLICITY & FORCE: Awakening Female Consciousness

UNITY/MULTIPLICITY schema and FORCE schema cooperate to illustrate the second theme: awakening female consciousness. Female consciousness is women's self-awareness of their statues, obligations, and values in the objective world, and it is this internal impetus that motivates women to pursue individuation, foster independence, and express creativity. LINKAGE schema, affiliated to UNITY/MULTIPLICITY, shows relationships respectively between Carla and Clark, Carla and Sylvia, and Carla and Flora. Since force is a necessity to build up a construction and relations are equal to constructions, certain schemas of the FORCE genre, including ATTRACTION, ENABLEMENT and DIVERSION, contribute to the building of three connections. Only by analyzing what relationships were between characters and how they built their relationships could we figure out how Carla's female consciousness was successfully awakened. Carla, as the protagonist, has three major links with her husband Clark, with her friend

Sylvia , and with the pet goat Flora. Owing to this, the LINKAGE schema was activated three times, and based on three links, forces of ATTRACTION, ENABLEMENT, and DIVERSION occurred.

It is possible to examine Carla and Clark's LINKAGE from two different angles. Carla was first attracted by Clark and eventually left her parents to live with him, but after that, Carla found Clark indifferent to her. In this situation, Carla was a motionless entity, not changing her attitude to Clark, while Clark was an entity in motion, as defined before. During this process, Clark's ATTRACTION to Carla disappeared, and a new life without Clark had a new ATTRACTION to her, which activated the DIVERSION schema.

Sylvia, Carla's neighbor and friend, was her second link. Seemingly, Sylvia helped and supported Carla to run away, showing Sylvia's friendliness to Carla, yet it was actually not a fact. Carla once gave Sylvia a friend kiss, but Sylvia considered this "a bright blossom" like "a menopausal flash" (Munro, 2004, p. 18). All of the people mentioned with Sylvia, with the exception of her husband Jamieson, are women, including Carla, girls whom Sylvia met in Greece, and one of her girl students in her botany classes. This might be proof of Sylvia's homosexual orientation, which would explain why she would only pay attention to females, especially to Carla. Then, the LINKAGE schema was correspondingly activated as Carla trusted and depended on Sylvia. Sylvia liked Carla, which suggests that Carla had ATTRACTION to Sylvia, so Sylvia intended to give Carla a hand, which symbolizes Sylvia's support for Carla to leave, or ENABLEMENT. Both Carla and Sylvia suffered from their families, but their responses were different. Sylvia traveled to Greece after her husband's death, and she took full control of her life. She was aware that women had to be independent. Also, Sylvia wanted to provide Carla with material and spiritual support so that Carla could awaken her female consciousness in the same way as Sylvia did. Sylvia bought Carla a bus ticket to Toronto and arranged a place to accommodate her, and Carla was indeed encouraged to leave Clark by Sylvia, who also gave her confidence and helped her ignite her hope. Munro designed the plot in this way to indicate that dependence and women's unity are essential to eliminate patriarchal tyranny (LeDuc, 2012, p. 88).

The third link was between Carla and Flora. Flora was bound to be considered a mysterious image though it was an animal. Flora was raised to "bring a sense of ease and comfort into a house stable". After being together with Carla for years, Flora became attached to her. Flora "in this attachment was suddenly much wiser" as if she was capable of "a subdued and ironic sort of humor" (Munro, 2004, p. 9). The goat has a connotation that women are caged or persecuted, which precisely tallies with Carla's circumstance. Flora's attachment to Carla and their metaphorical connection activated the LINKAGE schema. When Flora was missing, Carla was distressed even in her dreams. She dreamed first that "Flora had walked to her bed with a red apple in her mouth" (Munro, 2004, p. 7), but in her second dream, Flora "had run away when she saw Carla coming with her hurt legs". Then Flora "slipped through" the "barbed-wire barricade" "like a white eel and disappeared" (ibid.). Three images, "barricade", "white eel" and "red apple", can be regularly read in the Bible. The white eel is a variant of the snake, which symbolizes devils; the red apple, indicating a yearning for the unknown, is comparable to the forbidden fruit. In brief, Flora's appearance in Carla's dreams was to seduce Carla to "eat a red apple" and "slip through the barbed-wire barricade", which means inspiring Carla to rebel against oppression and pursue freedom and independence. The ATTRACTION schema was what helped Carla's female consciousness to emerge.

The cognitive pattern of Carla's links with Clark, Sylvia and Flora can be seen in Table 2. These links were the foundation for Carla to awaken her female consciousness. They were built after the first runaway and before the second. One thing should be noted is that Carla's first runaway from her parents cannot be thought of as Carla's awakening female consciousness because she escaped with Clark's help, which was not in line with the independence featured. But Carla's second escape was an autonomous movement, which could be a sign of her female consciousness. Supported by Sylvia, inspired by Flora and oppressed by Clark, Carla motivated herself to have a trial, leaving her husband for an ideal life.

Table 2   The Cognitive Pattern of Carla's Links

Links	Image Schema	Corresponding Content
Carla's link with Clark	ATTRACTION 1	Carla's affection for Clark
	ATTRACTION 2	Carla's pursuit for an ideal life
	DIVERSION	ATTRACTION 1→ATTRACTION 2
	LINKAGE	Wife and husband
Carla's link with Sylvia	ATTRACTION	Sylvia likes Carla
	ENABLEMENT	Sylvia supported Carla to leave
	LINKAGE	Neighbors and friends
Carla's link with Flora	ATTRACTION	Flora inspired Carla to break out of the oppression
	LINKAGE	Raiser and pet

iii. CONTAINMENT, FORCE, SPACE & EXISTENCE: Hindrance of Women's Consciousness

Another theme of "Runaway" is hindrance of women's consciousness, which was Carla's deep-rooted consciousness as a wife in a patriarchal society. This section intends to analyze how Carla's women consciousness was brought back after the awakening of her female consciousness with four genres of schemas. To be more specific, one schema is respectively selected from these four genres: CONTENT schema of CONTAINMENT, BLOCKAGE schema of FORCE, CENTER-PERIPHERY schema of SPACE and BOUNDED SPACE schema of EXISTENCE. CONTENT is for the description of Carla's old life, which reveals the source of her female awareness; BLOCKAGE, to a larger extent, is used to shed light on what really stifles Carla's longing for escape and guarantees her failure to go; CENTER-PERIPHERY is employed to depict Carla's escape from Clark; and BOUNDED SPACE is utilized to explain why Carla does not desire to run away afterwards.

The source of Carla's women's consciousness is her original life, which accords with the CONTENT schema. Carla determined to leave that CONTENT for a brand-new ideal life, but she failed halfway because she was stymied by two blockages: her traditional role as a wife in the patriarchal society and her attachment to the original lifestyle. According to the traditional view, in that circumstance, women acted as passive roles in the society. They were educated to be obedient, dependent and passive, so what they should do were just be obedient to their husbands, do chores, and parent kids. It was because of these that the home was forever a narrow arena for women. One feature of women's quest journeys is that they are destined to suffer from hardship and would never succeed because it was what society expected them to be (Heller, 1990, p. 14). Subsequently, adventuresses face a paradox: while a home is all feminized, leaving it means escaping their femininity, namely, their egos (Tolan, 2010, p. 167). Carla had been accustomed to her role, and "she saw him as the architect of the life ahead of them, herself as captive, her submission both proper and exquisite" (Munro, 2004, p. 32), which was the first BLOCKAGE by which Carla was hindered. BLOCKAGE schema was secondly activated when Carla was afraid to leave her used lifestyle—feeding horses, doing housework, residing in her familiar neighborhood. She had no clue what path she would choose in life and did not realize what was awaiting her was nothing but an eternity of loneliness and fear. Generally speaking, the more Carla intends to leave, the stronger the blockage will be to pull her back. This is how the BLOCKAGE schema took effect to return Carla to her women's consciousness.

The process of Carla's escape and return is like a combination of the CENTER − PERIPHERY schema and BOUNDED SPACE schema. As previously mentioned, Carla regarded Clark the architect of their life, which meant Clark took the dominant place, like a controller at the center. Thus, as she attempted to explore the unknown periphery far away from the center, she became blocked by her husband and her original life. And the farther she escaped, the stronger the blockage would be. Besides, when she refused to let her husband take control of her life, she could find nobody to replace him due to her traditional dependent nature in her women's consciousness. Supposing Carla wanted to be the center of her world, she was expected to invalidate Clark's governance and meanwhile realize her own value. But obviously, she could not manage it. "As she attempts to leave her husband, she is suddenly struck by his centrality to her existence." (Tolan, 2010, p. 104) So eventually, the moment Carla took off the bus to Toronto and phoned Clark to get her home in a shaking voice, she pulled herself back to the trend towards gender division (LeDuc, 2012, p. 89). The periphery, indicating the real female consciousness where women enjoy freedom, equal rights and independence, is exactly the boundary of BOUNDED SPACE, a colony run by Clark, on behalf of the patriarchal society. The boundary is Carla's ultimate destination, which she would never reach.

Table 3 is the cognitive pattern that tells us how Carla was obstructed by her women's consciousness, abandoned her female consciousness, and moved back into Clark's hug again.

Table 3   The Cognitive Pattern of Carla's Hindrance by her Women's Consciousness

Hindrance	Image Schema	Corresponding Content
Hindrance that blocks Carla from leaving her husband successfully	CONTENT	Carla's original life with Clark
	BLOCKAGE 1	Carla was accustomed to her role as a wife and a 'captive' of Clark
	BLOCKAGE 2	Carla was afraid to leave her used lifestyle
	CENTER−PERIPHERY	Clark as the center and real female consciousness as the periphery
	BOUNDED SPACE	A colony in the charge of Clark

Carla's hindrance due to her women's consciousness was formed because of four image schemas. It was because of CONTENT that Carla was blocked. But the real BLOCKAGE initially came from two resources, as divided in Table 3. BLOCKAGE 1 stemmed from the objective world where Carla was supposed to act as a wife and willing to be Clark's captive, which was what society required Carla to do. But BLOCKAGE 2 originated from Carla's subjective cognition. Obviously, Carla's determination to leave Clark had freed herself from Clark and her role as a wife, and she felt reluctant to be Clark's captive anymore. However, she was blocked by her attachment to the original lifestyle as well as the living environment. That was what she could abandon because it had been ingrained in her mind. Once BLOCKAGE 2 functioned, BLOCKAGE 1 followed to take effect. Ultimately, Clark's dominance was positioned at the center of Carla's life. Though Carla strived to leave Clark and explore her female consciousness, she could not succeed. Clark was at the center of her world and the sphere of Carla's activity was a bounded space. What she dreamed of, including freedom, equal rights, and independence, was the periphery that was an ideal destination that Carla never had a chance to arrive at.

Although Carla gave up escaping halfway, the return was, to some extent, a better alternative to escape. What Munro presented to readers was just a bold but empty-minded woman, for whom return was a necessity of her sentiments, even if return might be trouble or oppression again. And Carla's return showed that her female consciousness was not so mature, which was why her women's consciousness could easily reclaim control of her mind. Carla's escape did not constitute a quest (Tolan, 2010, p. 169).

iv. UNITY/MULTIPLICITY, BALANCE, LOCOMOTION & EXISTENCE: Runaway for Return

The last but the deepest theme is runaway for return, further developed from the previous three topics. Four schema genres of UNIT/MULTIPLICITY (MERGING), BALANCE (EQUILIBRIUM), LOCOMOTION (MOMENTUM and SOURCE-PATH-GOAL), and EXISTENCE (REMOVAL and OBJECT) are used to analyze in this part. MERGING, namely combination, denotes the confluence of Carla's female consciousness and women's consciousness; EQUILIBRIUM stands for a balance between her two consciousnesses, as is shown in Figure 5; MOMENTUM describes the motivation of Carla's runaway, and SOURCE-PATH-GOAL depicts the result of her escape; REMOVAL and OBJECT jointly tell Carla's actions to stop herself from fleeing and her final thoughts.

Even though Carla failed to escape and returned again to her previous life, it did not always indicate that the family's ethical relationship could be easily repaired (Zhou, 2014, p. 121). Carla was not the same person as she had been before. Her female consciousness was the incentive pushing her to escape and seek independence and freedom, so MOMENTUM schema and SOURCE-PATH-GOAL schema were hence validated. SOURCE − PATH − GOAL schema should have mirrored "Clark—bus journey—Toronto", but this schema instead corresponds to "Clark—bus journey—Clark". The point where Carla started her escape ultimately became her last destination, not because her women's consciousness conquered her female consciousness, but because she came to notice the means of balancing these two consciousnesses in a certain proportion. As a consequence, the EQUILIBRIUM schema was functioning.

After getting back home, Carla did not have any more intention of running away. It was not because she did not dare to, but she had learned what kind of life she was truly looking forward to. Though she seemed to have "a murderous needle somewhere in her lungs", "an almost seductive notion" and "a constant low-lying temptation", "she held against" them (Munro, 2004, pp.46—47). These three temptations, together with the woods, Sylvia's letter and Flora, were all signs of Carla's awakening female consciousness. They were indeed there to entice Carla into regaining her powerful female consciousness, which activated OBJECT schema, yet Carla, though being aware of their existence, attempted to get rid of them, so REMOVAL schema was activated. In the end, an individual that combined both her female consciousness and women's consciousness was whom Carla would like to become, which activated the MERGING schema.

When we consider the cognitive pattern (Table 4) of Carla's runaway, we can say with certainty that she would return. She had the MOMENTUM to depart, and she really did. She started her quest adventure by going for SOURCE-PATH-GOAL 1 in its original and ideal form, but she then changed her mind after she left the SOURCE. As she traveled along her PATH, she began to reconsider herself and where her true destination (GOAL) should be. She debated with herself before making a self-compromise and deciding to go back. Nevertheless, her return was not equal to getting back to her old life. She was clear about what she wanted, which included her husband's love, her used lifestyle, and she knew that she, though having female consciousness, must curb it. This action was the REMOVAL of OBJECT. She strengthened her female consciousness via the process of realizing her desires, and she consequently brought female and women's consciousnesses into equilibrium (EQUILIBRIUM) to enhance the pleasure, tranquility, and elegance of her existence.

Table 4   The Cognitive Pattern of Carla's Runaway and Her Return

Runaway & Return	Image Schema	Corresponding Content
Carla's runaway is for her better return	MOMENTUM	Female consciousness encourages Carla to leave
	SOURCE-PATH-GOAL 1	Clark—bus journey—Toronto
	SOURCE-PATH-GOAL 2	Clark—bus journey—Clark
	EQUILIBRIUM	Carla realizes how to make two consciousnesses balanced
	OBJECT	Things seducing Carla to regain female consciousness
	REMOVAL	Carla controls herself not to liberate her female consciousness

Carla's homecoming precisely demonstrated that she was conscious of who she anticipated being, which could be realized only by running away. Even if Carla had another desire to go, she would never do it since she had to be acutely aware that she could not live without Clark or in another lifestyle. She had vivid memories of the torment and anxiety she endured while trying to flee.

Ⅳ. Conclusion

Literature is a special form of humans' daily experiences (Gavins & Steen, 2003, p. 1) because it has its root in the physical world. While readers are comprehending stories in a literary work, they tokenize the plots and connect them to their past experiences, so they can empathize with the characters and discover the real intention of the author. The primary tokenization process is in essence our unconscious and instinctive combination of various image schemas to construct a cognitive pattern, through which the author can let the readership observe complicated truths behind a straight narrative.

It is found that Munro contrives such an ingenious short story to talk about four themes unveiled above, but exhibiting these topics is not her ultimate goal; instead, she proposes to reconstruct a miniature society for

Carla, who is an epitome of most women facing presumably similar predicaments. Carla's parents and husband that she escaped from symbolize two core relations with women, i. e., family of origin and marriage. Girls, who feel tortured in their family of origin, may treat marriage as an ideal opportunity to cut off her link with their terrible past, imaging that they would have a considerate husband that can build them a cozy shelter; however, marriage does not always turn out as girls wish and sometimes leads them to a world where their selves are missing, which is a predictable situation because women cannot separate themselves from this patriarchal society. Though ladies' female consciousness can be occasionally evoked, especially when girls help girls (for instance, when Feminist Movement took place) as Sylvia helps Carla in this story, the conscious flame will soon be extinguished and substituted by their usually accustomed women's (or wives') mentality, as in the realistic world is manifested by acts, such as girls' self-underestimation, their willingness to be housewives, and their undue reliance on men. Despite her design of a return for Carla as an end, Munro on the contrary aims to wake up women indulging in fantasy and encourage them to face up to their unnoticed plights.

In a nutshell, "Runaway" is not simply a story depicting Carla's runaways but a masterpiece discussing several social issues around women, which are uncovered through cognitive patterns constituted of image schemas that relate readers to their personal experiences. This short story not only gives the audience a glimpse of Alice Munro's skillful and unique narrative style but also accounts for her competence as a Nobel Prize winner.

Works Cited:

Bluefarb, Sam. (1972). *The Escape Motif in the American Novel: Mark Twain to Richard*. Ohio: The Ohio State University Press.

Evans, V., & Green, M. (2006). *Cognitive Linguistics: An Introduction*. Edinburgh: Edinburgh University Press.

Fu, Q. (2011). Narrative Perspective and Modes of Presentation under Narratological Stylistics of *Runaway*. *Foreign Languages and Their Teaching*, 28(3), 94—97.

Gavins, J., & Steen, G. (2003). *Cognitive Poetics in Practice*. London: Routledge.

Heller, D. A. (1990). *The Feminization of Quest-Romance: Radical Departures*. Austin:

Texas Uniersity Press.

Hornby, A. S. (2009). *Oxford Advanced Learner's English-Chinese Dictionary (7th Edition)*. Oxford: Oxford University Press.

Huang, F. (2013). Marital Violence and Female Growth Consciousness in Alice Munro's Novels. *Contemporary Foreign Literature*, 34(4), 98−104.

Johnson, M. (1987). *The Body in the Mind: The Bodily Basis of Meaning, Imagination, and Reason*. Chicago: Chicago University Press.

Lakoff, G., & Johnson, M. (1980). *Metaphors We Live By*. Chicago: The University of Chicago Press.

Langacker, R. (2008). *Cognitive Grammar. A Basic Introduction*. Oxford: Oxford University Press.

LeDuc, E. (2012). Fleeting Femininities: Allegories of Female Independence in Alice Munro's Runaway. In J. Riddell, K. Benz & R. Zöe Costanzo (Eds.), *From Darwin to the Beatles: Narratives of Evolution and Revolution* (76−78). Sherbrooke: Bishop's University Press.

Li, F. (2007). Image Schema Theory. *Foreign Languages and Literature*, 23(1), 80−85.

Li, Y. (2015). Reading the Theme of Loss in Alice Munro's "Runaway". *Contemporary Foreign Literature*, 36(1), 106−111.

Lv, N., & Zhang, H. (2016). Women's Living Dilemma: An Analysis of the Survival Theme in "Runaway". *Journal of Hubei University of Education*, 33(7), 17−20.

Mu, Y. (2014). "Runaway": Women's Exploration of Space of Self. *Journal of Xi'an International Studies University*, 22(4), 90−93.

Munro, A. (2004). *Runaway*. New York: Vintage Books.

Rowbotham, S. (1973). *Woman's Consciousness, Man's World*. Harmondsworth: Penguin.

Szwedek, A. (2017). The OBJECT image schema, https://www.researchgate.net/publication/312371970 _ The _ OBJECT _ image _ schema.

Tan, M., & Zhao, N. (2011). Lost in the Meditation of Running away or Returning-An Analysis on the Narrative Strategies of Runaway. *Journal of Beijing International Studies University*, 18(6), 48−52.

Tolan, F. (2010). To Leave and to Return: Frustrated Departures and Female Quest in Alice Munro's "Runaway". *Contemporary Women's Writing*, 4(3), 167−170.

Wu, R. (2015). An Analysis of the Female Gothic Elements in "Runaway". *Journal of Beijing International Studies University*, 22(4), 67−73.

Zhao, J. (2016). On the Strategy of the Narrative Time in Alice Munro's "Runaway". *Foreign Literature*, 37(4), 69−76.

Zhou, T. (2014). On Alice Munro's Reflection on the Traditional Family Ethics in *Runaway*. Foreign Literatures, 34(3), 119−126.

Author:

Liu Bilin, Ph. D. candidate and teaching assistant at School of Chinese, The University of Hong Kong. His research interests include English literature and translated literature in the anglophone world.

作者简介：

刘碧林，香港大学中文学院博士研究生，研究方向为英语文学与英语世界的翻译文学。

Email: liubilin@connect. hku. hk

The Corrupt Muses: The Metonymic *Mousa* as the Erinyes' Incantation in *Eumenides* [①]

Wei Mian

Abstract: In *Eumenides*, which is the last of the trilogy *Oresteia* by Aeschylus, the poet unusually makes the horrible Erinyes as the chorus and takes the divine name of the Muses, Mousa, as their cursed song. Based on the metonymy of Mousa as the Erinyes' incantation, the poet uses ambiguous words, repeated concepts, and echoing metres to imply the special relationship between his Erinyes and Muses — the Erinyes could be seen at least in part as a kind of reversal of the Muses, i. e. the corrupt Muses. On the one hand, both the Erinyes and the Muses are immortal choruses who manifest themselves within the musical sound of song and dance and make mental impacts on their audience, sharing similar qualities. On the other hand, unlike the heavenly Muses, whose music can comfort the broken heart and maintain the cosmic order, the chthonic Erinyes only sing the song with malign influence, binding Orestes's body and soul and driving him crazy. The metonymic Mousa in Eumenides, which inspired Euripides, Aristophanes, and many other later poets, marks a turning point; since then, the connotation and the denotation of the word have been greatly enriched. Poets could use Mousa as any kind of supernatural music, possessing constructive or destructive power; the Muses also descended from the snowy Olympus on Earth and even into Hades.

Keywords: Eumenides; Muse; Mousa; Erinyes; metonymy

---

① This essay is a production of my one-year visiting programme at the University of Edinburgh funded by the China Scholarship Council (CSC). I am most grateful to my supervisor Dr. Alex Hardie for his careful guidance, detailed comments and helpful bibliographical advice; in our discussions, he greatly developed my ideas and made the critical point.

堕落的缪斯：《报仇神》中作为埃里倪斯咒语的转喻的 *Mousa*

卫 冕

摘　要： 在《奥瑞斯特斯三部曲》第三部《报仇神》中，埃斯库罗斯一反常态，将七位报仇神埃里倪斯作为歌队，并用文艺女神缪斯的通名 Mousa 喻指埃里倪斯施展巫术时令人恐惧的咒语。以这一转喻为核心，诗人运用多义、反复、呼应的词语、概念和韵律，不断暗示埃里倪斯与缪斯的关系——埃里倪斯至少可以被部分地看作缪斯的"颠倒"或"反转"，即"堕落的缪斯"：一方面，埃里倪斯与缪斯相似，都于歌舞声中"显灵"（Epiphany），并通过音乐对观众施以强烈的精神影响，使之忘却现实；另一方面，不同于来自天堂的缪斯，其神圣的歌舞可以抚慰心灵伤痛、维系宇宙秩序，来自地府的埃里倪斯的咒语蕴含着邪恶的力量，束缚了奥瑞斯特斯的肉体与灵魂，致其陷入疯狂。《报仇神》中 Mousa 的转喻用法具有转折性意义，极大地启发了欧里庇得斯、阿里斯托芬等后辈诗人：自此，Mousa 一词的内涵与外延得到丰富与扩展，能够泛指一切具有超自然力量的音乐，兼具建设性与破坏性；缪斯也走下奥林波斯山，步入凡尘乃至幽冥。

关键词：《报仇神》　缪斯　Mousa　埃里倪斯　转喻

The singular term *Mousa* is commonly used in early Greek poetry to stand for the poet's patron goddess. [1] In this sense, and particularly in direct appeals for divine inspiration, *Mousa* appears to perform a function similar to the plural form *Mousai*. In addition, however, and in what appears to be a striking departure from the personal conception of the poet's "Muse" or

---

[1] *Cf.* the opening of the *Od*. 1, Alcm. fr. 27, the Homeric hymn 4 *to Hermes*, 5 *to Aphrodite*, 9 *to Artemis*, etc.

"Muses", the singular *Mousa* can stand for music itself. In Archaic Greece, the range of *Mousa* had been much extended, from the goddess Muse to the sound of both vocal music and instrumental music, or the mix of the personified goddess and the abstract concept. [①] By Classical Greece, the metonymic usage of *Mousa* had become pretty common; in lyrics, it usually implies the divine character of music, while in dramas, it remarkably transcends the sacral dimension, painting a quite different picture. During the process, it is *Mousa* as the Erinyes' incantation in *Eumenides* that marks a turning point.

Ⅰ. The Vengeful Chorus: The Erinyes in *Oresteia*

In Greek mythology, the Erinyes are chthonic deities of vengeance, while in Aeschylus's trilogy *Oresteia* (*Agamemnon*, *Libation Bearers*, and *Eumenides*)[②], they are important characters who drive the plot:

Following the oracle of Apollo, Orestes killed his mother Clytemnestra in revenge for her murder of his father Agamemnon. For his sin of matricide, the Erinyes pursued Orestes and drove him mad. Apollo told Orestes that although he would protect him from the Erinyes, Orestes still needed to run away, taking refuge in Athens. Fortunately, Athena received Orestes on the Acropolis of Athens and arranged a formal trial of the case, which was in fact a debate between the patriarchy and the matriarchy, the blood ties and the marriage bond. The Erinyes insisted that Orestes should be punished as a blood-polluted man with the guilt of killing the person who gave birth to him, while Apollo argued that Orestes was still pure because Clytemnestra deserved her fate for murdering her husband, and it was the father instead of the mother who actually gave the child life, for example, Athena was born from the head of Zeus. The vote was tied, resulting in an acquittal in accordance with the rules previously stipulated by Athena. At last, the Erinyes were propitiated by the establishment of a new cult, in which they were

---

① *Cf*. the *Od*. 24. 60−62, Terpander fr. 7, the Homeric hymn 4 *to Hermes* 447−452 and 9 *to Pan* 11−18.

② All the texts and translations (with modifications) of *Oresteia* in this essay are from Aeschylus & Sommerstein, 2009. According to the usual practice of Classics, only the number of lines will be shown when verses are cited.

worshipped as *Semnai* (*Eum.* 1041, σεμνῷ), i. e. venerable goddesses.

Mitchell-Boyask (2009) argues that the Erinyes are chthonic deities whose realms, essentially, are death and fertility, and the conflict between the Erinyes and Apollo reflects the generational change of power from the old chthonic deities to the new Olympian gods; in Aeschylus's trilogy, Athena and her people who live on the earth's surface transformed the image of the Erinyes, balancing the polarity (pp. 27 − 28). And the title of the tragedy, *Eumenides*, which is another name for these infernal goddesses, meaning "gracious ones", implies their transformation from the angry goddesses of the vendetta to the enforcers of true justice in Athens at the end of the play, although scholars have observed the word itself never appears in the surviving text of Aeschylus's play, seeming to have begun to be used only in the late fifth century (Brown, 1984; Podlecki, 1989, p. 6; Sommerstein, 1989, pp. 11 − 12; Mitchell-Boyask, 2009, p. 24).

The Erinyes are important characters throughout the trilogy, whose name Ἐρινύς appears nine times in *Agamemnon* (59, 463, 645, 749, 991, 1119, 1190, 1433, 1580), four in *Libation Bearers* (283, 402, 577, 651), and four in *Eumenides* (331, 344, 512, 951). We can find that Ἐρινύς is referred to most frequently in *Agamemnon*, but the Erinyes never come on stage as theatrical roles in this play, just appearing in other characters' words, especially in the prophecy of Cassandra, Apollo's priestess (1186 − 1193). Cassandra describes a scene in which the chorus consisting of the Erinyes never leaves the house, singing in unison, but not pleasantly, for their words speak of evil (τὴν γὰρ στ

ἐγην τήνδ᾽ οὔεποτ᾽ ἐκλείπει χορὸς ξύμφθογγος οὐκ εὔφωνος. οὐ γὰρ ε ὖ λέγει); they sing a song of the ruinous folly that first began it all and show their abhorrence of the brother's bed that worked harm to him who defiled it one after another (ὑμνοῦσι δ᾽ ὕμνον πρώταρχον ἄτην, ἐν μέρει δ᾽ ἀπέπτυσαν εὐνὰ ζ ά δελφο ῦ τ ῶ πατο ῦ ντι δυσμενετ ῖ ζ). Nevertheless, nobody understands Cassandra's words. In *Libation Bearers*, the Erinyes are ghastly phantoms existing in Orestes's illusion; at the end of the play, only Orestes himself can "see" them (1061, ὑμε ῖ ζ μὲν οὐχ ὁρ ᾶ τε τ ά σδ᾽, ἐγ ὼ δ᾽ ὁρ ῶ.). However, in *Eumenides*, the Erinyes become visible to everyone, no matter what he or she is, a priestess, a god, a ghost, or a mortal; they serve as the chorus on stage, fulfilling Cassandra's prophecy. Brown (1983) argues that in *Agamemnon* and *Libation Bearers*, the Erinyes are invisible not only to characters on stage but also to the audience off stage, and all their attacks can be explained as physical diseases, madness, nightmares, and so forth, which a man could suffer in real life (pp. 13−34). In fact, Aeschylus seems to intentionally avoid miraculous events and direct intervention from the supernatural world in the first two plays, conforming strictly to the laws of reality. However, when the Erinyes, as well as other gods, are seen directly in *Eumenides*, this kind of realism from the human viewpoint is abandoned, because "the gods are now capable of impinging on men's lives almost as physically and indiscriminately as the monsters of science fiction" (Brown, 1983, p. 30).

The Aeschylean Erinyes distinguish themselves from the earlier ones in several ways.① Their dark (*Ch.* 1049, φαὶ οχίτωνες, *Eum.* 52, μέλαιναι), snake-covered (*Ch.* 1049−1050, πεπλεκτανημέναι πυκνοῖς δράκουσιν), blood-dripping (*Ch.* 1058, κἀξ ὀμμάτων στάζουσι νᾶμα δυσφιλές, *Eum.* 54, ἐκ δ' ὀμμάτων λείβουσι δυσφιλῆ λίβα) and wingless (*Eum.* 51, ἄπτεροί) appearance, which looks like the Gorgons (*Ch.* 1048, Γοργόνων, *Eum.* 48−49, ἀλλὰ Γοργόνας λέγω. οὐδ' αὖτε Γοργείοισιν εἰκάσω τύποις) or the Harpies (*Eum.* 50−51, εἶδόν ποτ' ἤδη Φινέως γεγραμμένας δεῖπνον φερούσας②), are new to us.③ Besides, different from the Homeric and Hesiodic Erinyes, whose function is concerned with the preservation of order, whether it is cosmic, societal, or familial, the Aeschylean Erinyes are restricted to punishing the shedders of kindred blood (*Eum.* 212, ὅμαιμος αὐθέντης φόνος), but they are not inconsistent with previous descriptions because "murder, especially intra-familial murder, is the most fundamental disruption of structure and thus threatens chaos more than any other kind of action" (Mitchell-Boyask, 2009, p. 26).

———————————

① More about the Erinyes in earlier literature, see Podlecki, 1989, pp. 1−9, Sommerstein, 1989, pp. 6−12 and Mitchell-Boyask, 2009, pp. 26−27.

② In Greek mythology, the Harpies rob Phineus of his dinner as punishment for giving away the god's secret plan.

③ More about the appearance of the Aeschylean Erinyes, see Maxwell-Stuart, 1973, pp. 81−84.

Most importantly, the Erinyes act as a chorus in *Eumenides*, which is usually comprised of mortal men or women, and Aeschylus uses repeated concepts relating to music to underscore this role, such as ὕμνος (306, 331, 344), χορῖς (307, dance or chorus), μέλος (329, 342, song), ἀφόρμικτος (332, 345, lyreless) and ὀρχησμός (371, dancing). Actually, the chorus of the Erinyes and their ghastly song have been foreshadowed in both *Agamemnon* and *Libation Bearers*; besides what we have discussed above (*Ag*. 1186−1193), the chorus "sings out the Erinyes' lyreless dirge" (*Ag*. 990−991, ἄνευ λύρας ὑμνῳδεῖ θρῆνον Ἐρινύος) and mentions "the song of the gods beneath the earth" (*Ch*. 475, θεῶν τῶν κατὰ γᾶς ὅδ' ὕμνος). These Chthonic deities in *Libation Bearers* 475 are most likely to be the Erinyes, who are the daughters of Nyx/Night (*Eum*. 321−322, μᾶτερ ἅ μ' ἔτικτες, ὦ μᾶτερ Νὺξ) and thus the descendants of Gaia/Earth because this passage (471−475) consciously echoes Cassandra's prediction that the Erinyes dwells in the house, singing evil words and drinking human blood through the overlap of words-house (*Ch*. 471, *Ag*. 1091, δώμασιν), blood (*Ch*. 474, αἱματηρὰν, *Ag*. 1189, αἷμα), and hymn (*Ch*. 475, ὕμνος, *Ag*. 1191, ὕμνον). Moreover, it is noteworthy that in v. 467, Aeschylus uses παράμουσος (out of tune with, discordant with) to describe the stroke of Atë/Ruin (467−468, Ἄτας πλαγά), which is obviously a compound of παρά (contrary to) and *Mousa*, thus reminding us of music. According to the LSJ (*A Greek-English Lexicon*), παράμουσος has never been used before (Liddell & Scott, 1996, p. 1318, *s. v.* παράμουσος). It seems that Aeschylus creates this word and intentionally uses it to echo the song of the chthonic gods in the following verses.

In a word, unlike the traditional goddesses of vengeance in earlier literature, the Erinyes in *Oresteia* are unusually presented as a chorus, persisting in punishing the kinslayer. From *Agamemnon* to *Eumenides*, these dreadful singers become more and more visible, driving the plot. All these descriptions prepare for the Erinyes' horror-striking *Mousa* in *Eumenides*.

II. The Metonymic Mousa: "Binding Song" and Greek Incantation

In *Eumenides* 307 − 320, Aeschylus refers to the singular *Mousa* as a song:

ἄγε δὴ καὶ χορὸν ἅψωμεν, ἐπεὶ

μοῦσαν στυγερὰν

ἀποφαάνεσθαι δεδίκηκεν,

λάξαι τε λάχη τὰ κα τ' ἀνθρίπους

ὡς ἐπινωμᾷ στάσις ἀμή.

εὐθυδίκαιοι δ' οὤμε θ' εἶναι.

τὸνν μὲν καθαρὰς χεῖρας προνέμοντ'

οὔτις ἐφέρπει μῆνις ἀφ' ἡμῶν,

ἀσινὴς δ' αἰῶνα διοιχνεῖ.

ὅστις δ' ἀλιτὼν ὥσπερ ὅδ' ἀνὴρ

χεῖρας φονίας ἐπικρύπτει,

μάρτυρες ὀρθαὶ τοῖσι θανοῦσιν

παραγιγνόμεναι πράκτορες αἵματος

αὐτ τῷ τελέως ἐφάνημεν.

Come, let us now join in dance, since we have resolved to display our horrifying *Mousa* and to tell how our company apportions the fortunes of men. We believe we practise straight justice: against him who can display clean hands there comes no wrath from us, and he goes through life unharmed; but as for him who has sinned grievously, like this man, and conceals his gory hands, we present ourselves as upright witnesses in support of the dead, and manifest ourselves with final authority as avengers of blood upon the killer.

This passage belongs to a long choric song (299−396) which announces the function of the Erinyes (310−311, λάξαι τε λάχη τὰ κα τ' ἀνθρώπους ὡς ἐ πινωμᾶ στ ά σις ά μ ἡ)①—punishing the bloodguilt (319, α ἷ ματος)—and condemns the sin of Orestes—committing matricide; the speaker is the chorus consisting of these hideous goddesses. It is worth mentioning that στ ά σις (company) has already been applied to the Erinyes by Cassandra in *Agamemnon* 1117—1118 (στ ά σις δ' ά κ ό ρετος γ έ νει κατολολυξ ά τω θ ύ ματος λευσί μου); here, στ ά σις is possibly a verbal echo. The singular accusative *Mousa* in v. 308 should be understood as song because the Erinyes just claimed to sing a binding song (306, ὕ μνον δ ά σμιον), and this interpretation is consistent with these goddesses' singing function as the chorus of the play. Besides, the definite article of *Mousa* is absent, which might imply its indefinite meaning between the abstract concept and the personified goddess. ②

The epithet στυγερ ά applied to *Mousa* supports this inference: στυγερ ά means "frightening" or "hateful", not fitting the traditional image of the goddess Muse; Aeschylus also uses it to describe the unfortunate fate (*Pers*. 909, στυγερ ᾶ ς μο ά ρας). Its root *stug*—connotes "fright" or "hate" (Podlecki, 1989, p. 158); in the *Theogony*, Hesiod closely associates *stug*—with which is hateful or frightful to gods (211, στυγερ ὶ ν Μ ϊ ρον, 739, τ ά τε στυγ ά ουσι θεο ά περ, etc.). ③ And it is interesting that στυγερ ά shares the same root with Styx (Στ ϊ ξ), the name of the mythological river that forms the boundary between

---

① Verrall argues that "λ ά χη τ ά κα τ' ά νθρϊπους" is not "the fates of men" but "our function" or "office in relation to men", as appears from the repeated use of λ ά χος in the exposition which follows, vv. 334, 347, 385. This is their whole contention here that they have λ ά χος, τιμ ά, γ ά ρας, μο ῦ ρα, etc. , a privilege wholly independent of all other authority. But Sommerstein insists that although λα χος refers only to the punishment of homicide in context (316—320), it is vague enough to be capable of a far wider application (cf. 930—1, π ά ντα γ ά ρ α ὗ ται τ ά κατ' ά νθρώπους ἔλαχον δι έ πειν), translating this phrase as "the fortunes of men". I suggest that λ ά χος could be a pun, deliberately meaning both the fated functions which have been allotted to the Erinyes as older deities and the fortunes allotted to men at the same time. See Verrall, 1908, p. 58 and Sommerstein, 1989, p. 137.

② Pindar also uses *Moisa* as music without a definite article in the *Nem*. 3. 28 and *Pyth*. 5. 65, supporting this inference. However, it is worth mentioning that although the lack of an article in prose is normally significant, in poetry the article is omitted much more freely. See Boas, Rijksbaron, Huitink, & Bakker, 2019, p. 328.

③ All the texts of the *Theogony* in this essay are from Hesiod & West, 1996; only the number of lines will be shown.

earth and the underworld; Hesiod records that even the gods "hate" the place where the eternal and primeval water of Styx spouts through (805−810, Στυγ ὸνζἄφθιτονὓδωρὢγἵγιον, τὸν δ᾽ ἵησι καταστυφάλου διὰ χἵρου…τά τε στυγάουσι θεοά περ), relating these two words. Arguably, there is an underworld nuance through the etymological association of στυγερά with the river Styx, and it might imply that *Mousa* is not the goddess from Olympus but the song from Hades.[①] Verrall (1908) interprets στυγερά as "horror-striking, a music to freeze the blood, according to the full sense of the word" (p. 58). Podlecki (1989) points out that this phrase is a fairly common oxymoron, whereby the normally joyful connotations of music, dance or instruments like the lyre or aulos are applied in doleful contexts or with pejorative adjectives (p. 158). His observation is quite right and not limited to Aeschylus's works; the ill-sounding *Mousa* in Euripides's *Ion* 1097 is a very similar example.

The horror-striking *Mousa* is not only a song but also an incantation, possessing supernatural power; that might be the main reason to use *Mousa* as song. As we mentioned before, what the Erinyes sing is a "binding" song; the LSJ explains δἁσμια as a metaphor, which means "binding as with a spell" or "enchanting" (Liddell & Scott, 1996, p. 380, *s. v.* δεσμός). According to Lloyd-Jones (1970), δἁσμια implies that this kind of spell, which usually contains the formula such as "I bind and have bound your hands and feet and tongue and soul" or "bind the horses' legs and check their power to start and leap and run (in a charm designed to influence the result of a race)", intended to bind the victim (p. 30). Its cognate κατάδεσμος (a tie, band or a magic knot) used in another binding song, Theocritus's *Idyll* 2, is explained as the regular expression for the constraint imposed by magic on its victims and, in literature, means little more than bewitchment (Gow, 1950, p. 37).[②] The verb ἀκούω in the same line also reveals that *Mousa* is an incantation. Most scholars

---

① Aeschylus doesn't refer to Styx in *Oresteia*, but in *Agamemnon* 1160 − 1161, Cassandra is prophesying beside another two rivers in the underworld, Cocytus and Acheron (νῦν δ᾽ ἀμφὶ Κωκυτ όν τε κἀχερουσίουζὄχθουζἔοικα θεσπιωδησειν τάχα).

② *Cf.* Pl. *Resp.* 364 c and *Leg.* 933 a. All the translations and texts of the *Idyll* in this essay are from Theocritus & Gow, 1950; only the number of lines will be shown.

interpret ἀκούω as "to hear", while it means "to obey" as well, such as in the *Iliad* 19. 256 (μοῖραν ἀκούοντες βασιλῆος) and the *Odyssey* 7. 11 (θεοῦ δ' ὥς δῆμος ἄκουεν); [1] translating "ὕμνον ἀκούσ τόνδε" as "you will obey this hymn" is even more appropriate because it is a binding spell which can control the hearer. We can find some incantatory characteristics of the Erinyes' song:

First of all, repetition is a representative feature of incantation through which the magic comes into effect. There are two lines recurring many times in Simaetha's spell (Theoc. *Id*. 2. 17/22/27/32/37/42/47/52/57/63, 69/75/ 81/87/93/99/105/111/117/123/129/135); in the song of the Erinyes, Aeschylus also uses repeated verses (328—333/341—346): [2]

> ἐπὶ δὲ τῷ τεθυμένῳ
> τόδε μέλος, παρακοπά,
> παραφορά, φρενοδαλὴς
> ὕμνος ἐξ Ἐρινύων,
> δέσμιος φρενῶν, ἀφόρ—
> μιγκτος, αὐονὰ βροτοῖς.

And over the sacrificial victim this is my song: insanity, derangement, the mind-destroying chant of the Furies that binds the mind, sung to no lyre, a song to shrivel men up!

This passage describes the mental impact of the Erinyes' song in detail-making the hearer insane (παρακοπά), deranged (παραφορά), mind-destroying (φρενοδαλάς), soul-binding (δέσμιος φρενῶν), and life-withering (αὐονὰ βροτοῖς). The phrase "δέσμιος φρενῶν" echoes δάσμια in v. 306 and stresses that the song mainly constrains Orestes's spirit. The Erinyes traditionally madden their victims—in the last scene of *Libation Bearers*, Orestes immediately went mad when they first appeared (1056, ἐκ τῶνδ' ἄ τοι ταραγμὸς ἐς φρένας πά

---

[1] All the translations and texts of the *Iliad* in this essay are from Homer & Murray, 1924, while those of the *Odyssey* are from Homer & Murray, 1919; only the number of lines will be shown.

[2] The MSS repeat the short stanza vv. 328—333 after v. 340, as vv. 341—346. Many editors therefore repeat vv. 354—359 after v. 366 and vv. 372—376 after v. 380, but there is no justification for this in the MSS. See Podlecki, 1989, pp. 157—158.

τνε), but here it is through *Mousa*, the song of the Erinyes, that the goddesses exert their horrific power. There is a close relationship between music and madness in Greek literature; as early as in the Homeric age, the Greeks believed that music could make the audience lose their minds—the Sirens beguiled nearby sailors with their clear-toned song into shipwreck on the rocky coast of their island in the *Odyssey* (12.39 − 46). Consequently, the Aeschylean Erinyes driving the hearer mad with their horror-striking *Mousa* is nothing new.

It is noteworthy that Cassandra is insane as well when singing her prophecy in which the Erinyes appear, although she is not maddened by these ghostly goddesses as their audience but possessed by Apollo as his priestess (*Ag*.1084, μένει τὸν θεῖον δουλίᾳ περ ἐν φρενί; 1140, φρενομανής τις εἰ, θεοφόρητος; 1174−1175, καί τίς σε κακοφρονῶν τίθησι δαίμων ὑπερβαρὴς ἐμπίτνων). Fraenkel (2017) points out that mad Cassandra seems to be one of the earliest certain instances of a conception which was afterwards to play a prominent part in Greek thought-the faculty and inspiration are derived from and given by the god (p.493). Intentionally or otherwise, Aeschylus uses νόμος (*Ag*. 1142,1153, song) to refer to Cassandra's prophecy and compares her to a nightingale (*Ag*. 1145, 1146, ἀηδίν); Cassandra is likewise established as a songstress, strengthening the connection between music and madness in *Oresteia*. However, we should not ignore that although music is often associated with madness, and the mental impact of the Muses is commonly found in Greek literature, these singing goddesses hadn't been related to mania until Plato attributed their art to divine inspiration or to a form of madness (this opinion was widely accepted by the Greeks soon);[①] therefore, using *Mousa* as the Erinyes' maddening song is pretty striking in this period.

Another phrase worth mentioning is "αὐονὰ βροτοῖς". The primary sense of αὐονά is "dryness" or "withering", while this word also relates to sound. According to Verrall (1908), in Homeric usage, αὐος, as a term of sound, denoted the jangling of metal in a fight (*Il*. 12.160, κόρυθες δ᾽ ἀμφ᾽ αὐον ἀΰτευν,

---

① *Cf*. Pl. *Ion*.534 c, *Phdr*. 244 a ff, and *Resp*. 607 b ff.

etc.), and thus, to the Greek ear, was already associated with the hideousness of noise (pp. 61—62). Verrall is right to notice that αὐονά has a connotation of sound, especially the dry crack, which is in connection with the function of the Erinyes' song—drying out and withering the hearer.[1] It is the overlap of dryness that makes αὐονά a fit description for the music over the victim whose life the Erinyes are about to drain. In fact, wilt and its obverse fertility are an essential part of the Erinyes' realm because they are Chthonic deities. In vv. 783—787/813—817, these furious goddesses claim to wither the land, causing leaflessness and childlessness (σταλαγμὸνν χθονὶ ἄφορον. ἐκ δὲ τοῦ λειχὴνά φυλλός ἄτεκνος…βροτοφθόρους κηλῖδας ἐν χώρα βαλεῖ). And when Athena successfully persuade them, their blessing provided to the city includes abundance of crops (924—926, ἐπισσύτους βίου τύχας ὀνψίμους γαίας ἐξαμβρῦσαι φαιδρὸνν ἁλίου σέλας), freedom from agricultural blights (938—943, δενδροπήμων δὲ μὴ πνέοι βλάβα…φλογμοὺς ὀμματοστερεῖς φυτῶν, τὸν μὴ περᾶ νόρον τόπων. μηδ' ἄκαρπος αἰανὴς ἐφερπέτω νόσος), fertility of flocks (944—946, μῆλα δ' εὐθενοῦντα Πὰν ξὺν διπλοῖσιν ἐμβρύοις τρέφοι χρόνω τεταγμένω), and wealth derived from precious metals mined from the earth (946—948, γόνος <δ' ἀεὶ> πλουτόχθων ἑρμαίαν δαιμόνων δόσιν τίνοι) (Rynearson, 2013, p. 6).

Moreover, Verrall (1908) explains ἀφίρμικτος (without the lyre) as a contrasted epithet: the music of the lyre, which is associated with happy occasions, always soothes the human soul, while the music "without the lyre" is not like in its effect, but, on the contrary, maddening the human soul (p. 61). What Verrall finds supports the fact that the song itself is a terrible noise, which has a destructive impact on the mind of the audience; in other words, there is a divine—although harmful—power in *Mousa*.

Secondly, it is noteworthy that the song is accompanied by violent,

---

[1]   Leaf compares αὐονάτευν (a rasping sound) with καρφαλαονάυον (*Il*. 13. 409, a harsh sound), *fragor aridus* (Verg. *G*. 1. 357—358, a crashing sound), and *sonus aridus* (Lucr. 119, a dry sound), all of which are dry noises. Mynors also compares these phrases, arguing that *aridus* describes a dry crack of a species of thunder, while fragor is perhaps a "tearing sound", on its way from "tearing" to the sense of any loud sound. See Homer & Leaf, 1900, p. 536 and Virgil & Mynors, 1990.

leaping dance movements (372—374, μάλα γὰρ οὖν ἁλομένα ἀνέκαθεν βαρυπετῆ καταφέ ρω ποδ ὸ νζ ἀ κμ ά ν), which reminds us of the Muses' "sound of footsteps" (70, δο ῦ πος) in the *Theogony*. The Erinyes' malevolent foot beats are expressed rhythmically in the "fourth paeon" (resolved cretic) ◡ ◡ ◡ —, and this kind of poetic meter is characteristically used in Greek tragedy, expressing extreme agitation or distress through strong sound patterns (Sommerstein, 1989, p. 138). The angry dancing of feet (371, ὀρχησμο ῖ ζ τ' ἐ πιφθόνοιζ ποδός) is as important as incantatory words, making men's thoughts dwindle and melt away into worthlessness beneath the earth (368—369, δόξαι δ' ἀνδρῶν καὶ μάλ' ὑπ' αἰθέρι σεμναὶ τακόμεναι κατὰ γᾶ ζ μινύθουσιν ἄτιμοι) and causing unendurable ruin (375—376, σφαλερὰ καὶ τανυδρόμοιζ κῶλα, δύσφορον ἄ ταν); the verb τάκω (to melt) is a pretty significant word in magic where the victim of incantation is thought to waste away, which can be compared with Theocritus's *Idyll* 1. 66 (ὅκα Δ ά φνιζ ἐ τ ά κετο), 82 (Δ ά φνι τ ά λαν, τ ά τ ὺ τ ά κεαι), etc.

Thirdly, it must not be overlooked that the Erinyes are possibly playing a round dance hand in hand (307, χορ ὸ ν ἄ ψωμεν); Sommerstein (1989) argues that the choice of the verb may indicate that the dance is to be a circular one with joining of hands (pp. 136—137), and we can compare it with the dance in Aristophanes's *Women at the Thesmophoria* 954—955 (κο ῦ φα ποσὶν ἄ γ' ἐ ζ κἰ κλον, χειρὶ σ ί ναπτε χε ῖ ρα). ① It also reminds us of the ring-dance of the Hesiodic Muses in the proem to the *Theogony* (3—4, κα ά τε περὶ κρ ά νηνιοειδ ά α π ῖ σσ' ἀπαλο ῖ σιν ὀρχε ῦ νται καὶ βωμ ὸ νν ἐρισθεν ά οζ Κρον ά ωνος); West (1996) argues that it is one of the most ancient types of dance, which is especially associated with springs and altars, having its origin in sympathetic magic (p. 152). It is interesting that in the meantime, Aeschylus takes hands as the symbol of innocence or guiltiness—clear hands for the innocent (313, τ ὸ νν καθαρὰ ζ χε ῖ ραζ προνέμοντ') and bloody hands for the guilty (316—317, ὅστιζ

---

① Texts of *Women at the Thesmophoria* are from Aristophanes & Henderson, 2009; only the number of lines will be shown.

δ'ἀλιτῶν⋯χεῖραζ φονίαζἐπικρύπτει), and "χορὸν ἀψωμεν" implicitly links the dance to the repeated χεῖρεζ (hands). In fact, at the beginning of the choric song (299−320), Aeschylus plays with words that sound alike—χαάρω (301, to be happy), χορῑζ, and χεάρ; there is perceived to be an ancient etymological relationship among these three words (Sturz, 1818, pp. 569 and 813), which strengthens links between the magical *choros* and symbolic hands, implying a sympathetic magic: song and dance (*choros*) combine to exercise a supernatural power (never learning what it means to be happy) over the relevant body parts (hands) of the victim (Orestes).

To sum up, from the context, especially the epithet στυγερά, we can find that the singular *Mousa* in v. 308 is used as a metonymy of the Erinyes' incantation, which is marked by repeated words, violent footsteps, and the round dance. Just as the goddesses Muses have a mental impact on their audience, the metonymic *Mousa* can destroy the hearer's mind, driving Orestes crazy.

Ⅲ. The Auditory Epiphany: The Erinyes as the Corrupt Muses

Now, we have inferred that *Mousa* is not merely a song; it is an incantation which casts an enchantment over the victim, binding his body as well as his soul. And all the signs mentioned before show that Aeschylus intends *Mousa* to remind the audience of the Muses' productions, chorus and round dance, and the divine power within them. Here might be an auditory epiphany of the Muses, and the verb ἀποφαάνω supports this inference.

In v. 309, the Erinyes "display" (ἀποφαάνεσθαι) their cursed song, i. e. *Mousa stugera* , which can be closely compared with Aristophanes' *Lysistrata* 1295−1298:

ΑΘΗΝΑΙΩΝ ΠΡΕΣΒΕΥΤΗΣ Α

< ῶ > Λάκων, πρόφαινε δὴ σὺ μοῦσανἐπὶ νέᾳ νέαν.

ΛΑΚΕΔΑΙΜΟΝΙΩΝ ΠΡΕΣΒΕΥΤΗΣ

Ταάγετον αὐτ'ἐραννὸννἐκλιπῶὰ,

Μῶὰ μόλε, <μόλε,> Λάκαινα, πρεπτὸνννἀμὶν

κλέωὰ τὸν Ἀμύκλαιζ σιὸνν

First Athenian Delegate: Laconian, manifest a new *Mousa* on top of a new one.

Spartan Delegate: Leaving lovesome Taygetus, here, Laconian *Mousa*, come, come, celebrating the god at Amyclae in a way that is fitting for us. [1]

Hardie observes that "new *Mousa*" is in the sense of "new song", while "Laconian *Mousa*" is treated as a personified goddess because the Spartan asks her to leave Sparta and to appear in Athens; for Λάκαινα puns on νέαν (new) and caps the whole line "Λάκων... νέαν", this Laconian Muse represents the new song, and therefore the performance implies her auditory epiphany at Athens. The creative interplay of the metonymic *Mousa* and the goddess is signalled by the verb προφαάνω (to reveal), which is used elsewhere of divine and oracular utterance, whereas προφαάνομαι is used of divine epiphany by lyric and tragic poets (Hardie, 2013, p. 219). We can easily find that ἀποφαάνω is quite similar to προφαάνω, possibly implying the epiphany of the Muses within *Mousa*. The divine epiphany in sound alone is not unfamiliar, especially the epiphany of the Muses: in the proem to the *Theogony*, the Muses are shrouded in thick visibility, darkness and heavy mist (9−10, κεκαλυμμέναι ἠέρι πολλ τῶ, ἐννύχιαι στεῖχον), and the poet cannot see them but just hear their "very beautiful voice" (10, περικαλλέα ὄσσαν).

Then, in v. 320, the Erinyes "present" (ἐφάνημεν) themselves as upright witnesses for the dead, foreshadowing that Athena's trial is to come; the word φαάνω means "to cause to appear in the physical sense" (Liddell & Scott, 1996, p. 1912, *s. v.* φαάνω), emphasising that now the Erinyes are appearing in an anthropomorphic form on stage, visible to everyone. It is worth mentioning that φαάνω also signifies "to make it clear to the ear" when applied to sound. For example, in v. 569, the Etruscan trumpet "exhibits" (φαινάτω) its shrill

---

[1] Texts of *Lysistrata* are from Henderson, 2000, while translations (with modifications) are from Hardie, 2013; only the number of lines will be shown.

voice to the host; this meaning shows the possibility of the Erinyes being heard. The wordplay between ἀποφαάνω and φαάνω is obvious: ἀποφαάνω is a derivative of φαάνω, and these two verbs echo each other in both pronunciation and meaning, relating the auditory epiphany of the Muses to the physical manifestation of the Erinyes.

Arguably, we may be meant to see the choric Erinyes at least in part as a kind of reversal of the choric Muses, coming from the underworld and possessing the malign power. Therefore, just as the divine power of the Muses is exercised through their clear-toned *Mousa*/dirge in the *Odyssey*, moving all the Achaeans to tears (24. 61−62, ἔνθα κεν οὔ τι ν᾽ ἀδάκρυτόν γ᾽ ἐνόησας Ἀργεί ων. τοῖον γὰρ ὑπώροορε Μοῦσα λίγεια), the malevolent magic of the Erinyes is to be exerted through their horror-striking *Mousa*/binding song, driving Orestes mad. This could explain why Aeschylus uses *Mousa* as the Erinyes' evil song.

Interestingly, the horror-striking *Mousa* of the Erinyes becomes a true hymn at the end of the tragedy. In v. 902, the Erinyes ask Athena what she wants them to "sing" (ἐφυμνάω) for this land; it is a well-chosen word which sounds similar to ἀποφαάνω and φαάνω. As we discussed before, repetition is part of the Erinyes' harmful magic to start with, but now it is for a positive purpose: these goddesses no longer condemn Apollo for depriving their rights by snatching Orestes away from them (321−327), but hymn the bright light of the sun, which may cause blessings beneficial to the life of Athens (916− 926); they no longer make lives wither away (328 − 333/341 − 346), but provide the fertility of crops, flocks, and minerals (938−948); they no longer cling to power given by the Fates, insisting on pursuing murderers (334 − 340), but admit the power of gods and the Fates, forbidding the misfortunes that make men and women die before their time (956−967); they no longer overthrow houses (354−359), but pray that civil strife may never rage in this city (976−987). The contrast between these two songs is pretty obvious; as the Erinyes transform from horrible Chthonic deities to *Semnai* or the Eumenides, their performance finally acquires the divine power of the Muses.

On balance, Aeschylus intentionally uses ἀποφαάνω, which usually describes the divine epiphany of the god, to imply the presence of the Muses within the sound of the Erinyes' incantation, i. e. their auditory epiphany. Due to the fact that we only have the Erinyes on the stage, possibly, the Muses manifest themselves as the Erinyes. In fact, the Aeschylean Erinyes are pretty similar to the Muses in several ways; to a certain extent, they are the corrupt Muses, possessing the destructive power of music.

IV. Conclusion

In *Oresteia*, the Erinyes are remarkably portrayed as a chorus whose song and dance can destroy the hearer's mind, reminding us of another divine chorus, the Muses. Actually, there are many signs relating the choric Erinyes to the choric Muses, such as ambiguous words, repeated concepts, and echoing metres, while the metonymic usage of *Mousa* as their loathsome incantation is the most important one. Within *Mousa*, we could find the auditory epiphany of the Muses, implying the overlap between the Erinyes and the Muses. To some degree, the Erinyes act as the reversal of the Muses, i. e. the corrupt Muses. On the one hand, just like the Muses, the Erinyes manifest themselves within the musical sound and make mental impacts on their audience. On the other hand, unlike the heavenly Muses who can comfort the broken heart and maintain the cosmic order through their beautiful song, the chthonic Erinyes only bind the victim's body and soul with their malign chorus. Aeschylus undoubtedly expanded the range of the word *Mousa*, which was only used as the divine goddess or the beautiful song before, and inspired later poets, especially Euripides, who took *Mousa* as the deadly riddle of the Sphinx in *Phoenician Women* (50, 1028). From then on, *Mousa* acquired destructive power and could be used as any kind of music; the boundary between the heavenly Muses and other evil singers, such as the Sirens, seemed to diminish as well.

Works cited:

Aeschylus. , & Fraenkel, E. (2017). *Agamemnon. Vol. 3, Commentary on* 1056 − 1673, *appendices, indexes.* (E. Fraenkel, Ed.). Oxford: Oxford University Press.

Aeschylus. , &Lloyd-Jones, H. (1970). *The Eumenides: a Translation with Commentary by Hugh Lloyd-Jones; with a Series Introd. by Eric A. Havelock.* (H. Lloyd-Jones, Trans.). Englewood Cliffs, N. J: Prentice-Hall.

Aeschylus. , & Podlecki, A. J. (1989). *Eumenides/Aeschylus; edited with an introduction, translation and commentary by A. J. Podlecki.* (A. J. Podlecki, Ed.). Warminster: Aris & Phillips.

Aeschylus. , & Sommerstein, A. H. (1989). *Eumenides/Aeschylus; edited by Alan H. Sommerstein.* (A. H. Sommerstein, Ed.). Cambridge: Cambridge University Press.

Aeschylus. , & Sommerstein, A. H. (2009). *Oresteia: Agamemnon. Libation-Bearers. Eumenides.* (A. H. Sommerstein, Ed. & Trans.). Cambridge, MA: Harvard University Press.

Aeschylus. , & Verrall, A. W. (1908). *The "Eumenides" of Aeschylus.* With an introduction, commentary, and translation by A. W. Verrall. London: Macmillan.

Aristophanes. , & Henderson, J. (2009). *Birds. Lysistrata. Women at the Thesmophoria.* (J. Henderson, Ed. & Trans.). Cambridge, MA: Harvard University Press.

Brown, A. L. (1983). The Erinyes in the Oresteia: Real Life, the Supernatural, and the Stage. *The Journal of Hellenic Studies*, 103, 13−34.

Brown, A. L. (1984). Eumenides in Greek Tragedy. *The Classical Quarterly*, 34(2), 260− 281.

Emde Boas, Rijksbaron, A. , Huitink, L. , & Bakker, M. de. (2019). *Cambridge Grammar of Classical Greek.* Cambridge: Cambridge University Press.

Hardie, A. (2013). Empedocles and the Muse of the "Agathos Logos". *The American Journal of Philology*, 134(2), 209−246.

Hesiod. , & West, M. L. (1996). *Hesiod: Theogony.* Oxford: Oxford University Press.

Homer. , & Leaf, W. (1900). *Homer, the Iliad. Volume* 1, *Books I −XII / Edited by Walter Leaf.* (W. Leaf, Ed.). New York: Macmillan Company.

Homer. , & Murray, A. T. (1919). *The Odyssey.* (A. T. Murray, Trans.). Cambridge, MA: Harvard University Press.

Homer. , & Murray, A. T. (1924). *The Iliad.* (A. T. Murray, Trans.). Cambridge, MA: Harvard University Press.

Liddell, H. G. , & Scott, R. (1996). *A Greek-English Lexicon* (Ninth edition with a revised supplement). New York: Oxford University Press Inc.

Maxwell-Stuart, P. G. (1973). The Appearance of Aeschylus' Erinyes. *Greece & Rome*, 20

(1),81−84.

Mitchell-Boyask, R. (2009). *Aeschylus: Eumenides*. London: Duckworth.

Rynearson, N. (2013). Courting the Erinyes: Persuasion, Sacrifice, and Seduction in Aeschylus's "Eumenides." *Transactions of the American Philological Association* (1974 − 2014), 143(1), 1−22.

Sturz, F. W. (1818). *Etymologicum Graecae linguae Gudianum: et alia grammaticorum scripta e codicibus manuscriptis nunc primum edita/ Accedunt notae ad Etymologicon magnum ineditae E. H. Barkeri, Imm. Bekkeri, Lud. Kulencampii, Amad. Peyroni aliorumque; quas digessit et una cum suis edidit Frider. Gul. Sturzius cum indice locupletissimo*. Lipsiae: Apud I. A. G. Weigel.

Theocritus. , & Gow, A. S. F. (1950). *Theocritus* (A. S. F. Gow, Ed. & Trans.). Cambridge: Cambridge University Press.

Virgil. , & Mynors, R. A. B. (1990). *Georgics*. Edited with a commentary by R. A. B. Mynors. Oxford: Clarendon Press.

Author:

Wei Mian, Ph. D. candidate at the College of Transcultural Studies, the School of Chinese Language and Literature, Beijing Normal University; visiting student at the School of History, Classics and Archaeology, the University of Edinburgh. Her research focuses on classics, especially Greek literature, mythology, and culture.

作者简介：

卫冕，北京师范大学文学院跨文化研究院与爱丁堡大学历史、古典与考古学院联合培养博士研究生，主要研究方向为跨文化西方古典学。

Email: weimian0719@mail. bnu. edu. cn

创伤理论：语境、政治和伦理

苏珊娜·雷德斯通　撰　何卫华　译

摘　要： 本文探讨了创伤研究在当下人文领域变得"时髦"的原因，同时结合卡鲁斯、费尔曼和劳伯的相关论述，分析了创伤理论的伦理和政治维度。以拉普兰奇的观点和客体关系心理分析理论为视角，本文首先检视了创伤理论的主体性模式，以及其与指称和表征理论、历史和见证理论之间的关系，并提出了批判性意见。本文继而指出，尽管创伤理论的讨论对象——他者的苦难——使得批判困难重重，但和任何其他理论一样，这一理论涉及的政治问题，被其纳入或排除的内容，及其无意识之中的驱动力和欲望都值得研究。由于创伤理论兴起的政治和文化语境在很大程度上都没有得到学界的注意，本文最后指出，对于文化和政治领域的摩尼教式非善即恶论，创伤理论起到的应该是急刹车的作用，而不是加速器。

关键词： 创伤理论　文化　伦理　政治　记忆　主体性　历史

Trauma Theory：Contexts，Politics，Ethics

Susannah Radstone　He Weihua trans.

Abstract: This article discusses the current "popularity" of trauma research in the Humanities and examines the ethics and politics of trauma theory, as exemplified in the writings of Caruth and Felman and Laub. Written from a position informed by Laplanchian and object relations psychoanalytic theory, it begins by examining and offering a critique of trauma theory's model of subjectivity, and its relations with theories of referentiality and representation, history and testimony. Next, it proposes that although trauma theory's subject matter—the sufferings of others—makes critique difficult, the theory's politics, its exclusions and inclusions, and its unconscious drives and desires are as deserving of attention as those of any other theory. Arguing that the political and cultural contexts within which this theory has risen to prominence have remained largely unexamined, the article concludes by proposing that trauma theory needs to act as a brake against rather than as a vehicle for cultural and political Manicheanism.

Keywords: trauma theory; culture; ethics; politics; memory; subjectivity; history

自 20 世纪 90 年代初以来，创伤理论在学界的热度与日俱增。学界的理论风潮和学术热点往往由一批重要作品的出版或发表引爆，因此，只要回溯那些在这一领域具有开创性意义的著述，就不难图绘人文学科的"创伤转向"这一过程。这些重要的著作包括：萧珊娜·费尔曼（Shoshana Felman）和铎利·劳伯（Dori Laub）合著的《证词：文学、精神分析和历史中的见证危机》（*Testimony：Crises of Witnessing in Literature，Psychoanalysis and History*，1992），凯西·卡鲁斯（Cathy Caruth）编撰的文集《创伤：记忆中的探寻》（*Trauma：Explorations in Memory*，1995），及其专著《无法明言的经历：创伤、叙事与历史》（*Unclaimed Experience：Trauma，Narrative and History*，1996）。不容否认的是，正是由于这些著述的付梓，创伤话题才开始在人文学科登堂入室。显而易见，这些书籍的影响广泛而深远。但这些影响力并非沙上建塔，在很大程度上，这些作品之所以能够带来冲击并具有影响力，与阅读和接受语境密切关联。因此，对这些具有影响力的文本的认定会引发一些问题，不仅得去考察孕育这些著述的学术和文化语境，同样还得研究在人文学科领域，在相关著述传达的理论观点的接受、经典化和发展的过程中，这些语境到底起到了怎样的作用。文化和社会研究往往会将文化运动和情绪作为研究对象，但一般来讲，不会有人对理论和观念在人文学科内部的兴起进行此般细致的考察。本文的目标是考察创伤理论在学术领域中兴起这一事件本身，并探讨创伤理论的前景及其局限性。

"创伤理论"一词最早出现于卡鲁斯的《无法明言的经历》一书。在下文中，当我使用"创伤"时，将会把卡鲁斯的著作作为主要的参照，当然还有费尔曼和劳伯关于创伤的著述。卡鲁斯编撰的文集《创伤：记忆中的探寻》

收录有费尔曼和劳伯关于创伤的文章，他们二人对卡鲁斯的影响颇深，这从卡鲁斯在《无法明言的经历》（ix）一书中对费尔曼表达的敬意可以得到证明。我曾为《银屏》（*Screen*）杂志主持过一个名为"创伤和影视研究专题"（Special Debate：Trauma and Screen Studies）的专栏，还为之写有导言①。正如几位撰稿人在文章中指出，创伤理论将引发一股新的思潮，该思潮将打破理论界一系列显而易见的僵局。然而，创伤理论差不多又快要发展为一种全新的理论正统，因此需要——甚或必须——对其含义和语境进行反思，同时对其没有涉及的前进方向做些思考。因此，本文希望能同当前大家所说的"创伤理论"形成一种紧密的、批判性的关系，对我所说的"创伤表现出的那种明显自相矛盾的'时髦'"进行质疑（Radstone，2001，p. 189）。

一、创伤研究的学术语境

在当下的人文学科领域，"创伤理论"被频频提及。② 尽管被不断征引，却鲜有学者去追溯创伤理论的源头，勘察其范围。在卡鲁斯、费尔曼和劳伯的著述中，创伤理论开始初具规模：一方面，这得益于解构主义、后结构主义和精神分析理论；与此同时，还受益于针对一些创伤性事件中的幸存者的临床治疗，主要是一些美国同行在从事这方面的工作。各种因素相互作用。只要翻开卡鲁斯的著作《创伤：记忆中的探寻》，就不难发现，在这本书中，

---

① Susannah Radstone（ed.），"Special Debate：Trauma and Screen Studies"，*Screen*，42（2），（Summer 2001），pp. 188－216. 在最近一篇书评文章中，简·基尔比（Jane Kilby）谈到我的相关观点，说我对创伤研究持彻底的、敌视的和拒斥的态度，因为我的研究偏离了弗洛伊德对内心世界幻想的重要性的强调，因此我希望借此机会说明本人对创伤理论的价值和前景有充分的认识（Jane Kilby，"The writing of trauma：trauma theory and the liberty of reading"，*New Formations*［Summer 2002］，pp. 217－230）。然而，虽然我承认创伤理论是人文学科内部有重大意义的全新发展，我同样认为它也带来了一系列的挑战，接下来我将在这篇文章中一一指出。至于我关于创伤理论的一些其他论述，可参见 Susannah Radstone，"The war of the fathers：fantasy, trauma and September 11"，收录于 *Trauma at Home*，edited by Judith Greenberg（Lincoln and London：Nebraska University Press，2003），pp. 117－123；Susannah Radstone，"The war of the fathers：trauma, fantasy and September 11"，*Signs*，28（1）（Autumn 2002），pp. 457－459；Susannah Radstone，"History and Trauma：Reviewing Forrest Gump"，收录于 *Between the Psyche and the Polis：Refiguring History in Literature and Theory*，edited by Michael Rossington and Anne Whitehead（Aldershot：Ashgate，2001），pp. 177－190；Susannah Radstone，"Social Bonds and Psychical Order：Testimonies"，*Cultural Values*，5（1）（January 2001），pp. 59－78；Susannah Radstone，"Screening Trauma：Forrest Gump, Film and Memory"，收录于 Susannah Radstone（ed.），*Memory and Methodology*（Oxford and New York：Berg，2000），pp. 79－107.

② 基尔比文章的标题中就包括有这一术语，同样还有 Thomas Elsaesser，"Postmodernism as mourning work"，参见苏珊娜·雷德斯通论著（Radstone，2001，p. 189）。

不仅收录有费尔曼和劳伯的文章，同时还有神经系统科学家范·德·科尔克（Van der Kolk）和范·德·哈特（Van der Hart）的文章，以及文艺理论家乔治·巴塔耶（Georges Bataille）和哈罗德·布鲁姆（Harold Bloom）的文章。一种关于创伤理论的定义认为，创伤理论不仅应包括关于大屠杀和其他灾难性个人和集体事件中的幸存者的各种著述，同时还应将从这些著述中生发出的理论和方法上的革新纳入进来，这些革新可以广泛地应用于电影和文学研究之中（Radstone，2001，p. 194）。对创伤理论具有决定性作用的临床医学受到一种特殊的心理学理论的影响，这一理论不仅受益于美国精神分析理论领域取得的进展，还受到另外两个方面因素的影响：一是其同心理状况和心理问题分类之间的关系；二是法律领域对这些分类的认知（Radstone，2000，pp. 87－90）。① 在这些进步中，标志性的突破是创伤后应激障碍（PTSD）被确认为一种疾病，美国精神医学会编撰的第三版和第四版《精神疾病诊断与统计手册》（*The Diagnostic and Statistical Manual*）不仅将这种精神错乱收录于其中，还进行了细致说明。② 在《创伤：记忆中的探寻》第一部分的导言中，凯西·卡鲁斯就提到过这一进步。神经科学，尤其是在美国，在研究记忆障碍这一领域取得了不少突破，同样意义非凡。这一研究表明，人们不再像弗洛伊德那样去强调记忆同无意识冲突、压制和幻想之间的关系，记忆与大脑的运作相关的理念开始取而代之。③

如前所述，在人文学科领域，与临床医学领域的进步一道，解构主义对创伤理论的兴起产生过重大影响。在《无法明言的经历》中，卡鲁斯频繁地征引保罗·德·曼（Paul de Man）的观点，保罗·德·曼是她昔日的恩师，在费尔曼与劳伯合著的《证词：文学、精神分析和历史中的见证危机》中还辟有专章向他致敬，这些例子足以表明解构理论对创伤研究的影响。简言之，

---

① 还可以参见 Ruth Leys, *Trauma: A Genealogy* (Chicago: The University of Chicago Press, 2000)，尤其是第七章之中的论述；Michael Kenny, "Trauma, time, illness and culture: an anthropological approach to traumatic memory", in *Tense Past: Cultural Essays in Trauma and Memory*, edited by Paul Antze and Michael Lambek (New York and London: Routledge, 1996), pp. 173－198.

② American Psychiatric Association, *Diagnostic and Statistical Manual of Mental Disorders*, Washington D. C.: American Psychiatric Association, 1994.

③ 关于这些进展的批判性论述，请参见：Jeffrey Prager, *Presenting The Past: Psychoanalysis and the Sociology of Remembering* (Cambridge and London: Harvard University Press, 1998)；以及 Paul Antze, "The Other Inside: Memory as Metaphor In Psychoanalysis", in *Regimes of Memory*, edited by Susannah Radstone and Katharine Hodgkin (New York and London: Routledge, 2003), pp. 96－113.

创伤理论似乎可以帮助人文学科跳脱由这些理论导致的僵局和危机，但并不会抛却这些理论中的洞见。面对这些理论造成的困难，创伤理论提出的应对方法并不是绕道而行，而是要去正面迎击，并最终从问题中跳脱出来。创伤理论宣称能够解决并突破这些理论僵局，下面的章节将对此进行一些批判性探讨。

二、指称性

结构主义、后结构主义、精神分析、符号学和解构主义都对指称性进行了批判，它们以不同方式表明，在表征与现实之间，存在的仅仅是一种高度中介性的或间接的关系。为了回应和超越这一主张，创伤理论另辟蹊径，正如托马斯·艾尔塞瑟（Thomas Elsaesser）解释的那样，在创伤理论看来，创伤性事件"在表征生产的过程中，其地位有如一种（被悬置的）本源（……）由于踪迹的缺场而被临时去除（bracketed）或悬置"（Radstone，2001，p.194）。关于表征与"现实"或"事件"之间的关系，之前的诸多理论往往都会强调二者之间的关系是惯例性的、中介性的、虚幻的、延宕的或想象的，不同的是，创伤理论认为可以重新理解表征和现实之间的关系，并认为这种关系是由踪迹的缺场构成的。对铎利·劳伯而言，正是由于踪迹的缺场，他才将创伤的病因描述为"没有见证人的事件"（Felman & Laub，1992，pp.75-92）——正如卡鲁斯所言，见证之所以缺场，是因为就本质而言，创伤性事件本身是无法被同化的或是不可知的（Caruth，1995，p.4；Caruth，1996，pp.1-17）。

在创伤理论中，踪迹的缺场表明了表征与（创伤性）事件/现实之间的关系。换言之，用艾尔塞瑟的话来说，创伤理论建构的"与其说是一种关于被恢复的记忆的理论，不如说是（……）一种关于被恢复的指称性的理论"（Radstone，2001，p.201）。在为《创伤：记忆中的探寻》第一部分写的导语中，卡鲁斯就强调了创伤性记忆的指称性：一开始，她就提到"波斯尼亚—黑塞哥维那战争和美国日益频繁的暴力事件"（p.vii）。费尔曼和劳伯强调大屠杀证词的重要性，同样是为了对此进行说明。显而易见，这一思考路径饶有趣味，并令人振奋，这一点艾尔塞瑟同样曾谈到过，不仅历史学家可以参与进来，媒介理论家同样可以从中获得启发。然而，与此同时，这是以创伤性事件作为其理论基石。正如大家所知，在劳伯的《证词：文学、精神分析和历史中的见证危机》一书中，创伤被定义为"没有见证人的事件"。在卡鲁斯的《无法明言的经历》一书中随处都可以发现这种对事件的强调，为说明这一点，书中开篇不久就提到弗洛伊德，因为在《超越快乐原则》（*Beyond the Pleasure Principle*）中，弗洛伊德不断在思考"灾难性事件看上去在不断复演的方式，这些方式是奇特的，并且有时还有些诡异"（Caruth，1996，p. 1）。当说到保罗·德·曼的总体性意指理论盘踞在卡鲁斯创伤理论的中心时，自然而然，这就会牵扯到另外一个问题：将创伤置于一种总体性表征理论的中心到底有何意义和深远影响？换言之，创伤理论中的洞见可以在多大程度上被推而广之，被应用到整个表征领域？基于构成主体性的最原初的断裂或分离的出现，语言和表征应运而生，语言和表征中还一直留存有这一原初断裂或分离的印记。尽管这一说法仍存在争议，但至少在我看来，将这一断裂与创伤相结合将会是一个具有戏剧性的策略，会导致借助语言和表征才成为可能的整个人生的病态化——当然，这里所说的整个人生，需要把早期的婴儿阶段除开。此外，将创伤理论中的洞见推而广之，同样还会遭到来自那些孕育出创伤理论的理论的质疑。创伤理论部分地源于广义上的德·曼的意指理论，还部分地得益于包括贝塞尔·范·德·科尔克在内的心理学家在神经科学领域的研究成果。他们认为，正如鲁丝·莱斯（Ruth Leys）所言，"创伤性事件在大脑中的编码方式不同于普通记忆"（Leys，2000，p. 7）。[①] 如果创伤的编码不同寻常，那么这种编码是否可以成为一种总体性表征理论的基础？这些都是问题，需要更为深入的阐释和辩论。是创伤理论可以被用来阐明现实与表征之间的总体性关系，还是现实本身开始被认为是创伤性的？[②] 在本人看来，虽然在这里只是被粗略提及，这些问题还是有可能变成一团乱麻，因为理论最终都将赋予自身以生命。

三、主体性

创伤理论暗含一种主体性理论。对弗洛伊德的开创性文本的不断修正和重读是这一理论形成的语境之一，自然，这将会导致出现大量不同版本的心理分析和心理学理论。现在影响到人文学科创伤理论的心理分析基础是对弗

---

① 在此，莱斯参阅过 Bessel A. Van der Kolk, Alexander C. McFarlane and Lars Weisaeth (eds.), *Traumatic Stress: The Effects of Overwhelming Experience on Mind, Body and Society* (New York and London: Guilford Press, 1996).

② 参见苏珊娜·雷德斯通文章（Radstone，2001，p. 190）。

洛伊德的"后现代主义化"，这主要出现在美国，下文中我会对此进行讨论。[①] 当然，这一说法有点过于简单化。在此，我指的是神经科学领域中出现的一些重大成就，以科尔克和哈特等人的成果为代表。[②] 在强调记忆和大脑功能的同时，这种后现代心理学同样包括另一派的观点，这一派强调主体间性以及倾听者或见证人在将之前未曾被同化的记忆带入意识的过程中所扮演的角色。[③] 在《证词：文学、精神分析和历史中的见证危机》中，费尔曼和劳伯专门解释了见证的重要性，该书共七章，其中竟有四章的标题中出现了"witness"或"witnessing"字样。正如安泽（Antze）所言，强调叙事、见证和记忆的主体间性同神经生物学的科学性之间存在矛盾（Antze，2003，p.97），在实践中，创伤理论不仅强调见证，同样也强调对心理疏离（dissociation）的病理性分析，这种并重表明创伤理论对这两种理论都有援引。

迄今为止，关于创伤理论之中包含的主体性模式，以及这一模式引发的理论难题，鲜有讨论或论争。换言之，在建构创伤性主体的过程中，创伤理论"穿越"（through）或"超越"（beyond）的到底是什么？要想回答这个问题，必须先从鲁丝·莱斯建构的创伤谱系学谈起。这一研究非常精彩，在莱斯看来，当代创伤理论仍然在努力解决从一开始就困扰着美国学派创伤理论的一个矛盾——创伤的模仿论和反模仿论之间的矛盾。就创伤理论的谱系而言，莱斯认为占有中心性位置的是"模仿问题，这被定义为催眠性模仿问题"（Leys，2000，p.8），并指出，被催眠的主体为创伤记忆的早期心理分析理论提供了样板。莱斯指出，这远远不只是一种研究和治疗创伤症状的方法：

[①] 卡洛琳·加兰德（Caroline Garland）强调了美国和英国受精神分析影响的创伤研究方法之间的差异，在写到塔维斯托克诊所治疗创伤采取的临床方法时，加兰德解释说："美国的研究成果（……）不如（……）弗洛伊德和克莱因的成果重要，因为大家坚信只有通过和病人一道，对那些创伤性事件对个体的特殊意义有十分深入的了解后，创伤性事件对人类大脑产生的影响才能得到理解和治疗。"（Caroline Garland, *Understanding Trauma: A Psychoanalytic Approach*, Tavistock Clinic Series [Duckworth, 1998], p.4.）

[②] 例如可以参见：Bessel A. Van der Kolk and Onno Van der Hart, "Pierre Janet and the Breakdown of Adaptation in Psychological Trauma", *American Journal of Psychiatry*, 146（12）（December 1989），1530-1540. 关于研究创伤，最有影响力的神经学科类著述之一无疑应包括朱迪斯·赫尔曼撰写的 *Trauma and Recovery*（Basic Books, 1992）一书。

[③] 关于此类研究的相关资料，可参见：Paul Antze, "The Other Inside: Memory as Metaphor In Psychoanalysis", in *Regimes of Memory*, edited by Susannah Radstone and Katharine Hodgkin（Routledge, 2003, 110, n.9）. 费尔曼和劳伯的《证词：文学、精神分析和历史中的见证危机》一书则对见证的重要性有非常详尽的说明。

催眠……在创伤的概念化中扮演着举足轻重的理论角色……因为被催眠者往往会按照要求去模仿或重复别人要他们说或做的事情，这一倾向为创伤经验提供了一个基本模型。创伤被定义为一种同自我疏离或"缺场"的状态，在这一种状态之中，受害者会无意识地去模仿或认同于侵犯者或创伤性场景，这种情形被比作被强化的受暗示性（suggestibility）状态或由于催眠而进入的昏迷状态。（Leys，2000，pp.8—9）

莱斯继续指出，创伤与模仿间的这一联系令人不安，因为它威胁到关于个体自主性和责任的美好理想（Leys，2000，p.9）。他们自身之中缺场的观念以及对过去的创伤性经验的无意识模仿，会威胁到这些主体独立自主性（sovereignty）的稳定。在模仿性创伤理论看来，创伤主体对自身既没有完全的把控力，同样无法完全负责。对此，莱斯解释说，由于模仿性创伤理论中存在的这些不受欢迎的推论，在这一理论之外同时发展出"一种反模仿论的观点，在这一观点看来，创伤就好像是发生在自主主体身上的纯粹外部事件，主体不过是被动的受害者"（Leys，2000，p.10）。据此，记忆的产生同内心世界的那一无意识的、无法抗拒的过程并无关系。相反，记忆被视为对创伤性事件的无需中介的记录，尽管这种记录无法被同化或整合。这些记忆经历了一个"疏离"的过程，即它们会在大脑中占据一个专门划定的区域，无法被恢复。在模仿性理论中，创伤导致的是与自我的心理疏离，然而在反模仿理论中，这被理解为对无法被同化或整合的事件的记录，是与记忆的疏离。

根据鲁丝·莱斯的创伤谱系学，反模仿论之所以能够兴起，与捍卫主体独立自主性的（意识形态性）努力相关联。这一联系表明，当下美国创伤理论之中还存在有待商榷的层面，要知道，美国的创伤理论正在英国和其他地方的人文学科攻城略地。对鲁丝·莱斯而言，在创伤理论的早期形成过程中，反模仿性创伤理论在意识形态和政治上的深远意义显而易见：其优势是允许遭受创伤的主体被理论化为独立自主的主体，哪怕是被动的。莱斯继续指出，正是这种反模仿论"压制了模仿暗示性（mimetic-suggestive）范式，目的是在自主主体和外部创伤间重建一种严格的二元对立"（Leys，2000，p.9）。

对莱斯而言，模仿和反模仿论并非泾渭分明。相反，正是这不同路径之间的矛盾继续影响着心理学和精神分析。在莱斯看来，"自19世纪后期出现时起，从根本上讲，创伤这一概念就一直不稳固，艰难地维持平衡——或者更确切地说，始终处于不可控的左右摇摆之中——在两种理念、理论或范式之间"（Leys，2000，p.298）。在创伤理论中，不管是哪一种理论倾向，无不可以被归入模仿或反模仿这两种范式中。卡鲁斯、费尔曼和劳伯的创伤理论经常强调的是以下两个特征：一是回忆的匮乏（lack of recall）；二是从本质上来讲，创伤未曾被经历。就这些特点而言，其更多是属于模仿论范式。然而，以前讨论创伤理论的重心是事件，这就明显地同反模仿创伤理论相关联。在莱斯看来，模仿论认为主体会无意识地模仿或重复创伤，但在反模仿论这里，主体"从根本上讲是远离创伤经验的……创伤被理解为发生在完整的、建构好的主体身上的纯粹的外部事件，这种观念同反模仿论意趣相投，这一关于主体和创伤的理解才是反模仿论的最终推论"（Leys，2000，p.299）。卡鲁斯对弗洛伊德的解读正是受到了反模仿论的影响，总会回到创伤同事件之间的关系之上。因此，她认为，例如，"之所以会出现被弗洛伊德称为'创伤性神经官能症'的情形，实际上是对无法抛之脑后之事件的重演"（Caruth，1996，p.2）。

莱斯论述了反模仿和模仿范式之间的差异，这同样让大家关注到创伤性主体与侵害者之间的关系。当模仿范式"假定了一个认同侵害者的时刻……反模仿理论对暴力的理解却迥然不同，暴力被仅仅描述为一种纯粹的来自空无（without）的攻击。其优势在于，在这一理论观照下，受害者不再被描述为以模仿的方式成为针对她本人的暴力事件的同谋"（Leys，2000，p.299）。显而易见，在卡鲁斯、费尔曼和劳伯的创伤理论中，并不存在认同侵害事件的可能性，这不仅进一步说明了他们的理论与反模仿范式相一致，同样表明了他们的创伤理论与我将在下文中倡导的理论之间存在距离。

创伤理论对弗洛伊德的解读，在有些方面与主要出现在欧洲的几种关于弗洛伊德的重新解读形成鲜明对照，这些晚近的阐释者包括英国的一些客体关系（Object-Relations）理论家①，还有法国的拉普兰奇（Laplanche）和彭塔历斯（Pontalis）②。不管这些人信奉的是客体关系理论，还是拉普兰奇或广义上的后弗洛伊德理论，但就我希望在这里倡导的各种创伤精神分析理论而言，有一点却还是一致的，即都会强调在神经官能症形成中存在的无意识冲突和中介，即使神经官能症同过去的记忆之间的关系在这里看上去岌岌可

---

① 客体关系精神分析是基于梅兰妮·克莱恩（Melanie Klein）及其追随者的著述发展起来的，当然这些讨论主要出现在英国。摒弃了弗洛伊德关于自我、本我和超我的三分模式，客体关系理论认为内心世界由内部客体组成，部分客体（part-object）的构成源于对与婴儿最早的照料者的相遇的内化。这一流派主要同在伦敦塔维斯托克诊所工作的临床医生们有着密切的关联。

② 更为具体的论述，可参见：Jean Laplanche and J. B. Pontalis, *The Language of Psychoanalysis* (Karnac Books, 1988); John Fletcher and Martin Stanton (eds.), *Jean Laplanche: Seduction, Translation, Drives* (Institute of Contemporary Arts, 1992).

危。这些旨趣殊异的关于创伤的思考，取代了创伤理论对无法同化或整合的记忆疏离的强调，聚焦的是无意识联想的创伤本质。在创伤理论勾画的关于内心世界的地形图中，取消了关于意识/潜意识和无意识的层次划分，取而代之的是一种有着清醒意识的心理。在这里可以通达过去的全部经历，以及精神之中存在的一个疏离的区域，在这一区域中无法找到通达既往创伤性经历的路径。在卡鲁斯、费尔曼和劳伯看来，正是事件未曾被经历的特性诱发了创伤后应激障碍。例如，卡鲁斯认为，"在闪回中回归的不仅仅是一种摧毁性的经验，由于此后出现的压制或健忘症而受到阻碍，而是一种事件，该事件本身的构成在部分上是由于其未曾被整合到意识之中"（Caruth，1995，p. 152）。

深度没有内在价值，弗洛伊德强调无意识过程在心灵场景（mind scenes）[1] 和意义生产过程中的中介作用，这包括记忆的心灵场景和意义，但创伤理论修正后的关于心灵的无深度地形图需要抛弃这一点。失去的事物，更为直接地说就是那种从根本上讲关涉精神分析的假定，这一假定是关于无意识及其无法把控的过程对主体的独立自主性形成的挑战。[2] 这一过程可能包括对侵害者的认同，但并不局限于此。在各种不同的对弗洛伊德的重新解读中，并非内在于特定事件的固有本质，而是有关特定记忆的联想的无意识生产，被认为使记忆成为创伤性的。只有在时间性和幻想之间的关系中，这些联想才能够被理解。对卡鲁斯而言，这是延迟到来的对事件本身的记忆（可参见如 Caruth，1995，p. 4；Caruth，1996，p. 17）。对拉普兰奇和彭塔历斯而言，正是由于"之后"为其赋予的意义，才使得特定记忆成为创伤性的（Laplanche & Pontalis，1988，pp. 467—468）。莱斯提出过类似观点，她认为，"对弗洛伊德而言，由于赋予其意义的无意识意图的作用，创伤记忆从内在来讲就是不稳定的或不断变化的"（Leys，2000，p. 20）。对应于从创伤理论中获得的这些启示，心理分析理论这一方面同样有全新发展，记忆只是在同不可接受的意义、期望、幻想发生了关联后才是创伤性的，这可能包括对侵害者的认同。由此可以得出结论，从本质上讲，事件并非心灵的"毒

---

[1] "场景"这一术语，以及其同记忆之间的关系和差异，由保罗·安泽在他最近关于精神分析对记忆的各种不同理解的著述中提出。参见 Antze，2003。

[2] 保罗·安泽引用过拉普兰奇的观点，认为拉普兰奇"为了描述弗洛伊德思想之中的这一维度，才创造出 étrangèreté 这一术语（其字面意思是'陌生性'）。他将其等同于他所认为的精神分析中真正具有革命性的思想，也就是一种具有'哥白尼式'革命意义的主体观念，认为其中心在别处，在意识之外"（Antze，2003，pp. 102—103）。

药",而是心灵在这之后对记忆产生影响。英国一位客体关系精神分析学家将此过程描述如下:

> 无论事件的本质是什么……借助那些被感觉到处于他内心世界的那些客体之间最不安的和最令人烦恼的关系,最终他将弄清楚事件的来龙去脉。通过这种方式,幸存者至少可以将那些异乎寻常的(extraordinary)事物变为可以识别的和熟悉的,同时赋予其意义。(Garland,1998,p. 12)

由此可以看出,正如塔维斯托克诊所(Tavistock Clinic)临床研究专家晚近的记录表明,创伤化效果并不存在于事件的本质之中。在出现所谓的创伤之后,有些人并不需要支持,而其他人却需要帮助。

大家理所当然地认为创伤理论复杂难懂,并且同激进学术研究之间存在关联。然而在莱斯看来,对主体的激进去中心化和去稳定性的"忘却"是该理论隐含的意思——强调主体缺乏独立自主性(lack of sovereignty)以及中介和意义生产的无意识过程。在今天的人文学科领域,在和创伤理论相关的其他理论中,这仍旧是中心问题。无需赘言,对诸多理论——精神分析、结构主义、后结构主义和解构主义而言,创伤理论承诺会去协调或解决它们中的矛盾,形形色色的理论都在以不同方式,并在不同程度上,挑战那些关于自主和独立的理念,而这些理念一直是资产阶级主体性建构的中心问题。然而,具有悖论意义的是,当代创伤理论强调灾难性事件的反模仿性,这可追溯到为了捍卫遭到各种理论批判的主体性模式而产生的理论转向,尽管对此仍争议不断。批判这种主体性的理论包括结构主义、后结构主义、心理分析和解构主义——人文学科之中的创伤理论和这些理论有明确关联,正是借助这些理论,而不是倒戈相向,其拥护者相信自己是在阔步向前。

心理分析将一系列洞见带入人文学科之中,其中一点关涉主体的浓缩(condensation)、移置(displacement)和象征等无意识活动。这一洞见帮助人文学科发展出一种主体模式,主体在这里不再是消极被动的,相反具有独立自主性,并参与到欲望和意义的制造过程中,虽说无法对其进行全然的、有意识的掌控。存在于象征化过程中的去中心化主体模式,以及部分地超越意识之外的欲望和恐惧,对于推进理解当下文化的生产、协商和中介至关重要。对任何关于创伤理论在人文学科之中的价值的讨论而言,这些论争的重要性都在于创伤理论摒弃了对无意识的激进不可控制性的强调。在创伤理论中,是事件而非主体以不可预测和不可控制的形式出现。强调这一点,并不是为了对历史灾难及其所引发的痛苦置若罔闻，而是为了强调文化理论需要关注主体间性和主体性内在的过程，意义的赋予、协商和中介正是发生在这一过程中。探究欲望隐秘的、无意识的过程或恐惧驱使下的意义生产，对当下文化理论研究心理分析具有巨大价值。在这一观念中，疏离开始隐退，因为那些构成意义和情感的不可控的心理过程已遭摒弃，取而代之的是事件的不可同化这一本质。在全新的创伤理论中，事件本身的这一特性促成了其疏离。

创伤理论从潜意识过程中撤退到记忆的构成和修正过程中，失去的远不止这些。强调无意识过程在心理各层面的中心性，可提醒读者和分析师注意到生活中的两个重要层面。首先，将心理状态视为连续体，这是心理分析的基本信条之一。心理分析总会避免在"正常的"和"病态的"之间做任何激进的区分，但这恰是创伤理论要做的，即将"正常的"和"病态的"区分开来。不幸的事情一旦发生，你要么在场，因此而遭受创伤，要么没有。其次，在精神分析学中，"心灵黑暗面"被视为理所当然的存在，例如，强调不被允许的性幻想的无所不在，但创伤理论认为，这种"黑暗"只可能来自外部。因此，莱斯的著名观点与此是相关的，她曾指出，反模仿范式"将暴力描述为仅仅是一种纯粹的来自空无（without）的攻击"（Leys，2000，p. 299）。最近，这一观点遭到了卡洛琳·佳兰德（Caroline Garland）的挑战，当谈到美国的创伤理论和伦敦塔维斯托克诊所创伤理论的差异时，她对后者的观点进行了强调：

> 在内心世界之中，不存在意外事故，不存在遗忘，不存在仇恨、愤怒或毁灭的缺场……尽管幸存者总会竭尽全力地将一切不好的事物归咎于他们的外在世界，认为是外在世界造成了他们的不幸。（Garland，1998，p. 5）

在这里，我想要说的是，尽管以保罗·德·曼或德里达式解构主义作为基础的创伤理论十分晦涩繁复，但其仍然提供了一种主体理论。这种理论不再像心理分析那样去摒弃关于内心世界的泾渭分明的观点，其构建的理论之中包含有清晰的关于"内部"与"外部"、"创伤"和"正常"以及"受害者"和"侵害者"的二元对立模式。

鲁丝·莱斯解释说，凯西·卡鲁斯的理论受到了解构主义理论家保罗·德·曼的影响，她将卡鲁斯的立场界定为：

> 一种关于创伤的范·德·科尔克式神经生物学理论的解构主义版本，

［在这之中］代表着个体性创伤经历的意识和表征之中的裂缝或疑难代表着"意指的物质性"（materiality of the signifer）。（Leys，2000，p. 266）

因此，虽然仍纷争不断，创伤理论仍回应并突破了对主体的不连贯性的"揭示"或"毁损"（de-facement）的问题。在现代性的设想中，存在着一个自洽的、自主的和能够进行认知的主体，创伤理论同样对这一点进行了回应并有所超越，创伤理论并没有简单地将主体性视为无法自洽的、无法认知的和碎片式的。但也许在这么做的时候（正如莱斯所言），它同时以隐蔽的方式坚持着一种被动的，然而有着独立自主性的主体理念。这真的就是创伤理论勾画的回应"后"理论的路线吗？如果说得更清楚明白，这就是那些相信这一理论的人会遵循的主体性模式吗？如果人文学科的理论开始放弃那种被动的但有着独立自主性的主体，以一种全新的主体取而代之，这一主体被席卷在多种过程之中，且并不是所有的过程都可以得到有意识的控制，那么这一转换如何才能得到最好的语境化和评价？在我看来，还需要对这些问题做进一步的思考。

四、主体性、忘却和证词

在创伤理论中，主体的特征取决于其无法认知/记忆的事物（Caruth，1996，pp. 4—7；Caruth，1995，pp. 1—5）。这不是被欲望捕捉的主体，而是由忘却构建的主体。创伤主体内心世界的特征不是对还未明确意识到的幻想的压制，而是疏离的记忆——"没有踪迹的踪迹"（traceless trace）。尽管借助回忆行为无法恢复创伤主体的连贯性，但对被忘却的事物迟来的确认还是可能的（Caruth，1995，p. 4）。创伤主体可以记起自己忘却的事物，如果需要的话，还能够对各种缝隙和缺场进行确认。最重要的是，要想实现"恢复"，就需要同某位见证人建立关系。费尔曼和劳伯在这一领域的著述是开创性的，正如其标题和卡鲁斯所说的那样（可重点参见 Caruth，1996，p. 108），在创伤理论中，证词占有十分重要的地位，其说明了创伤主体和聆听者之间的见证关系。根据费尔曼和劳伯，（创伤）证词需要一位见证人，并且只有在见证的过程中，创伤的证词才成为可能。在这一关系中，一些证词可成为创伤"没有踪迹的踪迹"。需要强调，创伤理论摒弃了现代性宣称的完整的、自主的和能够认知的主体，而转向另一种主体性模式，这一主体性模式居于见证者和证明人（testifier）之间的位置，之前无法被认知的事物在这里开始得到见证。看上去，这似乎与我之前倡导的创伤理论重新恢复主体的独立自主性的观点相悖。然而，这种铭刻在证词理论中的主体性模式和莱斯的描述相一致：主体缺乏的不是关于其自身的无意识过程的认识，而是一个无法得以铭记的事件。

因此，在创伤理论描画的这一全新心理地形图中，疏离取代了压制，主体间性空间取代了之前心理内部的过程。在心理分析提供的关于创伤记忆的理解中，得到强调的是关于压制、中介和意义生产的心理内部的无意识过程（当然，这些过程是社会塑造的结果），现在被发生在见证者和证明人间的对话性意义生产过程取而代之，尽管这一点仍存争议。①

五、历史

正是由于对证言和见证的强调，创伤理论自然就同历史学科和历史实践有了关联。创伤理论同历史或者说人文学科中整体性的"记忆转向"相关。来自后现代主义的冲击，使宏大叙事、客观性、普遍性和总体性全都遭到了挑战，这促使大家转向记忆不完整的、地方性的和主观的叙述。此外，后现代主义质疑历史关于真理的权威性，声称在一定程度上这是由于考虑到了大屠杀这一事件，其造成的冲击一直和表征及记忆的不可能性相关联。因此，不难理解，在《证词》一书的开头，在提到阿多诺（Theodor W. Adorno）关于奥斯威辛之后的诗歌写作的名言时，萧珊娜·费尔曼就说道，这并不是暗示无法和不应再写诗，而是说必须"穿透"其自身的不可能性来创作诗歌（Felman & Laub，1992，p.34）。依此类推，创伤理论以有争议的方式构成一种历史性尝试，解决在"后奥斯威辛时代"应如何谈论历史的问题。如果历史本身存在争议，换言之，事件总是"缺乏见证人"——事件虽已发生，人们却只能借助表征，借助语言，借助始终存在偏见的、情势主义的话语以及讲述的语言，在"事后"知晓这一切。创伤理论构成了这一立场的"限制文本"（limit-text），因此可以借用海登·怀特（Hayden White）的话，尽管该说法还有待商榷："大屠杀"事件"不能就这样被忘记……但它们同样无法被充分记住"。② 为从这一立场中跳脱出来，创伤理论采取了多种方式：通过各种证词理论，如在费尔曼和劳伯的著述中就有关于这一点的相关阐释（Felman & Laub，1992），通过寻求比现实主义更适合创伤的"不可表征性"的表征方式（White，1996），以及通过调用精神分析对创伤延迟性的解读，

---

① 关于这两种立场之间差异的更为详尽的讨论，可参见鲁丝·莱斯（Leys，2000，pp. 270-292）。

② Hayden White, "The Modernist Event", 收录于 *The Persistence of History: Cinema, Television and the Modern Event*, edited by Vivian Sobchack (Routledge, 1996), p. 20.

去揭示关涉创伤的"没有踪迹的踪迹"的证词。

历史试图解决在"后奥斯威辛时代"继续谈论历史的问题，这一努力与更广泛意义上的各种"后"理论对历史造成的挑战之间存在种种联系，最终的结果是历史的"记忆转向"，尤其是创伤记忆（Radstone，2000，pp. 81-90）。尽管这一做法还存在争议，历史吸纳一些来自证词和创伤理论中的观点，实际上为更广泛意义上的创伤理论中的一种趋势提供了支持，即保留一种独立自主的主体模式，但同时又是创伤事件被动的"受害者"。历史就是要关注重大的事件，这一切因此合情合理。然而，在当代历史中，主要的做法要不就是将历史同记忆联系起来，要不就是将它们对立起来，最终导致的结果就是包括幻想和想象在内的其他术语几乎都被排除在外。[1] 这一做法仍需商榷。

六、分析者与阅读者：创伤剖析的伦理和政治

当下，在文学、电影和媒体研究中，创伤、证词以及见证理论的影响可谓无所不在。同其他相关论述一样，本文的目的同样是去思考和揭示创伤的"无踪迹"（Radstone，2001，p. 199）或缺席的文本性在场。通常，当然并非一贯如此，创伤分析将那些明显关于个人或集体性灾难的文本作为对象，试图阐明文本在处理创伤的延迟记忆的过程中采取的方式。关于创伤分析的理论及方法，很多问题仍无定论。例如，既然创伤具有不可表征性，开始时如何甄选分析文本就值得商榷，因为最新的批评理论好像已经认定这样一种观点：只有显而易见地同灾难有关的文本，才最有可能揭示创伤缺场的踪迹。然而，尽管创伤分析的方方面面都还有诸多相关问题有待讨论，受制于材料本身的性质以及语境——尤其是在会议之中——这些会议将创伤问题列为议题，但关于创伤分析基础性理论的公开讨论以及由此而产生的各种解读都会遭到限制。当听众被要求见证那些无法言说的痛苦经历，任何批评和争论都很容易被视为冷漠无情，或者甚至被认为有悖于伦理道德。但是，这可能会导致讨论的终止。从本质来讲，关于创伤的学术讨论仍问题重重，缘何只有特定类型的材料才具有明显的可接受性，而不是其他类型的材料？如此，这些问题将无法得到讨论。然而，如果在所有的文化分析中自我反思性（self-

---

[1] 当然还有些历史学家并没有追随这一思路，歌德斯密斯学院的萨利·亚历山大（Sally Alexander，Goldsmith）和东伦敦大学的芭芭拉·泰勒（Barbara Taylor，University of East London）长期以来一直在组织主题为"精神分析和历史"（Psychoanalysis and History）的研讨班，在这一系列研讨班上提交的论文明确地说明了这一点。

reflexivity）都不可或缺，那么创伤分析中有三个方面需要进一步思考：第一，创伤文本分析者的建构和定位；第二，对创伤的迷恋（fascination）；第三，如何确定创伤分析应涵盖的领域。

尽管创伤分析尚处于发展的初期，其伦理使命似乎已被广泛接受：创伤分析将自身类比为见证或创伤证词的接受者，并将促进关于创伤的文化记忆和复原作为自己的任务，在接受分析的文本中，创伤事件缺席的在场标记还遗留其中。同情心构成了创伤分析最主要的驱动力，这一点并不存在什么疑问。然而，有一点需要反思，强调分析者的敏感性和移情能力开始成为创伤分析的一种趋势。在这一方面，创伤分析修正了利维斯式的对回应的精巧（fineness）的强调，在众多的理论里面这都被作为批评的靶标，而创伤理论则是从这些理论中获取支持，尽管还争议不断。卡罗琳·斯蒂德曼（Carolyn Steedman）对所谓的"移情理论"（Empathy Theory）的历史谱系（主要是18世纪）进行了论述①，及时纠正了文化批评中认为只要存在移情就应拍手叫好的观点：

> 运用（移情）理论，通过征引别人关于痛苦、丧失、剥削和痛楚的故事……一种关于自我的意识……得以传达。在全身战栗地接受这些信息的时刻，当心脏因为同情而有力搏动时，我们庄严地意识到存在于我们的回应与那些我们同情的人之间的和谐，似乎很有必要，这是交流的绝对底线，那个讲述这一令人痛彻心扉的故事的他或她，因为有这一需要讲述的故事而变得衰弱；并且在这一讲述行为之中成为从属性的。（Steedman，2000，p. 34）

斯蒂德曼的言论适时中肯，并促使大家进一步反思创伤批评理论。因为她所揭示的批判性"移情"并不是没有更为阴暗的层面。这也是对权力话语的参与，这一权力话语认定批评者的敏感性比那些无名的"他者"更为"精巧"，遭受创伤的证明人和文本的声音通过移情的方式得以恢复和传递，但这可能是以创伤批评宣称为其代言的那些人作为代价。在这一语境中，注意以下问题将大有裨益（任何形式的心理分析都会说明这一点）：聚焦于关于灾难和苦难的文本不可避免会受到影响而出现一些判断上的偏差，这种影响可能

---

① 更为具体的论述，可参见 Carolyn Steedman, "Enforced Narratives: Stories of Another Self", 收录于 *Feminism and Autobiography: Texts, Theories, Methods*, edited by Tess Cosslett et al. (Routledge, 2000), pp. 25—39.

来自以侵略性为基础的伤害和苦难引发的一些不太容易觉察的迷恋和幻想①，或是来自窥视癖和操控的冲动②，需要警惕这类现象的出现。在那些仅是间接地卷入实际灾害的人中间，已经发现存在着此类回应。正如阿伯丁创伤研究中心（Aberdeen Centre for Trauma Research）主任大卫·亚历山大（David Alexander）近期指出，创伤的发生地和受害者经常成为窥视癖者或胜利者的迷恋对象。③ 由于这一类的操作，那些没有直接受到灾难影响的人可能就会犯错，意识不到以下事实：施虐式的关于控制和/或斥责的各种幻想影响到了这一切。与此同时，创伤的发生地、受害者和文本同样提供了形成针对受害者的一种受虐式认同的潜在可能性。然后，在一定程度上，创伤分析去研究创伤的冲动可能受到这些更不容易觉察的迷恋的影响，创伤分析或许可以从对这种可能性进行思考中获益。

在某种意义上，创伤分析极为看重分析师或读者，这一点很明显。创伤理论强调证词的对话性本质。然而，尽管其与证言见证间存在类似的地方，在探讨发生在形形色色的各种文本和各种观看者/读者之间的意义协商这一复杂过程时，创伤分析好像对来自当代媒体与文学研究的洞见视而不见。在这里，巨大的解释力被赋予分析师，他们给出的解释具有盖棺定论式的权威性。好像分析师，并且只有分析师，才能够慧眼识珠，辨识出缺失的创伤踪迹。在这一方面，创伤理论仿佛将我们带回一个阿尔都塞式的时刻，只有权威的分析师才被赋予甄别表征真实的能力。但这里的做法旨趣殊异，此前强调的是对文本进行多样性的、争议性的、有分歧性的或矛盾性的解读，这些是人文学科从精神分析和解构主义等理论中承袭而来的遗产。这里的做法同样不同于文化研究，因为在文化研究看来，不管是读者还是听众，他们都处于特定的、具体的历史中，因此，文化研究强调的是读者或听众做出的情境主义的（situated）、地方性的和多样化的解读。换言之，针对谁，在何时何地以及在何种情形下，特定的文本才被作为创伤文本得到解读或体验？

研究创伤难度大，此外，还有个更深入且相关的问题悬而未决，那就是

---

① 关于这一观点的更为详尽的讨论，可参见苏珊娜·雷德斯通的文章（Radstone，2001，pp. 59—78，尤其是第 66 页之后的相关内容）。

② 可以从女性主义的视角去思考一个问题，那就是对证词的公众见证将在多大程度上引发强有力的窥视癖式的凝视欲望，要想了解这一点，可参见 Karyn Ball, "Unspeakable Differences, Obscene Pleasures: The Holocaust as an Object of Desire", *Women in German Yearbook*，2003，19，pp. 20—49.

③ David Alexander, "Trauma, Therapy and Representation"，大会提交论文，University of Aberdeed，pp. 11—13，April 2003.

在对事件、经历和文本分门别类时，哪些可以被认为是创伤性的，哪些应被排除在外？这一问题颇具争议，或者说得更明确一些，对于哪些情况可以被确定为创伤，创伤批评备受争议地划定了边界，并把守于此——创伤理论坚持创伤具有"无踪迹性"或不可见性，没有训练有素的眼睛，就无法窥其堂奥，这一立场不可动摇。有一点显而易见，我观点的主旨不是帮助创伤批评开疆辟土，而是认为，这一批评对创伤性事件的选取和排除中有些问题仍需要讨论。例如，就创伤理论而言，美国的"9·11"事件在世界范围内可谓万众瞩目，但对于最近处于水深火热之中的卢旺达人民，为何关心的人却寥寥无几？因此问题首先是创伤理论在关注哪些人，又有哪些人被忽略；其次，哪些事件被贴上了"创伤"的标签，哪些事件没有，尽管还没有完全被从评论中抹除。例如，在最近的一篇关于"9·11"事件的文章中，詹姆斯·伯格（James Berger）指出，"就失去生命而言，在世界上其他地区，类似的和破坏性更大的灾难同样层出不穷"[①]，然而，他暗示说，这些事件却没有被纳入创伤批评关注和共情的范围之中。伯格指出，一些事件被标示为创伤性的，其他事件却显然没有被等而视之。更重要的是，西方社会总是将一部分人视为"他者"，而在创伤理论中，被忽略的往往正是这些"他者"遭受的苦难——由此衍生出一种理论，对于借助创伤性苦难而得到他人认同的人，以及那些无法得到这种认同的人而言，这一理论可以为他们的政治建构提供支持。正如先前所说，这并不是呼吁去扩大创伤研究的范围，而更多是呼吁大家去关注创伤理论的政治维度。

在一篇论文中，斯蒂德曼对17世纪以来关于自我的塑造和写作进行了论述，就讨论的问题而言，这可以为证词提供一些相关的并可能产生积极效果的思路。在斯蒂德曼看来，通过双重的"殖民化"（colonization）过程，18和19世纪的现实主义小说建构了主体性——构建资产阶级自传性的"我"。这些小说建构主体性靠的是将臣属性"他者"受胁迫而作的法庭证词作为范例。随后，中产阶级的第一人称写作"接管"了这些证词，在他们的作品中，"我"正以这些衍生出来的自传为模板。此外，斯蒂德曼建议，正如看到的那样，在这一时期的小说中，当叙述立足于"他者"经验，叙述者和读者就将自己置于去体验和展示他们对这些痛苦故事的"精巧"的反应的位置之上。但是，如同斯蒂德曼所说，这些自传式写作通过对别人故事的"殖民化"来

---

① James Berger, "There's No Backhand to This", in *Trauma at Home: After 9/11*, edited by Judith Greenberg (University of Nebraska Press, 2003).

构建自己的主体，这也成为叙述和阅读主体的敏感性产生的方式。当代创伤批评中的排斥表明，甚至还存在一些不值得进行此类殖民化的"他者"。如此看来，创伤批评的排斥和纳入问题不仅变得更加紧迫，同时还变得越来越复杂。因为，被纳入创伤批评范围中，不仅意味着必须构建能够共情的（emphatic）作为听众的主体，还得依据其在倾听过程中获得的种种叙述去建构主体性。然而，还有些事件存在着过于强大的他者性（otherness），因而逃脱了创伤批评的吸纳性能量，而被排斥出来。这些事件同样无法被纳入创伤批评的共情范围。

相较于任何其他批评实践，就对伦理纯洁性的宣称而言，创伤批评毫无优势。同任何其他智性努力一样，学者的、学术性的、政治的和心理的各种需求相互缠绕，十分复杂，共同驱动创伤批评。创伤批评的出现有自身独特的语境，当政治家和媒体提供的文化氛围、政策和分析已走到摩尼教式善恶二元论边缘时，在西方，维持伦理模糊性意识的能力至少看上去在减弱。在我看来，从对"9·11"事件的回应中，摩尼教主义的统制可见一斑。在评论"9·11"事件后《纽约时报》刊登的一系列"悲伤画像"（Portraits of Grief）时，南希·米勒（Nancy Miller）指出，该系列故事谈论的却总是成就、幸福和善良：

> 我不能说在看这些肖像时我流过泪。相反，我心中时常会生发出一种强烈的不信任感……我时常想，是否存在着这样一种可能，世贸中心遭袭时，在袭击中丧生的那些人中是不是没有人曾经经历过沮丧……以自我为中心……没有过激情……做着没有前途的工作……或者有时发觉人生不值走这一遭？

米勒指出并批评当下文化之中的摩尼教主义，创伤理论正是在这一文化中不断推进——在这种文化中，存在的只有绝对的良善、绝对的邪恶和"针对邪恶的战争"。

正如伯格指出，在当下西方，这场灾难带来的是彻头彻尾的不确定性，而随之出现的叙事框架将灾难时期确认为启示录式的（apocalyptic），预示着"一个据说是澄明的、简化的世界——这是一场在正义和邪恶间、文明与野蛮间的斗争……你要么站在我们这边，要么就是我们的敌人？"（Berger，2003，p.56）如果学术不是要去反映类似的防卫性回应，而是旨在超越，在这种回应看上去好像已变得无所不在的时刻，需要坚持关于这种模糊性以及伦理不纯洁性的不可避免性的意识，而不是摒弃。创伤理论应当成为一种牵制的力量，而不是沦为当下在西方政治文化中占统治地位的摩尼教主义调用的工具。

引用文献：

Antze, P. (2003). The Other Inside: Memory as Metaphor in Psychoanalysis. In S. Radstone, &. K. Hodgkin (Eds.), *Regimes of Memory*. New York and London: Routledge.

Berger, J. (2003). There's No Backhand to This. In J. Greenberg (Ed.), *Trauma at Home: After 9/11*. Lincoln NE: University of Nebraska Press.

Caruth, C. (1995). *Trauma: Explorations in Memory*. Baltimore and London: Johns Hopkins University Press.

Caruth, C. (1996). *Unclaimed Experience: Trauma, Narrative and History*. Baltimore and London: Johns Hopkins University Press.

Felman, S., &. Laub, D. (1992). *Testimony: Crises of Witnessing in Literature, Psychoanalysis and History*. New York and London: Routledge.

Garland, C. (1998). Understanding Trauma: A Psychoanalytic Approach. In *Tavistock Clinic Series*. London: Duckworth.

Laplanche, J. &. Pontalis, J. B. (1988). *The Language of Psychoanalysis*. London: Karnac Books.

Leys, R. (2000). *Trauma: A Genealogy*. Chicago: The University of Chicago Press.

Radstone, S. (2000). Screening Trauma: Forrest Gump, Film and Memory. In S. Radstone (Ed.), *Memory and Methodology*. Oxford and New York: Berg.

Radstone, S. (Ed.). (2001). Special Debate: Trauma and Screen Studies. *Screen*, 42(2), 188−216.

Radstone, S. (2001). Trauma and Screen Studies: Opening the Debate. *Screen*, 42(2), 188−193.

Steedman, C. (2000). Enforced Narratives: Stories of Another Self. In T. Cosslett (Ed.), *Feminism and Autobiography: Texts, Theories, Methods*. London and New York: Routledge.

White, H. (1996). The Modernist Event. In V. Sobchack (Ed.), *The Persistence of History: Cinema, Television and the Modern Event*. New York and London: Routledge.

作者简介：

　　苏珊娜·雷德斯通，澳大利亚墨尔本大学教授，人文学科跨学科研究者，专攻文化理论和文化记忆。

Author:

　　Susannah Radstone, professor of University of Melbourne in Australia, an interdisciplinary Humanities researcher specializing in cultural theory and cultural memory.

译者简介：

何卫华，华中师范大学外国语学院教授，研究方向为西方文论、比较文学和英语文学。

Translator:

He Weihua, professor of English and Comparative Literature at School of Foreign languages, Central China Normal University. His research interests include Western literary theory, comparative literature and English literature.

Email: whua _ he@163.com

跨学科研究 ● ● ● ● ●

美国流行音乐的中文学术研究缺失和一个基于传播符号学的研究新视角

蒋欣欣　殷　悦

摘　要： 自20世纪80年代起，中国学者将美国流行音乐作为学术研究对象已有四十余载，但公开发表的学术成果数量偏少，涉及学科领域狭窄，内容较为单一。本文首先对中国知网（CNKI）数据库（1980—2021）中有关美国流行音乐的中文文献进行量化统计和关键词梳理，总结现有中文论文的研究思路和研究范围；其次，本文从流行音乐概念界定模糊、对流行音乐的学术偏见、文化及意识形态三个层面分析美国流行音乐的中文学术研究缺失的原因；最后，本文呼吁学者从传播符号学的视角关注美国流行音乐，引入受众分析，为美国流行音乐的中文学术研究拓展新的思路。

关键词： 美国流行音乐　学术缺失　传播符号学　受众分析

The Limitation of Research on American Popular Music in Chinese Scholarship and A New Research Perspective Inspired by Semiotics of Communication

Jiang Xinxin　Yin Yue

Abstract: It has been over 40 years since Chinese scholars started researching about

American popular music. However, publications in Chinese academic journals are few in numbers, narrow in the range of disciplines, and repetitive in themes. In this project, we first searched the topic of American popular music in the database of CNKI（China National Knowledge Infrastructure）in the time range of 1980 to 2021 and summarized the research themes and scope of these published articles by using a quantitative method. Then we identified three reasons for the limited academic research on American popular music in Chinese language: an unclear definition of popular music, an academic bias towards the research of popular music, and the ideological difference and national governance of American popular music in China. Lastly, we proposed a semiotic approach to understand American popular music. We call for Chinese scholars to engage with audience analysis, which points new directions for the research of American popular music.

Keywords: American popular music; limited academic research; semiotics; audience analysis

美国流行音乐自 20 世纪 60 年代起就在全球音乐市场占据主导地位（Burnett，2002，p. 18）。中国学者将美国流行音乐作为学术研究对象已有四十余载，但公开发表的学术成果数量偏少，涉及学科领域狭窄，内容较为单一。近年来，有学者关注到这一现象，开始从文献梳理着手分析。张燚于 2019 年发表的论文梳理了四十年来我国流行音乐研究现状，并从学科发展、学术偏见、文艺修养等方面指出现存国内流行音乐研究成果"少、散、浅"的原因。郝苗苗于 2021 年发表的论文则以西文文献数据为对象，追溯了西方流行音乐的研究发展脉络，并解读了其复杂内涵的生成过程。这两篇综述性论文分别梳理了中国流行音乐的中文学术成果和西方流行音乐的英文学术成果，清晰地厘清了流行音乐在不同文化背景下和不同语言书写中的发展历程和学术价值。

本文以跨文化视角，将美国流行音乐的中文学术成果作为研究对象，指出美国流行音乐的中文学术研究缺失的现状，深入探究其原因，并提出相应对策。本文首先对中国知网（CNKI）数据库（1980—2021）中有关美国流行音乐的中文文献进行量化统计和关键词梳理，总结现有中文论文的研究思路和研究范围；其次，本文从流行音乐概念界定模糊、对流行音乐的学术偏见、文化及意识形态三个层面分析美国流行音乐中文学术研究数量较少、视角较为单一的原因；最后，本文从传播符号学的角度，呼吁学者关注生产于美国、消费于中国的流行音乐，并运用受众分析这一研究方法凸显诠释主义研究范式中人际互动、主体间性的社会意义，为美国流行音乐的中文学术研究拓展新的思路。

一、美国流行音乐的中文学术研究现状

本文选取中国知网（CNKI）数据库中收录的四十余年来美国流行音乐的中文学术成果作为研究对象。知网系统收录的中文学术文献丰富，其检索功能相对完善，能提供基于用户选择特征的相关文献来源与信息，是一个实用性较高的文献搜索平台（王军辉，2010）。我们在知网数据库中将检索主题设为"美国流行音乐"，时间跨度设置为"1980—2021"，检索到93篇符合条件的中文文献，其中最早刊登的论文是吕东于1987年发表的《美国音乐发展史简介》，最新成果是武越发表于2021年的《20世纪美国流行音乐对社会主要矛盾的映射》。随后，我们导出符合条件的文献信息及全文，结合定量和定性的研究方法，总结出近四十年来美国流行音乐中文学术研究的如下特点。

第一，论文发表数量有所增长，但总量偏小，增幅不大。从统计数量上看，中国学者从1980年到2021年的四十余年间发表的中文文章共计93篇，数量较少。我们大致将10年作为一个统计周期①，从发文量来看（如图1），1980年到1990年为国内学者对美国流行音乐的初步探索阶段，发表的文章非常稀少，仅有8篇；而2011年到2021年，相关主题的论文发表数量增长明显。

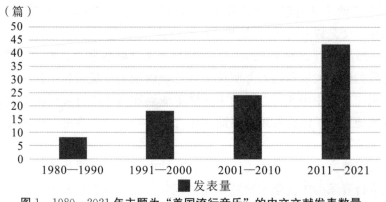

图1　1980—2021年主题为"美国流行音乐"的中文文献发表数量

---

① 第一个周期1980—1990实际上包含了11年，但因为这是国内学者对美国流行音乐研究的早期阶段，成果较少，因此这种年份的划分没有影响研究结果。

第二，研究对象单一，研究范围狭窄。我们整理了93篇文献的关键字词频，梳理出词频出现5次或超过5次的关键字，并使用Wordcloud工具制成直观可视的词云图（如图2）。我们发现在以"美国流行音乐"为主题的中文文献中，"音乐""流行音乐"和"美国"等核心概念，以及大众音乐流派，如"爵士乐""布鲁斯"和"摇滚乐"出现频率相对较高。"文化"和"黑人"（或"美国黑人"）等与美国流行音乐历史发展紧密相关的话题也是研究者重点关注的内容。除此以外，中国学者也少量地提及与美国流行音乐相关的艺术家、音乐理论、小众流派、媒体技术等主题。总体来讲，已发表的中文文献体现出中国学者对美国流行音乐这一话题认识不够深入，研究对象较为单一。

图2 主题为"美国流行音乐"的中文文献关键字词云图

基于上述特点，我们进一步分析了93篇文章的具体内容，将这些文献归纳为四个研究主题："音乐流派及历史""音乐与文化""音乐学科理论""音乐产业及传播"。

（一）音乐流派及历史

在统计到的文献中，大多数文章都是从审美的角度对音乐作品本身或某个音乐流派的风格在旋律、节奏和歌词等方面进行微观视角的鉴赏，或是对某个知名艺术家和团体在表演技巧、创作风格等方面进行总结。这些介绍音乐作品、音乐流派和艺术家的成果大多基于历史角度对美国流行音乐发展过程和现状进行梳理，我们将该类研究统一归为"音乐流派及历史"类。其中，对爵士（张阔、康宁，2014；刑洁，2019）、布鲁斯（张阔、董小川，2011；张云霞，2015）、说唱（刘筱，2011；郝苗苗、李昊灿，2016）等黑人音乐的起源和发展的介绍相对较多。

（二）音乐与文化

我们把从文化交流、文化共融等视角来研究美国流行音乐的学术成果归纳为"音乐与文化"类。美国流行音乐所包含的音乐种类繁多，且各派系相互影响、渗透吸收，在音乐素材和表演手段上呈现出"文化共融"的现象。王珉认为这种融合的特点取决于创作者的文化背景、技术的运用及传统古典流派与大众流行风格的结合（王珉，2005）；某种风格流派的形成背后一定隐含着特定时期的民族、身份、地域等不同文化属性特征，而不同音乐风格流派的融合本身也是这些属性的碰撞和结合。武越指出美国流行音乐在不断平民化、大众化的过程中，拥有商业化的特征，同时也受政治表达的影响，映射了不同历史阶段的社会问题，诸如种族矛盾、社会运动和代际撕裂（武越，2021）。美国流行音乐的文化融合特点也让中国学者思考：在全球化趋势下中国流行音乐文化如何吸取"共融"思路，将新风格和传统特色相融合，完成自我文化遗产的传承（冯晓，2018）。

（三）音乐学科理论

学者们也对美国流行音乐的理论建设与学科发展做了梳理与建议，在这里我们称之为"音乐学科"类。刘筱在梳理 1983—2003 年的美国流行音乐中文研究成果后认为中国流行音乐研究者对于"流行文化"认知延迟、音乐种类研究不平衡（爵士乐、布鲁斯、乡村音乐较多）、美国流行音乐研究需要创新的研究方法；但该文没有对理论单一化和跨学科研究的新方向提出建议（刘筱，2004）。以流行音乐的英文成果为研究对象，姜蕾统计了发表在美国《音乐理论期刊》上的最新文章，总结出在该领域跨学科理论及方法的核心地位，流行音乐学科的比重较之前也有显著增长（姜蕾，2016）。

（四）音乐产业及传播

自 2010 年，中国学者开始将美国流行音乐置于传播学视野，将流行音乐视为一种大众文化产业的消费品进行研究。我们将此类文献归为"音乐产业及传播"类。这类文献大多以小见大，剖析流行音乐的产业结构或传播过程。随着传播技术的变革，音乐产品本身不断变化，受众的视听体验得以更新，这也推动了现代大众传媒的进一步发展（刘悦笛，2012）。在传播效果方面，美国流行音乐通过一种超越时间、空间、语言的载体，在大众心中引发情感共鸣，完成"文化价值观的共享甚至认同"（刘琴、肖华锋，2013，p. 126）。在传播媒介方面，各类音乐评奖机制和商业电台，以作品的艺术价值和实际播放量为评判标准来评测艺术家或音乐作品是否成功。这些以市场为主导的流行音乐传播表明，美国流行音乐传播媒介产业背后实则是一套市场运作策略，操控着这种大众"流行"符号。

从以上四大主题类别的文章数量来看，"音乐流派及历史"类占绝大部分，其次是"音乐和文化"类，整体上占比最少的是"音乐产业及传播"和"音乐学科理论"类（如图 3）。在对美国流行音乐的研究早期，学者们多按照纵向的时间顺序对某些音乐流派或艺术家的发展进行梳理和对比分析，即便有结合美国的社会文化背景，这些成果最终也大多落脚于美学层面的风格鉴赏；直到 2010 年以后，学者们才开始将美国流行音乐作为流行文化符号和商品，探讨其传播过程以及产业的结构与发展。这说明国内学者以这些新视角来研究美国流行音乐起步较晚，尚存较多空白。

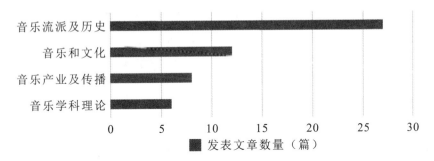

图 3　1980—2021 年美国流行音乐中文文献的四大类主题

二、美国流行音乐的中文学术成果缺失原因

通过上述分析，我们发现四十余年来有关美国流行音乐的中文学术成果数量偏少、视角单一，分析不够深入。我们将"流行音乐"这一话语置于行业、学术、社会等不同语境中，发现这一现状源于学术界对流行音乐概念界定模糊、对流行音乐学术研究价值的质疑和文化及意识形态方面的差异等原因。

（一）流行音乐概念界定模糊

关于"流行音乐"（popular music）的界定一直是一个争议颇多的话题。"流行"（being popular）这一范畴本身的界限较为模糊，很难有一个客观的衡量标准。在流行音乐研究早期，西方学者对 popular music 的定义进行了讨论和阐释。Frans Birrer 根据术语的使用情况列举了四大定义。（1）一般定义：一种劣等音乐类型；（2）否定定义：非民俗或艺术音乐；（3）社会学定义：创作者或观众为某特定社会群体的一种音乐；（4）经济学定义：经由大众传媒或在大众市场中传播的一种音乐（Birrer，1985，pp. 99）。Richard Middleton 认为以上每一种定义都不尽如人意，但可以通过传播过程中流行程度的量化和社会学的研究方法来界定（Middleton，1990）。从广义上来说，流行音乐指具有广泛吸引力的音乐，区别于传统的艺术音乐（art music）和民俗音乐（folk music），表演者一般不需要经过专业的训练，且作品本身能被大多数人欣赏（Middleton & Manuel，2001）。它又区别于另一术语"波普音乐"（pop music）。波普音乐是包含在前者范畴内的一种特定音乐类型，起源于 20 世纪 50 年代的英美地区，标志性特点包括重复的和弦及副歌、中等偏短的篇幅和易于编舞的旋律及节奏。

国内学术界对流行音乐的定义也众说纷纭。"什么是流行音乐"依旧是各种流行音乐学术研讨会和论坛多年来的重要话题。有些学者强调流行音乐的商品属性，认为流行音乐是一种以消费为导向的商品生产（王思琦，2003，pp. 80；曾遂今，2003，p. 1；张锦华，2016，p. 56），也有学者将其与中国的传统大众音乐相提并论，想要突出"民族化"和"乡土性"（施咏，2013）。从文章的研究对象来看，研究者大多将"美国流行音乐"视为：（1）自美国起源的音乐流派；（2）在美国生产的音乐商品；（3）美国大众文化现象。国内学者对于来自西方、自身存在争议的"流行音乐"这一概念难以准确界定，即便有部分学者尝试从不同学科角度来解读流行音乐，也因为缺乏系统的行业和学术知识，探讨不够深入，学术价值不高。

（二）对流行音乐的学术偏见

将流行音乐作为学术研究对象在西方经历了很长的过程。从西奥多·阿多诺（Theodor W. Adorno）开始，流行音乐就是被批判的对象。阿多诺借用马克思的商品拜物教理论揭示西方"文化工业"环境中音乐如何成为商品，被标准化的生产和消费机制约束，在细节和架构上趋于同质化，最终丧失音乐的艺术性（阿多诺，2016）。尽管阿多诺的表述采取一种精英主义视角，但这种观点反映了同样是精英主义立场的学术界对包括流行音乐在内的流行文化的偏见与否定。因此，研究流行音乐不太符合学术行规的言论一直持续到20世纪80年代（霍纳，2016，p.26）。这一时期，西方人文和社会科学经历了一场巨大的思想和理论变革，学者们开始思考流行文化与霸权主义、文化扩张、种族歧视、性别平权等权力争斗的关系。一些新兴学科如符号学、女性主义、文化研究、传播学应运而生；融合了跨学科特色的"新音乐学"也在此背景下日渐成型，并在研究视野和方法上有了较大发展（Hamm，1991）。90年代以后，音乐学家开始广泛关注流行音乐的社会、历史、文化语境，由此，流行音乐在西方学术界正式进入主流学科。

在中国，流行音乐的学术研究同样不像流行音乐本身那样引人注目，是中国音乐学术圈最为突出的短板（张燚，2019）。出现这种学术缺失可进一步归纳为历史发展、学科设置、学术视角等三方面的原因。从历史发展来看，流行音乐从诞生之日就广受批评，被誉为"中国流行音乐奠基人"的黎锦晖在20世纪30年代融合中西方音乐元素创作的一系列作品虽广受传唱，却被认为内容平庸、趣味低级。改革开放不久，从港台地区涌入大陆（内地）的流行歌曲被认为是"靡靡之音"，被贴上低俗、不入主流的标签。由此，被"污名化"的流行音乐始终被排挤在正统音乐研究之外，不被认可。从学科设置来看，流行音乐作为一门专业的学科在大陆（内地）高校起步较晚，发展模式不够清晰，理论研究和实践较为脱节；其涵盖对象复杂多元，也为研究者带来了严峻的挑战（王思琦，2020）。同时，相关单位和学科受制于层级分明的科研制度，研究者难以发挥能动性（张燚，2019，p.81）。从学术视角来看，中国流行音乐的研究者大多是传统的音乐学模式培养出来的专业人才，音乐专业知识丰富，实践能力较强，但缺乏跨学科的研究视角，难以将流行文化这一话语置于更广阔的社会和人文学科语境中。这些学者在对西方流行音乐进行研究时，由于缺乏相应的语言、文化、社会理解力，因此难以深入、系统、新颖地剖析相关流行音乐话语。

（三）文化与意识形态的差异

音乐作为一种艺术形式，反映社会生活、传递情感、承载价值观，是维护、巩固、传播意识形态的重要工具。自改革开放以来，欧美乐坛的各种音乐流派涌入中国，这些异域的音乐形式表达了多种文化观念，极大地冲击着我国传统文化和社会主义核心价值观（王寅，2011，p.16）。当代美国流行音乐的生产和流通体现着美国主流社会的世界观和价值观在全球的传播，将这种流行文化产品作为学术研究对象，研究者需要准确把握中西文化差异，厘清音乐与意识形态的关系，才能真正发挥主体能动性。从中文学术现状来看，学术圈普遍对这一重要的研究议题积极性不高，将之作为小众的"他者"，排除在主流学术圈外，导致对西方音乐的研究处于停滞状态（朱艳丽，2012，pp. 8—9）。

通过上述分析，我们总结了美国流行音乐中文缺失的三大原因："流行音乐"范畴模糊，涵盖内容过于宽泛，学者们难以把握研究方向；学术界对"流行音乐"这一话语有着历史的偏见，并缺乏独特的研究视角，难以将之纳入主流研究对象；"流行音乐"自身携带的文化及意识形态元素使不少研究者不愿意深入探索有关问题。

三、美国流行音乐的中文学术研究新视角

西方学者从 20 世纪 80 年代开始意识到流行音乐的研究不能仅仅局限于艺术学、音乐学等领域，而应该置于更广阔的跨学科背景下，并且基于它与整个社会之间都存在密切的互动与关联，应该有一套整合的理论与方法（贝内特，2004）。另有学者呼吁关注音乐的传播过程（Firth，1981；Tagg，1982；Middleton，1990），用传播学的理论知识来研究流行音乐传播主体、传播媒介、传播客体、传播效果及其相关的历史、社会、文化、技术语境。80 年代后期，受语言符号学影响，西方学者开始关注音乐的符号性特质。其中法国学者让·雅克·纳蒂埃在《音乐与话语：音乐的符号学》一书中提出了音乐作品的"创作"（poietic）、"中性或内在"（neutral or immanent）、"接受"（esthesic）三大"程序"（procedures）性意义，这种三重分析模式走出了传统的纯音乐分析模式，开始关注音乐之外的含义，为音乐研究拓展了新思路（汤亚汀，2001）。另一位芬兰学者埃罗·塔拉斯蒂（Eero Tarasti）广泛地阐释了作为符号的音乐与话语、叙事、意义生成的关系，并以符号学理论重新定义了音乐活动和相关行为，为我们进一步理解音乐提供了独特的视角与逻辑（马圆瑞，2020）。

国内学者将流行音乐置于传播学视野下进行研究开始较晚。汪森于 2005 年发表的论文梳理了传播学在中国的发展历程，并表明"首届全国音乐传播学术研讨会"的召开标志着音乐传播学这一新兴学科和专业在我国的正式确立（汪森，2005，p. 123）。此后，音乐传播学正式成为国内学术界热点话题，但大部分研究都是借用西方传播学理论进行中国流行音乐的实证研究，这种

简单的模仿与论证有一定的局限性。近年来，随着音乐符号学的逐渐兴起，国内学者纷纷重读经典、梳理文献或进行理论探讨和实证研究，将音乐相关话语视为符号，讨论其在创作、表演、审美过程中产生的新意义。

国内音乐符号学专家陆正兰教授于 2019 年出版的《流行音乐传播符号学》围绕音乐的各种符号，从传播学角度探讨了流行音乐各个要素——歌词、音乐、歌手、媒介、受众、文化商品功能等的符号学意义。具体来讲，音乐是一种作为文化现象及商品存在的文本，其携带的社会文化意义通过伴随文本一起发送给接收者（陆正兰，2012），人作为沟通的主体是通过社会文化背景下的身份认同实现信息的交流（Firth，1998）；但同时它也是一把双刃剑，通过伴随文本控制听者的接受效果。传播符号学重新思考意义在符号传播中的生成，并创造了与其他人文社会科学及自然科学交融理解的可能性，由此形成了批判的逻辑特点（李思屈、刘研，2013）。这为流行音乐的符号文本分析尤其是跨文化的流行音乐研究提供了可行性，因为往往是语言、风俗方面的社会文化差异更能让符号在传播过程中生成丰富多元的意义。代表某个国家主流价值观的文化产品输出到文化符号系统不同的国家，可能会产生不同的受众效果（Brannen，2004）。所以，对影视、游戏、报刊、音乐等国际文化产业和文化现象的研究而言，传播符号学的理论非常适用。新视野的介入强调了符号在社会上的表意活动，同时也可按照传播受众分析的原理揭示接收者在此过程中对符号的理解与接纳。

基于传播符号学原理的流行音乐分析主要分为三个维度：音乐作品创作、音乐作品文本、音乐作品接收。从前文对四十余年来关于美国流行音乐的中文学术成果的梳理可以看出，大部分研究对流行音乐的起源、创作和作品特点做了一定的分析，并结合了社会文化语境进行探讨，但这些分析更多地着眼于前两个维度，即创作与音乐文本。关于第三个维度，即音乐作品接收，尤其是外国作品在中国的受众研究却极少。在让－雅可·纳蒂埃（Jean-Jacques Nattiez）的三重符号体系中，第三感觉层次特别描写了听众的历史背景、作品知识和社会心理模式等因素如何影响他们的感知行为，形成特定的音乐话语，并最终对音乐作品产生作用力（薛艺兵，2003，p.9）。由于社会符号系统不同，美国流行音乐在中国与在美国本地的接受情况并不相同。外来文本意义在新的符号系统中会被重新建构，尤其是在全球化背景下，任何符号的跨文化传播都无法避免这一点。从符义学的角度来看，人是符号的使用者，流行音乐的消费者并非完全被动地接受作品，当代听众早已不是阿多诺笔下那种受工业标准化影响而"不费力聆听"或是"易被操控"的听众

（尼格斯、袁昱，2015，p. 114）。在撰写此文的过程中，我们对多个欧美音乐粉丝贴吧、讨论小组、社交群体等进行调查，发现一个与有限的学术成果呈反差的现实：美国流行音乐在中国的受众群体庞大而复杂，并呈持续增长和低龄化趋势。在移动互联网、流媒体盛行的今天，消费形式多样化，受众与艺术的互动性增强，其主体性进一步凸显，大众开始掌握一定的话语权。因此，研究美国流行音乐的中国受众将为中国学者分析能动受众如何诠释、接受、反抗当代美国流行音乐中的意识形态提供一手资料，为美国流行音乐的中文学术研究拓展新的思路。

结　语

本文以梳理和统计中国知网（CNKI）数据库（1980—2021 年）中有关美国流行音乐的中文文献为起点，总结出现有相关中文文献数量少、视野窄、深度不够等特点，然后从流行音乐概念、学术偏见、文化及意识形态差异三方面分析了这一现象的成因，最后提出将流行音乐置于传播学符号学视野中，并呼吁相关学者关注美国流行音乐的中国受众。毕竟，中国是全球流行音乐的重要市场之一，不论是从数量规模还是影响力而言，中国的听众都是当代美国流行音乐受众的重要组成部分。研究流行音乐的学者更应该打开视野，多角度、有策略地将欧美流行音乐作为研究对象，揭示这些流行音乐作品传达的文化及意识形态内容，同时探索其有效的传播策略。

引用文献：

阿多诺，西奥多（2016）. 论音乐的功能（梁艳萍，等译）. 外国美学，2，25—42.

贝内特，托尼（2004）. 通俗文化与"葛兰西转向". 媒介研究的进路（汪凯、刘晓红，译）. 北京：新华出版社.

冯晓（2018）. "融合"对中国当代民间音乐流行化的审美意义. 音乐传播，4，116—117.

郝苗苗（2021）. 西方"波普音乐"研究的历史嬗变. 音乐研究，3，112—121.

郝苗苗，李昊灿（2016）. 美国黑人口头艺术 Rap 的概念释义与历史溯源. 当代音乐，23，67—68.

霍纳，布鲁斯（2016）. 话语（于广华，译）. 布鲁斯·霍纳、托马斯·斯维斯主编，流行音乐与文化关键词（陆正兰、刘小波，等译）. 成都：四川大学出版社.

姜蕾（2016）. 21 世纪以来美国音乐（分析）理论学科新趋势研究——以《音乐理论期刊》为例. 中央音乐学院学报，1，27—37.

李思屈，刘研（2013）. 论传播符号学的学理逻辑与精神逻辑. 新闻与传播研究，8，29—37＋126.

刘琴，肖华锋（2013）. "冷战"末期美国大众文化在中国的扩张. 江西社会科学，33（9），124—130.

刘筱（2004）. 中国大陆对美国流行音乐的研究（1983—2003）. 南京艺术学院学报，3，31—36.

刘筱（2011）. 进化与分化——Rap 的诞生之路. 民族音乐，5，30—32.

刘悦笛（2012）. 美国流行音乐产业运作模式论析. 江苏行政学院学报，5，43—48.

陆正兰（2019）. 流行音乐传播符号学. 成都：四川大学出版社.

陆正兰（2012）. 流行歌曲伴随文本的符号意义. 学习与探索，3，135—139.

吕东（1987）. 美国音乐发展史简介. 乐府新声（沈阳音乐学院学报），1，43—46.

马圆瑞（2020）. 音乐的符号转换与意义生成——论埃罗·塔拉斯蒂音乐符号学理论的内涵与视角. 中国文艺评论，4，50—62.

尼格斯，基斯，袁昱（2015）. 西方流行音乐研究中的受众理论（上）. 音乐传播，2，113—118.

施咏（2013）. 什么是"中国流行音乐"——"流行音乐民族化"视野下的概念辨析. 中国音乐，3，100—104 + 195.

汤亚汀（2001）. 文化. 符号. 语义. 认知——纳蒂埃《音乐与话语，关于音乐符号学》述评. 音乐艺术（上海音乐学院学报），1，93—96+5。

王军辉，等（2010）. 国内外部分文献数据库检索系统相关文献功能浅析. 中华医学图书情报杂志，19，68—71.

王珉（2005）. 论 20 世纪末美国音乐创作的"文化共融主义". 厦门大学学报（哲学社会科学版），3，110—114.

汪森（2005）. 从传播到传播学到音乐传播学. 黄钟（武汉音乐学院学报），2，121—124.

王思琦（2003）. "流行音乐"的概念及其文化特征. 音乐艺术，3，80—83+5.

王思琦（2020）. 流行音乐学学科建设再思考. 南京艺术学院学报（音乐与表演），4，150—155.

王寅（2011）. 音乐与政治：相互交错的主题变奏——新时期中国音乐与意识形态互动关系研究（1976 年至今）. 北京师范大学硕士论文，16.

武越（2021）. 20 世纪美国流行音乐对社会主要矛盾的映射. 东吴学术，5，97—102.

邢洁（2019）. 20 世纪西方流行音乐初探——以美国爵士乐为主. 戏剧之家，22，52—53.

薛艺兵（2003）. 音乐传播的符号学原理. 黄钟（武汉音乐学院学报），2，6—12.

曾遂今（2003）. 中国大众音乐：大众音乐文化的社会历史连接与传播. 北京：中国传媒大学出版社.

张锦华（2016）. 中国当代流行音乐的传播和接受研究. 北京：中国传媒大学出版社.

张阔，董小川（2011）. 试论早期布鲁斯音乐的基本特征. 社会科学战线，12，259—261.

张阔，康宁（2014）. 爵士乐起源探微. 文艺争鸣，3，219—222.

张燚（2019）. 中国流行音乐研究四十年的历程与困境. 音乐研究，4，74－83.

张云霞（2015）. 百年沉淀，美国黑人的悲歌——布鲁斯音乐探析. 戏剧之家，6，131.

朱艳丽（2012）. 中国学者对西方音乐研究现状的思考与变迁. 民族音乐，3，7－10.

Birrer, Frans (1985). "Definitions and Research Orientation: Do We Need A Definition of Popular Music?" in D. Horn（ed）. *Popular Music Perspectives*, 2 (Gothenburg, Exeter, Ottawa and Reggio Emilia), 99－106.

Brannen, Mary Yoko (2004). "When Mickey Loses Face: Recontextualization, Semantic Fit, and the Semiotics of Foreignness", *Academy of Management Review*, 29(4), 593－609.

Burnett, Robert (2002). *The Global Jukebox: The International Music Industry*. London: Routledge.

Firth, Simon (1981). *Sound Effect: Youth, Leisure and the Politics of Rock'n'Roll*. New York: Pantheon Books.

Frith, Simon (1998). *Performing Rites: On the Value of Popular Music*, Cambridge: Harvard University Press.

Hamm, Charles (1991). "Review of Studying Popular Music". *The Journal of Musicology*, 9 (3), 376－398.

Middleton, Richard (1990). *Studying Popular Music*. Milton Keynes and Philadelphia: Open University Press.

Middleton, Richard & Manuel, Peter (2001). "Popular Music". *Grove Music Online*. https://doi.org/10.1093/gmo/9781561592630.article.43179

Tagg, Philip (1982). "Analyzing popular music: theory, method and practice." *Popular Music*, 2, 37－67.

作者简介：

  蒋欣欣，西南财经大学经贸外语学院副教授，博士，硕士生导师，研究方向包括流行音乐、文化研究、跨文化传播。

  殷悦，西南财经大学经贸外语学院硕士研究生，研究方向为话语分析、语料库语言学。

Authors:

  Jiang Xinxin, associate professor in the School of Foreign Languages, Southwestern University of Finance and Economics. Her research interests include critical studies in media, politics, popular culture, and intercultural communication.

  Email: jiangxinxin@swufe.edu.cn

  Yin Yue, M. A. candidate in the School of Foreign Languages, Southwestern University of Finance and Economics. Her research interests include discourse analysis and corpus linguistics.

  Email: yinyue.emma@gmail.com

"身体恐怖"电影中的女性主义：以朱利亚·迪库诺电影为例

包哲寒

摘　要: 朱利亚·迪库诺的"身体恐怖"电影为探讨当代电影中的女性主义身体观提供了重要的研究文本。过往对"身体恐怖"电影的研究主要集中于女性主义精神分析领域，而女性主义精神分析的局限性在于将"身体恐怖"电影中的女性身体作为男性的对立面，无法从根本上突破父权社会的性别意识形态。因此本文在女性主义精神分析的基础上，运用德勒兹和加塔利的"生成"理论对迪库诺电影中的女性主义观点进行补充，对迪库诺的电影《钛》和《生吃》中的女性主义身体观做进一步的界定，完善对朱利亚·迪库诺电影文本的分析和阐释。

关键词: 迪库诺　身体恐怖　女性主义　身体观　生成

Feminism in "Body Horror" Films: A Case Study of Julia Ducournau's Films

Bao Zhehan

Abstract: Julia Ducournau's "body horror" films provide important research material for exploring contemporary feminist perspectives on the body in cinema. Previous studies on "body horror" films mainly focus on the field of feminist psychoanalysis, but the limitation of it lies in that the female body in "body horror" films is regarded as the opposite of the male body, which cannot fundamentally break through the gender ideology of the patriarchal society. On the basis of feminist psychoanalysis, this paper uses the "becoming" theory of Deleuze and Guattari to complement the feminist views in Ducournau's films, and further defines the feminist body views in Ducournau's films *Titane* and *Raw* and then adds to the analysis and interpretation of Julia Ducournau's film texts.

Keywords: Julia Ducournau; body horror; feminism; body view; becoming

　　朱利亚·迪库诺（Julia Ducournau）的《钛》（*Titane*）作为恐怖类型片，在第 74 届戛纳电影节上赢得了金棕榈大奖。而关于《钛》的质疑和争论早在电影上映伊始就已经出现，这些质疑随着《钛》的最终获奖达到了顶点。评论家们对于《钛》的争论，很大一部分是围绕着导演的女性身份以及恐怖类型片的特殊性展开的：一方面，作为女性导演的迪库诺，她的电影的复杂性为电影理论，尤其是女性主义电影批评和酷儿理论提供了多重可阐释文本；另一方面，《钛》作为在戛纳电影节上赢得最高奖项的恐怖电影，所呈现的暴力、血腥元素在历届获奖影片中是前所未有的。

　　恐怖电影与女性主义之间的关联由来已久，早期的恐怖电影，例如在《卡里加里博士的小屋》（*Das Cabinet des Dr. Caligari*，1920）、《诺斯费拉图：恐怖交响曲》（*Nosferatu—A Symphony of Horror*，1922）中，女性以受害者的形象出现，而随着恐怖电影的类型化，"女性作为相对弱势的群体，更容易受到威胁"的思维定式在观众长久的观影积累中形成。在芭芭拉·克里德看来，观众喜爱、乐于去影院观看恐怖电影，是因为恐怖电影唤起了观众施虐或受虐的倾向，是与自我人格黑暗面的对抗，即克里德所说的"允许对边界的侵犯，被压抑的回归，对禁忌的狂欢式打破"（Watson，2020，p. 440）。而在迪库诺的电影中，这些恐怖电影的特质在女性主义批评的语境下，具有了不同的指向性。

　　结合迪库诺的电影和她的自述，我们可以从她的美学风格中观察到两条清晰的脉络。其一是 21 世纪后出现的，以克莱尔·德尼、加斯帕·诺等为代表的将身体暴力融入艺术电影语境中的"法国新极端主义"电影。其二是以描写器官的异化和心理病征见长的加拿大导演大卫·柯南伯格，迪库诺在采访中也多次提到了柯南伯格对其影响。而不论是柯南伯格的恐怖电影，还是"法国新极端主义"电影，它们所具有的共同特征——身体的破坏或变异，可以支持我们将这些电影划归为"身体恐怖"（body horror）这一恐怖电影的亚类型。

一、"身体恐怖"电影与女性主义精神分析

"身体恐怖"一词在电影中的使用，最早可见于菲利普·布罗菲于1983年发表的文章《"恐怖性"——当代恐怖电影的文本特征》（"Horrality—The Textuality of Contemporary Horror Films"）。在这篇文章中，"身体恐怖"被用来指代20世纪70年代与80年代的恐怖电影。在这段时间，电影特效与假肢制作取得了显著的进步，而像大卫·柯南伯格、约翰·卡朋特这样具有影响力的恐怖片导演也乐于在创作过程中使用这些新的技术手段来模拟身体的断裂或者变异。在"身体恐怖"电影中，身体成为角色恐惧、焦虑的对象，电影通过一种或者一系列身体的变化（通常包括残缺、退化或变形），使正常的身体变得扭曲、异常，充满疼痛感。在此之后的几年，随着相关类型元素的完善、丰富以及相关代表性作品，例如《变蝇人》（The Fly，1986）、《养鬼吃人》（Hellraiser，1987）等的问世，"身体恐怖"逐渐被用于指代这一类与身体相关的恐怖电影，成为恐怖片的亚类型之一。

尽管所有形式的"身体恐怖"总是围绕着身体的变化展开，但是外在的暴力所造成的肢体破坏与内在的身体变异，在对观众恐惧心理的调动上具有明显的不同。在前一种情况下，电影利用观众的移情和对疼痛的想象来创造场景，观众在情感上与受害者保持一致；在后一种情况下，恐怖的场景源自身体的变异，角色在这个过程中逐渐失去人性，无法控制自己的本能和欲望，或者角色的形体开始变得丑陋，引起观众的厌恶。由这两种场景衍生的与女性相关的暴力行为和女性身体的变异，就成为女性主义理论在"身体恐怖"类型片中所主要关注的对象。

目前对恐怖电影的女性主义研究大多依赖于心理动力理论（psychodynamic）。这个理论重点聚焦于观众观看恐怖电影的动机和兴趣，以及由此产生的心理影响。典型的恐怖电影的女性主义分析依赖于一个精神分析的框架，在这个框架中，女性被描述为"阉割"或者代表了唤起男性阉割焦虑的威胁。劳拉·穆尔维的《视觉快感与叙事性电影》（"Visual Pleasure and Narrative Cinema"）是女性主义电影理论的开创性文本，文章通过分析经典好莱坞电影中的视觉模式，推导出一套"男性凝视女性"的视觉惯例，观众依照这套惯例在观影过程中获得感官上的快感。而在传统的恐怖电影模式中，劳拉·穆尔维的观点依旧具有指导意义，女性作为电影中受威胁的对象，她们既是观众凝视的对象，也是引发观众恐惧的主要牺牲品，恐惧在女性身上是可见的。观众为了弥补这种恐惧，往往需要求助于作为叙事重点的

"调查员"（investigator），而这个调查员角色通常都是由男性担任，他引领观众完成电影的叙事。在这个过程中，女性与恐惧被观众不自觉地联系到了一起。

另一位女性主义电影理论家琳达·威廉姆斯在劳拉·穆尔维的基础上对女性主义电影理论做了些修改和补充。她认为尽管"怪物"（monster）在恐怖电影中可能威胁到了女性的身体，但女性与"怪物"的命运又是息息相关的，在电影中，两者似乎都站在了父权秩序之外。那些受到"怪物"威胁或者与"怪物"合作的女性形象，通常代表着对父权制的威胁，而恐怖电影强化了积极（施虐）的男性观众和被动（受苦）的女性对象的概念，女性因为挪用"凝视"而受到惩罚，一种男性叙事秩序被恢复。（Freeland，1996，p197）

除了穆尔维和威廉姆斯，真正涉及"身体恐怖"的女性主义理论家是芭芭拉·克里德，她在 1986 年发表的文章《异形的银幕分析》（"Screen article about Alien"）以及之后的著作《女性怪物：电影，女性主义，精神分析》（*The Monstrous-Feminine：Film，Feminism，Psychoanalysis*）中，参考了茱莉亚·克里斯蒂娃在文学研究中的女性主义观点，对恐怖电影中的"女性身体"进行了具体的研究。克里德认为观众对电影中"女性怪物"的恐惧并不来自阉割焦虑，而是源自恋母情结前婴儿对母亲的矛盾心理，婴儿挣扎着创造与母亲的界限（boundaries）以试图建立自我的身份，但母亲却是"可怕的"，她的形象被她的体液（尤其是母乳和经血）所吞噬、玷污。克里德及克里斯蒂娃用"排斥"（abjection）这个词来形容可怕的母亲形象所激发的精神状态。而在电影中，母亲的形象通常以局部的女性身体的形式出现，就如齐泽克所认为的，对身体局部的呈现就像器官没有了身体一样，这反映了弗洛伊德的"死亡驱力"，在这样的前提下，与性征、生殖能力相关的女性身体（即齐泽克所说的"母性超我的物化"），成为"身体恐怖"电影重要的恐惧来源之一。以《异形》（*Alien*，1979）系列为例，克里德强调了电影中重复出现的异形破壳而出的降生场景以及作为"女性怪物"形象、拥有着强大生殖能力的异形之母，电影通过这些异化的"女性身体"，来激发观众内心的"排斥"情绪。除了《异形》，"身体恐怖"对展示女性身体及女性性征的偏好在 20 世纪七八十年代的电影中得到了广泛的印证，比如柯南伯格的《狂犬病》（*Rabid*，1977）、《灵婴》（*The Brood*，1979）中女性器官的变异，《魔女嘉莉》（*Carrie*，1976）里被倾倒在女性身上的象征着经血的猪血等。

二、迪库诺电影中的女性主义精神分析

时至今日，尽管迪库诺的电影文本在类型叙事上已经与二十世纪七八十年代的"身体恐怖"大为不同，但精神分析的理论框架依然适用于迪库诺的文本，而迪库诺对类型片中女性形象的颠覆使得她电影中的女性角色既在既定的精神分析框架中，又在一定程度上超越了固有的惯例。对此笔者归纳了迪库诺电影中女性形象的几个基本特征。

首先，迪库诺电影中的女性身体作为"身体恐怖"的载体，是观众所恐惧的对象，但与传统的以男性为主导的叙事模式不同，迪库诺文本中的女性成为叙事的主体，这同时也意味着电影中男性角色"凝视"视角的消失（观众的"凝视"无法代入男性角色中）。在这样的前提下，"女性怪物"不再是故事结局出现的被调查的对象，具有"身体恐怖"特性的女性角色作为叙事的重点与绝对的主角，她们体征的改变，在镜头持续的关注中有了一个循序渐进的过程，这个过程本身成为推动叙事发展的关键因素，无论是《生吃》中的贾斯汀因为食肉所产生的身体、性情的变化，还是《钛》中亚历克西娅因为怀孕、"钛"金属的植入所产生的肉体的变化。随着叙事的推进，"身体恐怖"的出现与演变在电影中被赋予了身体意识觉醒的意义，身体欲望的产生，以及随之而来的欲望无法满足所造成的身体的失控，激发了她们对社会秩序的质疑。

其次，迪库诺电影中女性身体的转化总是伴随着身体上的病变，性征的暴露，反常、挑衅式的行为以及对男性的性吸引等细节的呈现。而这些细节至少在对观众感官的刺激上与克里德所说的 20 世纪七八十年代"身体恐怖"电影中"母亲形象"导致的"排斥"心理有相同之处，两者都与肉欲、不洁的女性形象相关联，同时，女性的行为又与传统的道德观念相违背，在心理层面让观众产生不适感。在迪库诺的文本中，刺激观众感官的女性体征与女性个人的身体欲望相伴而生，《生吃》中贾斯汀首次食用生肉后的排异反应（身体上的皮疹）以及饥饿状态的反应（不自觉地吞食头发）是被压抑的欲望释放的前兆，这种欲望是食肉欲与性欲的混合体。而之所以欲望会与性直接相关，用拉康的观点解释就是：欲望并非生物学上的神经冲动，而是针对一个模糊"客体"的幻想活动，这种幻想活动带有精神上或性的吸引（斯塔姆，2017，p. 194）。到了电影中段，贾斯汀通过对镜中自我形象的认同，完成了自我的性觉醒，她开始化妆并接受了凸显女性形体特征的服装，将自我的性幻想投注到了同性恋阿德里安身上。而《钛》中的亚历克西娅所表现出的对

自己性别的抑制，亦是对"不洁"的身体的厌恶，在这种心理的作用下，她将性幻想投注到了作为机械的汽车上。在电影中，她为了掩盖自己的女性特征，击打自己的面部、用绷带勒住乳房和腹部，紧绷的绷带所带来的血红的伤痕与克里德理论中可怖的"母亲"形象相关联。

再者，迪库诺电影中的女性角色有着破坏性的、强势的态度，她们的挑衅行为从根本上颠倒了男女之间的强弱关系，且行为本身也构成了对传统父权制社会的威胁。就像迪库诺自己说的那样："我想将食人作为一种朋克的姿态来对抗父权制。"（Barton-Fumo，2017，p. 46）而这种对抗在电影中直白地表露出来。比如《生吃》中的贾斯汀随着性与食肉本能的觉醒，性格与行为逐渐由原来的内敛变得外露且具有挑衅性；贾斯汀同样名为亚历克西娅的姐姐，在电影中以一个反抗者和纵欲者的姿态出现，她毫不掩盖自我的食肉本能，教唆自己的妹妹啃食生肉，并杀害电影中唯一着重描绘的男性阿德里安；而《钛》中的亚历克西娅也同样嗜杀，在杀戮行为暴露后，她把父母反锁在家中，之后将房屋点燃。在与父权制社会对抗的过程中，女性角色与传统恐怖电影中的"怪物"形象合二为一。

最后，与传统类型片中趋于缓和的结局类似，迪库诺电影中的女性角色最终都是以被父权制接受的形式回归到社会中。在《生吃》中，贾斯汀在个人道德的约束下试图克制食人的欲望，选择与社会秩序相妥协，亚历克西娅则因为无节制地食人受到法律的惩罚。而在《钛》中，回归的形式更加趋于符号化，亚历克西娅所掩盖、排斥的女性特征随着"父亲"形象的介入、分娩的来临逐渐变得不可遏止，最终她不得不与自己的女性身份相妥协，以女性的方式产下婴儿。但这种女性身份在"钛"的影响下，又与传统类型片中的"回归"形式不同，在与父权制的对抗中诞生的"钛"金属婴儿作为身体变异的象征，说明了缓和只是暂时的，对传统父权制社会的反抗仍然会存续下去。

从以上分析可以看出，迪库诺电影潜在的女性主义观点在女性主义精神分析理论框架中得到了一定的阐释与延展。但是，精神分析理论所阐释的女性欲望明显受到了心理动力学框架的限制。在这个框架内，理论家们对欲望的解释，始终围绕着两性关系展开。电影中女性角色的身份被缩减为家庭模式内部的个体，她们自我欲望的产生变得封闭且个人化，而理论家们对电影中的反常现象以及个体欲望的阐释，就不免陷入对孩童阶段的母亲形象俄狄浦斯式的解构，而文本中涉及集体的政治性与社会性内容被理论家们选择性地忽略。同时，心理动力学的阐释对众多的恐怖亚类型来说并不完全适用，

"身体恐怖"中的形体变化一旦指向了非女性性征的部分，心理动力学框架就难以成立。譬如迪库诺电影中的"动物性"行为（《生吃》中的食人行为）或者趋向于中性、无性别的人物（《钛》中亚历克西娅的男性特质、机械特质），这些不具有女性性征的身体变化在电影中所内含的意义显然与男女之间的二元对立无关。

另外，从观众接受的角度来说，女性主义理论家们对电影文本的敏锐解读，并不能反映出观众在观影过程中真实的内心活动。观众对电影中的"女性怪物"产生恐惧与排斥心理，原因不在于她们的女性身份，而在于她们的形体变化以及行为对电影中的角色构成了威胁，如果电影将这种威胁从"女性怪物"转移到男性身上，观众的恐惧依然是成立的。所以，在笔者看来，涉及女性形体的"身体恐怖"所带来的心理层面的"男性对阉割的恐惧"，仅仅是父权社会的性别意识在电影中的投射，它并不能够增强电影本身的恐惧效果，而只是通过女性对禁忌的打破与回归，来建构起父权制社会中理想化的女性形象。因此，解读迪库诺电影中的"身体恐怖"，需要我们将观念从俄狄浦斯情结中解放出来，去重新分析"身体恐怖"产生的原因及其含义。

三、迪库诺电影中的"生成"

精神分析理论的局限性推动了女性主义恐怖电影理论在其他领域内的探索。辛西娅·弗里兰的文章《恐怖电影的女性主义框架》（"Feminist Frameworks for Horror Films"）在批判精神分析理论的同时，主张从性别意识形态的角度去分析恐怖电影，她呼吁影评人将注意力转移到电影作为人工制品的本质上，通过考察电影的结构以及它们在文化中的作用来研究电影。然而，弗里兰所列举的对《侏罗纪公园》（*Jurassic Park*，1993）和《变蝇人》的文本分析过程，始终围绕着电影中女性角色的社会身份展开，研究的方法也始终停留在电影文本的社会学解读层面。诚然弗里兰的研究照顾到了恐怖电影的社会学构成，但是她的关注点只集中于具体的社会身份而忽略了女性身体性的欲望与感知，对单一社会语境中的女性个案分析也难以形成一套有效的理论体系，无法从根本上触及精神分析对女性欲望的错误解读。

真正对精神分析理论产生冲击的是德勒兹和他的电影思想。弗洛伊德的精神分析理论认为主体内在的性原欲是欲望的来源，男孩通过对母亲认同的摒弃和对父亲的认同获得了欲望主体的位置，而女孩则由于认同的受挫产生阴茎嫉妒并体验欲望的缺乏（科勒布鲁克，2014，p. 170）。德勒兹和加塔利认同弗洛伊德所说的"主体内在的性原欲是欲望的来源"，并且接受了精神分析理论中的自由漂浮的欲望和"力比多"概念，但是德勒兹和加塔利反对弗洛伊德将欲望界定为"缺乏"。在德勒兹和加塔利的著作《反俄狄浦斯：资本主义与精神分裂》中，德勒兹提出欲望是生命通过创造和改造的扩展，是原生的和给予的，而不是缺乏的，欲望从一开始就是集体性的，早在婴儿对母亲形象的投注之前，就存在着集体性的投注，是集体性的投注提升了"乳房"或者"子宫"的概念，当母亲形象出现时，她已经是这些历史的和政治的投注的一种浓缩（p.172）。正是由于欲望的集体性，所以不论是男孩还是女孩，新生的婴儿作为欲望的主体，在社会性别身份确立之前，所接受的投注都是同等的，这就打破了"女性作为男性主体附庸"的传统欲望观，给予了女性欲望以独立的地位。在此基础上，德勒兹进一步指出欲望是自由的流动，是创造性的差异和"生成"（becoming），将生成的概念与主体欲望联系在了一起。

"身体恐怖"所涉及的形体变化和变异，恰好可以用"生成"理论来解释。在"身体恐怖"电影中，身体变异作为欲望的外在体现，是主体欲望"分子"（molecular）运动的生成，这种生成伴随着强烈的情感波动，将主体导向快乐或愤怒的极端。正如《德勒兹与恐怖电影》（*Deleuze and Horror Film*）一书的作者安娜·鲍威尔总结的那样，病态是"机械欲望的自我情欲运动，而不是主体的精神分析"（Powell，2005，p.207）。用生成来解读"身体恐怖"，我们就会得出电影中的人生成动物、人生成非人的变化过程，不是人对另一种生存形态的模仿，而是对变化对象的运动和感知的一种感觉的生成，主体在感知过程中与所论的对象产生某种关系，用德勒兹的话来说就是两个"分子"间存在着临近性。

（一）《生吃》中的"生成动物"

迪库诺的"身体恐怖"是典型的生成式文本。《生吃》中的贾斯汀一家为了抑制家族遗传的食肉本能而设置的教条式的食素习惯，在贾斯汀来到兽医学校后被打破。在德勒兹和加塔利的《千高原：资本主义与精神分裂》的预设情境中，"苦行团体中的生成动物"与《生吃》的文本最为贴近。兽医学校作为"教会"，代表着压迫性的权威，在电影中表现为前辈对后辈的戏弄（bizutage）：一年级的学生在入学后必须遵循一套特殊的、仪式化的入学规则，这套规则旨在将个人纳入集体，而其中所隐含的暴力元素在一定程度上侵犯了学生的权利。贾斯汀和亚历克西娅作为处于"教会"之外，位于逃逸线上的"苦行机器"（欲望因食素而受到压抑），反对把"教会"建成一个

"帝国机构"。她们食肉的动物本能在学校这样一个生成机制中被快速激化为食人的行为。

食人是《生吃》中的"生成动物"最为主要的特征，意向性的"食人"概念在电影史上并不少见，它通常代表着第三世界或者第一、第二世界的左翼力量对文化霸权的揭露和反抗。例如在戈达尔的《周末》（Week End，1967）、帕索里尼的《猪圈》（Porcile，1969）等左翼电影中，食人被视为对资产阶级的反噬。巴西导演罗恰更是引用了"食人"的概念，将"食人主义"（cannibalism）应用到电影创作中，呼吁一种"阴郁的、丑陋的""饥饿"电影（斯塔姆，2017，p. 118），通过"贫瘠"的拍摄手法，把观众从固化的第一世界、第二世界的电影美学中解放出来。在这些左翼电影的影响下，带有殖民主义色彩的"食人"被视为民族国家或者资本主义国家的社会底层对资本主义的消费主义和商品化的"逃逸"，它与原生的食人部落相关联，在电影的语境中，成为与社会性的整齐划一、服从相对应的人的动物性的生成。在这样的背景下，迪库诺电影中的"食人"具有了反文化、反权威的意味。在迪库诺的《生吃》中，"食人"的概念更加具象化、细节化，集体性的、带有革命色彩的"食人"被置换成两个年轻女孩食用生肉的欲望。食肉作为人的动物本能，是电影中的"生成动物"最为突出的标志性行为。食肉本身是非对抗性的，生成是逃逸而非对立，这就与精神分析学中男女之间主体与客体的二元对立有根本性的不同。"生吃"的食肉行为是"分子"式的自由流动，它越过了划分层级的"克分子"（molar），即等级森严的兽医学校的严格限制，试图去构成新的关系网络。这个新的关系网络以贾斯汀和亚历克西娅为基础，亚历克西娅作为动物"帮伙"的首领，试图将动物的特性"传染"给贾斯汀，生吃的行为将两者的关系由血缘上的姐妹转化为"生成"的动物帮伙。

依照德勒兹的观点，"生成动物"不是达到动物的某种状态，而是对动物运动、动物感知、动物生成的一种感觉（德勒兹、加塔利，2003，p. 11）。在"身体恐怖"电影中，主体对动物的感知以可视化的方式呈现在观众面前，人在变化的过程中，突破了身体固有的完整性和单一性，主体与客体被划分、编序的社会关系在分子运动中被重新融合为新的、更具活力的个体，性别界限也进一步模糊。在《生吃》中，女性作为"生成动物"的主体，在食肉欲望的操纵下，其社会性被动物性掩盖，例如电影中所展示的贾斯汀在醉酒之后表现出来的动物性行为。在醉酒的初级阶段，她无差别地亲吻了所看到的男人和女人，而在完全失去意识之后，贾斯汀如同野犬一般去啃咬生肉。生成的兽性食人行为本身并没有性别的特征，但是，食人作为性原欲的延展，与性欲望紧密联系在一起，并且在生成的过程中，性欲的对象亦是超越性别的。这一点迪库诺与她的前辈、女性导演克莱尔·德尼达成了一致。在后者作为"法国新极端主义"的代表性作品《日烦夜烦》（*Trouble Every Day*，2001）中，食人行为是科学实验所引发的错误结果，食人如同病症一般，一旦性欲被挑起，食人的欲望也随之产生。而在她的另一部作品《军中禁恋》（*Beau travail*，1999）中，军营的极端环境使得男性之间生成了对彼此肉体的渴望。迪库诺在克莱尔·德尼的基础上，将私密的、被禁锢的欲望显露出来，并将其放置在更为公共的领域内，以理性为主导的对行为的克制完全被具有冲击力的、感官化的影像替代。

从"生成动物"的角度看，食人所生成的动物性个体对性别界限的超越，似乎宣告了生成个体与女性主体的决裂。然而，在《生吃》中，生成个体的性别身份依然是重要的，它的女性特征的体现不是依赖于电影的叙事，而是依赖于镜头。女性的生理反应、动物欲望通过"身体恐怖"感官化的镜头语言表达出来。在玛蒂娜·伯涅的文章《原始的生成：朱利亚·迪库诺生吃中的身体、纪律和控制》（"Raw becomings: Bodies, Discipline and Control in Julia Ducornau's Grave"）中，作者指出《生吃》作为一部当代恐怖电影，依赖于典型的精心设计的触觉美学，它在排斥（触觉化的视觉对形体不明的事物的排斥）与唤起同情的脆弱动物和人类身体（触觉化的视觉接近于描述的手法）之间交替。最终，电影削弱了远距离、客观和物化凝视的企图，同时强调了身体对完全的可阐释的拒绝（Beugnet&Delanoë-Brun，2021，p212）。在伯涅看来，观众对女性病变身体的凝视，并非如精神分析理论家所阐述的通过呈现污化的女性身体，在心理上产生对女性的排斥情绪，而是通过长镜头对女性身体的记录，以及女性主体由生理变化所引发的情绪和行为上的反应，来模糊客体与主体看与被看的关系，将女性的身体感受通过视听的感知模式传达给观众。观众借由对视觉和听觉的通感，将这种感受扩展到自身的其他感官中，从而在情感层面与角色达到一致。

在当代西方女性主义的身体观中，触觉化的感知模式本身就是女性化的，如女性主义者露丝·伊利格瑞所指出的男性通过视觉获得快感，而女性则通过触觉获得快感，触觉使"自我与他者、主体与客体之间的界限变得模糊，界限成为流动的、混合的，人与人之间界限的模糊将最终导致所有权的消失"（刘岩，2010，p. 77）。伊利格瑞的观点在某种程度上是对生成的补充和说明，她与德勒兹都肯定了女性欲望的释放能够模糊主客体的界限，而触觉化的感官体验为生成提供了现实的理论依据，将"生成"的主体重新划分为男性与女性。通过触觉获得快感是由女性的生理结构所决定的，与之相对应，主体对快感的抑制所引发的不适也是以触觉的方式传递出来的。《生吃》中的女性身体和心理的病变可以看作女性在逐步抛弃社会性的女性形象后非社会性的身体对环境的不适应，女性不得不以欲望的宣泄来克服对环境的不适，与此同时，主体的行为亦随着欲望的发展逐渐失控。

非社会化的身体所带来的无序、失控的状态，是对传统的、父权制所建构的社会性的女性特征的超越。然而，"生成动物"抛却"女性"概念，因为客观条件下女性所具有的生理特征，又无法完全地将男性与女性画上等号。所以，在抛弃了父权制社会的女性特征之后，女性究竟要以怎样的形式来重构自我的形象？这一点迪库诺在《钛》的文本中有了进一步的探索。

（二）《钛》中的"生成女人"

从恐怖类型片的角度来看，《钛》的文本创作是反类型的，不论是人物的塑造还是电影整体的结构和叙事，迪库诺都在有意避免俗套，这使得《钛》的文本被明显分割成了截然不同的两部分。在《钛》的前半部分，迪库诺对《生吃》文本中的"非社会化的身体"进行了互文。《钛》发生在一个近未来的时空中，主角亚历克西娅在幼年时遭遇车祸，不得不将钛合金植入大脑，"钛"对身体的改造使身体成为可视化的生成的载体。在长大后，她凭借着自己汽车模特的身份，引诱身边对她产生性欲望的男性和女性，在发生性关系前将他们杀害。亚历克西娅的行为与贾斯汀失控状态下的行为对社会秩序的颠覆有共同之处。但是与《生吃》不同，亚历克西娅的嗜杀行为不带有"食人"的目的，她的身体的变异并非动物性的呈现而是肉体的机械化，在电影中，因为钛金属的植入，她的身体变成了半机械半有机体的混合体，性欲与杀戮的欲望彼此分离，性欲的对象也由人转变为汽车。不仅如此，因为机械化的身体，亚历克西娅的主休身份在超越性别的同时，也超越了种族和文化，对他者的冷漠以及缺乏身份认同的特质在她对黑人、亚裔、同性恋无差别的杀戮中得以窥见。

相对于其他人，亚历克西娅的行为可以看作现代性的个体对身份边界的无视和超越。德勒兹研究学者克莱尔·科勒布鲁克在他的文章中概述了德勒兹与加塔利对现代性的人的定义，即所谓现代性的"人"是指在人类历史发展的过程中，削弱种族和性别差异，最终表现为"人"的普遍存在，即阅读与思考的现代性的理性个体（Colebrook，2013，p. 450）。种族和性别的剥离就如同《钛》中机械化的身体，迪库诺将人的绝对理性异化为亚历克西娅对汽车的情感投射以及对他者生命的漠视。之所以迪库诺会在《钛》中将汽车作为欲望投射的对象，一方面源自迪库诺多年重复的"梦到自己生出一个汽车引擎"的噩梦，一方面也参照了柯南伯格的《欲望号快车》（*Crash*，1996）。亚历克西娅与汽车的关系对柯南伯格电影中现代性的心理病征进行了重新诠释，在柯南伯格的《欲望号快车》中，男女的性爱关系以汽车为载体，性爱的过程被撞车的可感知的过程替代，车成为欲望的一种具象体现。而在《钛》中，迪库诺将女性作为主体，把介于女性与汽车之间的男性角色剔除，直接以车替代了人，人和机械相互混淆。

从后现代主义的角度来看，随着科技的发展，人与机械的概念性"混合"是必然的，现代性的划分和编序让人无限趋近于机械，而亚历克西娅的身体构造是女性主义理论中人机结合的"赛博格"的具象化。"赛博格女性主义"的创始人唐娜·哈拉维把赛博格定义为："一个控制有机体，一个机器与生物体的杂合体，一个社会现实的创造物，同时也是一个虚构的创造物。"（Haraway，1991，p.149）在二元对立的人与动物、人与机械关系崩溃后，赛博格的出现重新建立了一个新的主体。哈拉维想借着这个新的主体来超越目前各种身份认同彼此矛盾冲突的困境，同时建构一个"多元，没有清楚的边界，冲突，非本质"的主体概念（李建会、苏湛，2005，p.20）。哈拉维以怪物弗兰肯斯坦为例，他由不同的肢体拼凑而成，既不是人也不是死亡的尸体，是模糊界限的赛博格的个体。同时，哈拉维还认为赛博格的主体又是"女性化"的，虽然在作品中弗兰肯斯坦被设定为男性，但他散发出女性的气质，也就是作者玛丽·雪莱的气质。

哈拉维的赛博格由角色到作者的推导，与德勒兹和加塔利在"生成女性"概念中所描述的"像女人一样写作"类似，相对于社会性的二元性别关系，赛博格与生成的主体是流动且多层次的。文艺作品中具有女性气质的形象，也是作者女性气质的生成。相对于在传统艺术中占据统治地位的男性角色，女性或者女性气质的男性作为文艺作品中的"分子"，在作者的创作过程中是对男性"克分子"的超越，是少数的生成。这样一来，弗兰肯斯坦的女性气质也就可以理解为玛丽·雪莱将自我代入弗兰肯斯坦中，通过弗兰肯斯坦来"生成女人"，虚构的赛博格形象有了作者真实情感的参与。这就是德勒兹所认为的电影应捕捉的不是某个真实或虚构人物客观和主观现象表现的认同，而是真实人物的生成，"当他开始虚构而不是被虚构时，他自己就变成了另一个人"（德勒兹，2016，p.238）。亚历克西娅是迪库诺自我赛博格身份的阐发，她选择了一位有一张"雌雄同体的脸"的非职业演员来出演亚历克西娅，并将个人对机械化的赛博格身份的思考代入角色的行为逻辑中。但是，迪库诺又不完全迷信于"赛博格神话"。哈拉维对赛博格的设想拒绝了"人性的回归"，而在《钛》中，迪库诺在"混血的""充满怪物"的世界里，试图去寻找人类最普遍的共性，"生成女人"的过程也是家庭关系重构的过程，"生成女人"在她的电影中有了另一层含义。

在《钛》的后半部分，"父亲"文森特的"生成女人"要先于作为赛博格个体的亚历克西娅。作为消防队队长的文森特从事体力工作，拥有一身强健的肌肉，从外表来看他的形象与商业类型片中阳刚的男性形象相符。但是，当他失踪的"儿子"——亚历克西娅假扮的阿德里安出现在他生活中时，他表现出了传统意义上由母亲形象所衍生出的关爱、包容，乃至在亚历克西娅面前呈现出了个人脆弱的一面，他的形象在严苛的父亲和慈爱的母亲之间摇摆。而在亚历克西娅身份暴露后，文森特依然接受了亚历克西娅，"生成女人"对性别、血缘的超越，使得阿德里安通过文森特和亚历克西娅的关系重生。

对于亚历克西娅来说，赛博格的机械意识超越了社会、文化意义上的性别和种族概念，但是女性的生理结构、情感模式是作为生物性个体的人类主观上无法摆脱的。怀孕的身体所带来的"身体恐怖"是亚历克西娅对女性身体的厌恶、抗拒，在电影中它表现为无法控制的怀孕体征以及亚历克西娅为了掩饰自我的女性第二性征而对身体的摧残，而赛博格的机械意识在与身体的角逐过程中，让她的伤口由鲜红的肉体逐渐转变为露出机油的钛合金机械身体。随着亚历克西娅逐渐接受文森特，重新被唤起的对"人"的情感和欲望最终使她回归了女性的身体。笔者认为，这便是迪库诺所想要表达的赛博格与生成的分野，文森特不具有赛博格的身体，却有"生成女人"的特质，并最终引导着赛博格的亚历克西娅走向"生成女人"。由此可见，虽然赛博格与生成的主体同样都是对身份边界的超越，但是，相对于释放性原欲的生成，建立在虚拟的赛博空间基础上的赛博格本质上是反身体和反欲望的。

在德勒兹的观点中，生成女人意味着超越同一性和主体性，打破和开放逃亡路线，从而把同一性统辖在"一"之下的上千个微小性别（tiny sexes）"释放"出来（德勒兹、加塔利，2003，p.12）。女性身体作为原生欲望的载体，是"逃逸"发生的前提，生成并非对生物特性的"排斥"、抛弃，而是对人的身体和欲望的理解、尊重，像后女性主义所提出的对"正常女性"的母性、养育性、热情和非攻击性的接受，亦是对女性身体与感官的肯定。因此，生成并不是要消灭不同的身份，而是对各种身份的认同，就如迪库诺在采访中所说的：这是我希望世界变成的样子，人们更加宽容，无论是在性别还是在别的事情上都有更强的流动性。

结　语

恐怖类型片从诞生至今，其基本的类型片惯例随着社会文化和观众品位的改变而逐渐发生着改变。针对 20 世纪七八十年代恐怖电影中的女性形象而产生的女性主义精神分析理论，将女性形象局限在俄狄浦斯情结中，女性身体成为男性"凝视"的对象，父权社会的性别意识形态占据着主导地位。显然精神分析的理论方法并不完全适用于迪库诺的电影，而德勒兹和加塔利的"生成"理论完成了对这一困境的打破，《生吃》中的"生成动物"利用女性非社会化的身体超越了父权制社会所建构的女性特征，《钛》中的"生成女人"则肯定了人的身体和欲望，实现了身份的多元。"生成"对女性身体和女性主体欲望的肯定，使迪库诺的电影文本获得了全新的阐释空间。

引用文献：

科勒布鲁克，克莱尔（2014）. 导读德勒兹（廖鸿飞，译）. 重庆：重庆大学出版社.

德勒兹，吉尔（2016）. 运动－影像（谢强、马月，译）. 长沙：湖南美术出版社.

德勒兹，吉尔；加塔利，费利克斯（2003）. 游牧思想（陈永国，编译）. 长春：吉林人民出版社.

斯塔姆，罗伯特（2017）. 电影理论解读（陈儒修、郭幼龙，译）. 北京：北京大学出版社.

刘岩（2010）. 差异之美. 北京：北京大学出版社.

李建会，苏湛（2005）. 哈拉维及其"赛博格"神话. 自然辩证法研究，20.

Watson, Eve (2020). A Psychoanalytic Exploration of the Film *Raw* (2016), with special emphasis on the capitalist discourse. *Psychoanalysis, Culture & Society*, 440.

Freeland, Cynthia A (1996). Feminist Frameworks for Horror Films. *Post-Theory*, 197.

Barton-Fumo, Margaret (2017). Pleasures of the Flesh. *Film Comment*, 46.

Powell, Anna (2005). *Deleuze and Horror Film*. Edinburgh: Edinburgh University Press.

Beugnet, Martine & Delanoë-Brun, Emmanuelle (2021). Raw Becomings: Bodies, Discipline and Control in Julia Ducornau's Grave. *French Screen Studies*, 212.

Colebrook, Claire (2013). Modernism without Women: The Refusal of Becoming-Woman (and Post-Feminism). *Deleuze Studies*, 450.

Haraway, Donna Jeanne (1991). Simians, Cyborgs, and Women: The Reinvention of Nature. *Simians, Cyborgs, & Women: The Reinvention of Nature*, 149.

作者简介：

包哲寒，文学硕士，温州大学人事处科员，主要研究方向为电影文化研究。

Author:

Bao Zhehan, M. A., clerk at the Personnel Department, Wenzhou University. His major research area is film culture.

Email:627096814@qq.com

书　评　● ● ● ● ●

广义叙述学中的一个新兴理论：评王委艳的《交流叙述学》

孙少文

作者：王委艳
书名：《交流叙述学》
出版社：九州出版社
出版时间：2022 年
ISBN：978－7－5225－0765－1

　　《交流叙述学》是王委艳首次系统、全面地论述他的交流叙述学思想的专著。一个理论的提出和建设不是一蹴而就的。从提出设想，到著述成书，作者历经了十多年的苦思、打磨。早在 2011 年，作者通过分析后经典叙事学中对"作者"的关注和描述，就提出后经典叙事学预示着"一种在文化的背景下交流叙事理论的形成"（王委艳，2011，p. 193）。2012 年的博士学位论文《交流诗学——话本小说艺术和审美特性研究》，围绕明清话本小说叙述，提出和论述了以"交流性"为核心的文本诗学系统。[①] 2013 年，作者参加第四届叙事学国际会议暨第六届全国叙事学研讨会（广州，南方医科大学），向国内外学者提出自己的理论设想，直面质疑，在随后的多年里，作者围绕"交流叙述学"思考不止，笔耕不辍，积累了丰富的研究成果，直至今日这部论著面世。交流叙述学是经过作者深思和打磨，有着深厚的理论沉淀与经过详尽论述检验后的一个新兴理论。

---

　　① 该博士学位论文于 2019 年出版，见王委艳：《交流诗学：话本小说艺术与审美特性研究》，开封：河南大学出版社，2019 年。

交流叙述学是广义叙述学，或说一般叙述学理论宏景下的一个理论分支，其核心观点是："交流性"是"叙述"本身的一个本质特征。该理论以"交流叙述"为研究出发点和落脚点，以一般的叙述体裁为研究范本，以融合符号学、语言学、哲学等的跨学科研究方法，探究人类以叙述方式交流的内在交流机制和图式，解释交流参与者、交流要素等之间如何以叙述文本为中心互相影响。交流叙述学让我们更好地理解"叙述"是人类生存、文化经验积累和传承的重要方式，而非仅限于一种文学体裁。

该书开篇及前四章铺垫理论基础、搭建理论框架，第五至九章围绕交流叙述的文本建构、交流叙述过程、交流叙述中的价值伦理和空间问题，对理论框架进行演绎式分析，第十章讨论数字化时代的交流叙述模式和特性，是对交流叙述理论的实践和应用。

一个完整系统的理论有其出现的学科背景，理论内涵一般包括理论基础、研究方法、研究对象以及重要的研究问题和应用。笔者依照此思路，首先提供交流叙述学概览，然后就其中一些问题与作者商榷，最后给出关于未来可研究的问题和方向的一点思考。

一、交流叙述学概述

（一）交流叙述学提出的背景

自 20 世纪 90 年代起，人文和社会学科出现了"叙述转向"。在转向潮流之下，叙述研究突破文学小说，走向广义的体裁，叙述概念被诸多学科普遍运用。学者们也开始跳出叙述文本和特定叙述体裁，来思考叙述本身，由此"叙述"成为研究对象，与人密切相关的叙述经验、叙述伦理道德、意识形态等也成为研究的题中应有之义。

叙述转向至今的三十余年见证了后经典叙述学的蓬勃发展，也见证了叙述学中的又一新趋势。后经典叙述学关注那些为经典叙述学所隐蔽、忽视的维度和要素，如空间、伦理价值维度，如语境、作者、读者等要素，跨学科研究方法成为叙述学研究的主流。然而，诸多理论学派仍或多或少受限于过去时、记录型的文学小说。广义叙述学打破了这一局限，采用符号学方法论，融合其他学科方法和视角，初步搭建起一般叙述学理论的框架，在国内已经打开了叙述学研究的新局面。①

在一般叙述学研究背景下，随着数字媒介技术的突飞猛进，交流互动的叙述特性凸显，从这一特性来研究"叙述"成为时代的命题，"交流叙述学"呼之欲出。

（二）交流叙述学的理论内涵

1. 理论基础和研究方法

以广义叙述学为理论推进的基础，尤其重要的是叙述的两条底线定义，"二次叙述化"概念，广义的叙述体裁观，符号意义和交流的文本建构观、底本、述本的文本层次观等。在广义叙述学基础之上，批判式借鉴叙述学的前身学科、相邻学科的理论成果，如诗学，包括俄国形式主义、巴赫金复调理论、新批评等，阐释学，形式美学和接受美学等，哲学，尤其是分析哲学，认知学，语言符号学，尤其是语用学。

在研究方法上，以符号学方法为基础，包括索绪尔传统的二元语言符号学，皮尔斯模式下的三元符号学。兼采纳跨学科的研究方法，融合了哲学、认知学、语用学等学科及这些学科交叉视角，在理论框架建构、交流机制分析过程中，借鉴了符号互动论，如符号自我、反身性等概念，语言分析哲学，包括日常语言分析，言语行为理论中的意向性、合作原则等概念。在具体分析策略上，因为所关注的交流性实际上呼应了叙述的动态性，作者给出的分析是一种历时动态的辩证式分析策略。这种策略较好地克服了之前的叙述学，尤其是结构主义范式下的叙述学静态的、割裂式的研究局限。

2. 研究对象和问题

以各种叙述类型为研究范本，探究人类以叙述方式交流的交流机制，所谓的"交流机制"，即关于交流叙述的内在运行系统和系统内部各层面（文本内/外、文本各层次）、各阶段（叙述化和二次叙述化）、交流各方（文本内如人物、叙述者、受述者，文本外如作者、接受者、叙述作者集团、接受者集

---

① 广义叙述学这一总体理论框架下，在门类研究和应用方面，有小说叙述研究（如谭光辉），有对流行文化现象的叙述研究，如陆正兰的歌词叙述研究，饶广祥的广告叙述研究，王小英的网络文学研究，唐小林、胡易容等的图像、媒介叙述研究，宗争的游戏符号叙述学，胡一伟等的戏剧、演出叙述研究，方小莉的梦叙述研究；在广义叙述学理论演绎和完善方面，出现了伏飞雄对叙述的一般问题研究，李莉对叙述层次的研究等。其他叙述学概念和理论也颇受广义叙述学的启发，如傅修延的"器物"叙述，尚必武的"非人类叙事"。而在叙述特性研究方面，有云燕对叙述的认知性研究、谭光辉对叙述情感性的研究，等等。

团等）的运行逻辑。"叙述""交流叙述""交流叙述的交流机制"可作为研究对象和问题的三个关键词。

3. 理论框架

作者的理论框架搭建思路是：先提出人类叙述的经验图式，再在图式的基础上抽象出交流叙述图式。

作者提出，人类的叙述经验呈现为"梭式循环"图式，作者、接收者两种身份，在时空演变中围绕作品历时地翻转，两种身份翻转动力在于人类的意向性、自反性。正是在这种翻转的过程中，叙述文本演变，人类经验得以交流、传承和发展。

理论的基本架构是文本内、外双循环交流图式。文本内循环交流图式是"人物－事件－人物"和"叙述者－故事－受述者"之间的跨层交流，文本外循环交流图式是"作者－叙述文本－接收者"和"作者集团－叙述载体－接收者集团"之间的跨层交流，以及文本内、外自身内部主体翻转式的交流（如作者和接收者身份的翻转，下面谈论重要概念时会解释）。文本内循环是建立在狭义文本基础上的、相对静态的、单向的交流图式，文本外循环是建立在更为宏大的社会语境、历史视野下的双向交流图式。

4. 重要概念和观点

第一，交流主体身份的翻转。

第一种翻转是交流发出方（作者）和接收方（接收者）身份的翻转，短时来看，翻转多为心理层面的隐性翻转，比如作者以读者的身份来阅读自己的作品，这是一种短时的、策略性的隐性翻转；历时来看，有但不仅限于作者集团和接收者集团的翻转，影响不仅限于心理层面，更具有历史文化传承和更新的作用。第二种翻转是作者－文本，文本－接收者两个交流阶段权力的翻转，后出现的文本－接收者的文本建构过程在交流叙述中更具主导性，它们传承或者批判作者文本。

在翻转的两种身份之上，存在一种复合的交流身份，即"作者的读者"，这种交流身份是叙述交流历时铺展开的主要交流主体和内在动力。相较而言，其他如普通读者、评论家读者身份在交流叙述中的参与过程不如"作者的读者"完整，参与动力和影响不如"作者的读者"强。

第二，交流、叙述文本建构与抽象文本。

从传统的小说文学叙述，到当今的数字互动叙述，叙述的解释推动着文本的生成、演变和传播，赋予了文本动态性和抽象性。根据皮尔斯的符号学，解释不仅在于个人，更在于人际，解释是一种交流对话。由此，交流是叙述文本的存在形态。

交流叙述普遍拥有"双向文本"，一个是作者－文本方向的来自作者的文本，携带着自身的逻辑和解读的元语言，另一个是文本－接收者方向的接收者文本，是在过去文本的基础上，对现在接收到的文本进行二度叙述化后的文本，是一种解释文本，是在文本和接收者之间互动交流基础上建构出一个抽象的叙述文本，与来自作者的文本有所不同。抽象文本之所以为文本，是因为它是符号，是实实在在的意义的感知。作者认为抽象文本是叙述文本的最终形态。这种抽象文本在"作者的读者"这一交流主体中，拥有具形为一个新的叙述文本的潜力。

第三，交流与交流叙述过程。

交流叙述从确定叙述交流框架开始，而后确定信息源，明确背后的权力源、思想价值源头等，识别交流主体的身份（主要是社会文化身份和角色），信息在叙述交流过程中变异、发展、传播，以反馈、产生影响和效果结束。这一系列的交流过程体现了"交流叙述"的两大特征：契约性、增殖变异性。所谓的契约性，是交流双方共享的发送和接收规约，是交流叙述开始的基础和能够进行下去的保障，但是由于交流过程中诸多因素变动，比如语境要素、交流方个体的意愿等差异，交流叙述会遇到冲突，甚至失败、归零。

第四，交流叙述对平等性、合理性的理想追求。

交流方地位平等是交流叙述的前提和基础，这种平等性之所以存在，一个重要原因是交流叙述主体可能的历时翻转，但是在局部阶段，交流双方会不可避免地出现不平等的局面，由此，文本内、外主体会采取不同的策略来尽可能保证叙述进行下去。叙述的合理性是实现交流叙述价值的关键，这种合理性来自叙述文本本身，比如它的体裁规约、文本元语言，也来自交流方共享的社会文化经验——正因为社会文化经验是判断叙述合理性的一个重要参考，不同的社会文化领域有不同的共享经验，由此，叙述的合理性是相对的、具有民族性或地域性的。在交流过程中，交流方会采取一些策略以提高交流的质量和效率，比如尽可能剥离与主体无关的语境要素、交流方个体的差异性，在文本内人物和叙述者有特定的视角限制，或者附着一些价值伦理等在叙述主题上，或通过症候式阅读/阐释等，达到特定的交流目的。交流叙述内在地指向平等的、合理的交流，这是交流叙述学在叙述伦理方面颇有深意的启发。

第五，交流与叙述空间。

作者讨论了叙述空间类型、叙述空间的叙述功能，并从人与空间的各种关系中总结出人作为交流叙述的主体,是如何通过叙述空间来构建叙述文本、赋予意义要素和进行交流的。从作者所区分出的虚拟的交流叙述空间和真实的交流叙述空间中,我们不难得出:"空间"实际上涉及交流叙述双循环图式中的各个要素,包括交流方的心理空间、所处的环境空间,文本内人物故事的空间、话语选择和组合的空间,等等;也涉及交流叙述双循环图式中的各个环节,尤其是接收者解释的环节,包括解释规则还原、对叙述逻辑的重构、各个层面要素意义的合成,等等。叙述空间弥漫在交流叙述的方方面面。它是从空间维度,对前面的叙述文本、叙述过程、叙述的伦理道德价值意义等进行的一次系统梳理。诚然,"空间"是叙述研究中的一个重要问题。

第六,交流与叙述媒介融合。

数字化时代,叙述媒介从单一走向融合,从实体走向网络虚拟。作者指出,网络叙述媒介使得交流叙述中,作者、文本和叙述者的层级性更复杂,具有更强的动态性:"作者"区分为"超级作者"和"次级作者",分别对应于超级叙述文本和次级叙述文本,叙述者也具有了动态性,这种动态性是指叙述者可能在不同文本层次中变换,由此叙述文本内外层次之间的跨层更加频繁,如文本外的接收者可能跨层进入文本内成为叙述者。在数字化叙述背景下,网络文学(如超文本文学)和网络活态叙述,因其交流模式的特性和时代性,而成为两种当今需要重点关注的叙述体裁。

二、商榷和未来研究的启发

(一)个别概念的商榷与请教

研究问题不同,视角和维度不同,自然在理论框架、概念和观点论述上会逐渐形成一套自己的话语体系。在该书中,我们看到不少新颖的概念,比如前面所说的"交流叙述翻转""抽象文本"等,它们具有很强的解释力和洞见性。不过,笔者对极个别概念的界定、区分感到有些困惑。

例如,第五章关于交流叙述文本的建构,作者提出,影响文本建构(或者说组成叙述文本)的要素有"主叙述""辅叙述""非语言叙述"和"零叙述"。这几个概念很有创见,尤其是"零叙述",借鉴自"零符号"概念,作者的"零叙述"非常形象地总结出叙述文本内、外各种叙述策略、现象中存在的"交流空白",恰恰是交流空白,凸显出文本建构中的交流主体的能动性。对"零叙述"的研究将会非常有趣。但是,其中"主叙述"和"辅叙述"之间可能存在龃龉,以及这几个要素之间的关系仍有待厘清。笔者在这里冒昧提出，谨向作者商榷和请教。

作者大体上以是否为文本意义建构的核心部分、是否为交流双方所共同认可的且边界相对清晰的文本为依据，来区分"主叙述"和"辅叙述"（着重号为笔者所加）。理论上看，两个概念区分很清楚，但落到实际例子上却有点模糊。比如，作者举例说话本小说中的"看官听说"不是故事的一部分，而是为了交流顺畅而进行的"情况说明"（p.126）。我们知道，"看官听说"是叙述者叙述的话语，是属于叙述中的话语层。作者在这里认为这个叙述话语不是主叙述，是一种策略，照此逻辑，作者认为话语层中叙述者的叙述策略是辅叙述。但是在前面解释"主叙述"时，作者又明确提出，"主叙述文本可分为故事和话语（或者底本和述本）以及'有意伴随文本'"（p.125）。那么，叙述话语到底是"主叙述"还是"辅叙述"？

在仔细研读作者对"主叙述"和"辅叙述"的论述后，笔者认为"主叙述"和"辅叙述"事实上糅合了"叙述行为"和"叙述文本"两个问题。"主叙述"侧重叙述文本的形态（比如文本成型与否、媒介是什么），而"辅叙述"侧重的是叙述行为策略（比如为了什么叙述效果、辅叙述是谁发出的、带有什么意图）。侧重不同，导致二者之间存有交叉："辅叙述"也可以成为文本意义建构的核心，比如元小说中的元叙述方式，而"主叙述"也可能对文本意义建构贡献有限，甚至于让位伴随文本，比如当代流量明星的身份（伴随文本）喧宾夺主，盖过她/他参演的某部影视作品（主要文本），即赵毅衡所说的"伴随文本执着"（2016，p.153）。回到前面的困惑：叙述话语到底是"主叙述"还是"辅叙述"？这种模棱两可刚好来自叙述话语恰恰是叙述行为在叙述文本的反映，刚好处在两个概念侧重的中间地带。"主""辅"是属于同一范畴的对立概念，但"主叙述"和"辅叙述"的所指又是叙述中的不同问题，龃龉由此而生。

此外，关于"非语言叙述"，根据作者的定义和给出的例子，"非语言"是相对于语言叙述来说的一种辅助叙述的要素，是一种"辅叙述"。那么，在媒介就是非语言的叙述中，比如雕塑、梦（只有梦中的画面和梦者的感知的梦）、纯音乐，这些非语言叙述是不是主叙述呢？在语言和非语言媒介融合中，比如电影叙事，非语言叙述不是和语言叙述一起构成主叙述吗？在这里，作者似乎是以语言叙述为非标出，以非语言叙述为标出，而交流叙述学关注的是广义的叙述体裁，"语言叙述""非语言叙述""语言与非语言结合的叙述"等量齐观，概言之，"非语言叙述"的"非语言"内涵，它和"主叙述""辅叙述"的关系，或许有待进一步厘清。

（二）未来研究的启发

在该书总结部分，作者已经指出了交流叙述学未来研究的两个主要方向，一个是对一般叙述学研究的理论框架的进一步完善，另一个是交流叙述学本身的理论建设，包括基础理论建设和理论实践。就第二个方向，笔者不揣浅陋，提出几点具体的未来可研究的问题和方向，供作者和读者批评。

首先，关于交流叙述学的理论框架，作者区分出了文本内、文本外的双循环交流图式。文本内的交流循环有前期诸多学者的论述铺垫，文本外的交流循环是该书的研究重点。但是文本内和外之间的交流跨层是如何实现的？对这个问题，作者在最后一章其实有所涉及，但笔者认为，因为"梭式循环"交流叙述经验是普遍存在的叙述经验，文本内、外二者之间的循环交流也应该是普遍存在于各种叙述体裁、媒介类型中的，除了新兴的数字化叙述，传统的叙述体裁应该也是有文本内、外两个层次之间的交流循环和跨层。它们的特征、规律是怎样的，与数字化叙述有何不同？对这些问题的探讨，可以反过来使双循环交流图式这一交流叙述机制内部运行更加紧密，而非简单的文本内、外两个循环交流图式一分为二。

其次，作者在交流叙述学理论基础上提出了一种数字互动叙述类型：网络活态叙述。这种叙述类型的研究亟待开展。它和实时叙述（如体育赛事直播等）有诸多不同。比如，实时叙述中，叙述发送并不一定是自觉的，由此特别依赖接收者的二次叙述化，但是网络活态叙述文本构成要素之一爆料人，即最初的叙述者，往往有很强的叙述自觉性。网络活态叙述中另一个重要因素是价值系统，即"关注点"和价值走向、价值结果，是这种叙述的精神内核。在网络事件充斥、构筑着我们日常生活的当下，面对网络传播并引发关注的种种叙述行为，引起的各种围绕事实和价值的争论，对网络活态叙述进行专门研究，具有很强的现实意义。

最后，交流叙述学或可以和传播学、传媒学等交流学科对话。作者对"交流"的分析主要来自叙述学学科本身，以及语言学，尤其是认知语言学和语用学。这部分是作者的文学小说研究兴趣、专业背景和研究基础使然，但更主要的，还是作者对交流叙述学研究对象和问题的清晰定位：交流叙述学研究的是"交流性"的叙述，而不是"叙述性"的交流。前者是以叙述为本，交流性为叙述的一个本质特征，由此交流机制在叙述文本内外的运行方式和规律是研究的旨归。但这也正启发我们可以融合和借鉴以"交流"为本的传播学、传媒学中的概念和思路，以一种更立体的研究视角来反观交流叙述学。

引用文献：

王委艳（2011）. 后经典叙事学的"作者"描述与建构交流叙事理论的可能性. 兰州学刊，9，193.

王委艳（2012）. 交流诗学. 南开大学博士学位论文.

王委艳（2015）. 明清话本小说专题研究. 北京：中国文联出版社.

赵毅衡（2016）. 符号学：原理与推演（修订本）. 南京：南京大学出版社.

作者简介：

孙少文，四川大学文学与新闻学院博士研究生，四川大学符号学－传媒学研究所成员，主要研究领域为符号学、叙述学。

Author:

Sun Shaowen, Ph. D. candidate of College of Literature and Journalism, Sichuan University, member of the ISMS research team. Her research fields are semiotics and narratology.

Email：verasun217@foxmail.com

网络新闻叙事学入口：评华进的《网络新闻叙事学》

李小钰

作者：华进

书名：《网络新闻叙事学》

出版社：中国社会科学出版社

出版时间：2021 年

ISBN：978-7-5203-8879-5

　　孔德认为，人类思辨的发展大抵经历了"三阶段"：神学阶段、形而上学阶段和实证阶段（华进，2021，p. 11）。随着科学技术的不断发展，作者认为当代社会正处于后孔德时代，成为一种被互联网"重装系统"后的社会。在这个时代里，人类正经历着思辨发展的第四阶段——"体验阶段"，主要表现为一种沉浸传播的形式。身处媒介技术快速发展的时代，人类单一的某种感官体验正转向多种感官的沉浸式体验。基于重新理解媒介，此书从跨学科视角来重新阐释何为"新闻"，何为"叙事"，何为"新闻叙事"，并从"叙事的社会历史语境""叙事文本""叙事的意义建构"及"叙事伦理"等多方面来剖析网络新闻叙事，"分别回答了叙事从何而来、叙事是什么、叙事为什么以及叙事向何处去等问题"（p. 4），结合文本结构分析、话语实践分析及宏观的社会学审视来探寻网络新闻叙事的内在规律，以期建构系统的网络新闻叙事学，并为新闻传播实践改革提供理论支持。

　　在绪论部分，作者首先提出三个问题并解答和揭示了 21 世纪的人类正处在"以人为中心，以连接了所有媒介形态的人类大环境为媒介而实现的无时不在、无处不在、无所不能的第三媒介时代"（李沁，2013，p. 12），互联网时代的新闻和传统意义上的新闻不同，而当下的新闻学也是对过去的一种继承和发展。接下来，作者基于当下的媒介技术对传媒生态的改变，发现媒介技术已成为社会的操作系统，呈现了人性化发展趋势，媒介技术已自带价值观并催生了后喻文化。作者进一步认识到需要"正确地认识媒介、理解媒介、善用媒介，才能在更高格局上把握最新传媒实践，实现新闻学研究真正意义上的突破"（华进，2021，p. 15）。最后，作者从叙事学与新闻学的共性——"新闻即叙事"入手，提出"人为叙事所包围，人本身就是作为叙事的存在，人是叙事的栖居"（p. 26），以叙事学来审视"新闻"是一种研究范式的转换，以及网络新闻叙事研究应该重点围绕"媒介"本身来展开等创新路径。此外，作者通过梳理文献发现，尽管国内外在"网络叙事"和"新闻叙事"领域均取得一定研究成果，但是对于二者的结合——"网络新闻叙事"却着力不够，因此建构系统的网络新闻叙事学正逢其时。

全书共分为七个章节。第一章聚焦网络新闻叙事的"社会历史语境"，回答"叙事从何而来"的问题；第二、三、四章分别聚焦网络新闻叙事的"叙事者与接受者""叙事结构""叙事话语"，回答"叙事是什么"的问题；第五章聚焦网络新闻叙事的"意义建构"，回答"叙事为什么"的问题；第六章聚焦网络新闻叙事的"叙事伦理"，回答"叙事向何处去"的问题；第七章基于前六章对网络新闻叙事的概述，进一步补充性地提出了几个值得继续思考的命题。作者所有的回答均是基于互联网深度介入新闻叙事之后所带来的一系列变化，立志在此基础上探寻并把握网络新闻叙事的内在规律。

一、从何而来：网络新闻叙事的社会历史语境

作者在绪论部分提出观察网络新闻叙事的四种方式：自然的、文本的、政治的和伦理的。而"自然的"观察方式即从叙事所处的社会历史环境来观察，这种观察不是静态的、僵硬的，而是去寻找社会表象后的"内在逻辑"。

首先，作者对互联网语境和社会语境给出明晰的定义，提出赛博空间的诞生开启了叙事的互联网语境。"赛博"（Cyber）源于古希腊语，含义为"控制""掌舵"，而"赛博空间"的概念最初来自威廉·吉布森（William Gibson）的科幻小说《神经漫游者》。费安翔、徐岱指出"赛博空间"的三个基本要素是：实时互动性、全息性和超时空。从该种意义上说，"赛博空间是一个融合的世界，它模糊了自然现实和虚拟现实的边界，并逐步成长为一个自足的世界"（p. 43）。相应地，在这个空间所发生的叙事生产、叙事传播、叙事消费等诸多行为也必然发生变化，有关叙事的诸多观念也将被推翻和重构，故网络新闻叙事学才应运而生。而社会语境是社会诸多因素综合形成的情境，若以媒介为切入口来观察我们所处的社会语境，会发现人类身处于媒介编织成的社会网络，信息传播的沉浸化和场景化成为潮流。"整个社会的话

语表达趋向娱乐化、各类边界更加模糊，社会的后现代特征也更加明显"（p. 43）。同时，叙事话语权也逐步下沉，信息管理难度加大，由此引发媒体监管的严格化。

接着，作者基于互联网语境，对叙事进行了再阐释，表明"从一部叙事作品中了解一个故事的时代应该结束了"（胡亚敏，2004，p. 78），叙事由自足走向开放。与传统叙事不一样的是，互联网叙事并非要表现为一个完整的时间序列，并非要有一个开头和结尾。进一步，作者对互联网新闻叙事进行再阐释，表明了"互联网语境下新闻叙事的再阐释主要体现在对新闻叙事主体、叙事方式、叙事本质以及叙事体验的重新思考。在互联网语境下，新闻叙事的本质已经由对新闻事件的原创性采写，转变为对新闻信息的创造性管理，同时，基于大数据分析的预测性新闻内容成为未来媒体内容生产的新宠；叙事方式也由线性的单向度叙事，转变为由编辑记者和网民共同参与的、动态的、连续性的、互动式的集体叙事；叙事文本则由单一的、权威的作品形式，转变为开放式的、可实现文本间直接跳转的文本集合；新闻叙事者与接受者在整体上也呈现出一种混沌的状态，形成新型的写读者身份；新闻叙事体验也由旁观性叙事向沉浸式叙事转变"（华进，2021，p. 71）。

最后，作者对互联网语境下新闻叙事的混沌性进行了解释，以引入"熵"的概念来表现其无序性、不确定性和复杂性。作者赞同"混沌绝不是简单的无序，而更像是不具备周期性和其他明显对称特征的有序态"（郝柏林，2004，p. 42）。作者指出混沌并不是混乱，而是一种更高阶的有序，其主要体现在情节的混沌性、结构的混沌性与信息的混沌性。

二、是什么：网络新闻叙事的文本

接着，在进一步聚焦"语境中的叙事"，回答"叙事是什么"的问题上，作者主要从互联网语境下新闻叙事者和受叙者的转型、互联网语境下新闻叙事结构的再造和互联网语境下新闻叙事话语的重构三个方面来分析网络新闻叙事的文本。

首先，就互联网语境下新闻叙事者和受叙者的转型，作者从四个方面展开论述，分别是：从传统新闻叙事者到网络新闻叙事者、互联网语境下新闻叙事者的转型、互联网语境下新闻受叙者的转型以及互联网语境下新闻叙事阐释的复杂性。首先，作者基于赵毅衡的《叙述者的广义形态：框架-人格二象》认为网络新闻叙事既体现为一种"实在性叙述"，又体现为一种"互动叙述"，即同时处于"框架-人格二象"序列的两极。结合这样的设定，在新的媒介生态环境下，作者大胆地从理论意义上提出新闻叙事者的三种样态：
"第一种是纯粹的人格化叙事者，这类叙事者普遍存在于传统新闻叙事作品
中；第二种是纯粹的框架化叙事者，具体表现为目前比较流行的机器人写作
者；第三种是二者的结合，可称之为'人机综合体'叙事者，这类叙事者擅
长编辑式的互动叙事，新闻叙事体现为一种人机互动模式下的信息流。"（华
进，2021，p.77）同时，作者认为网络新闻叙事者主要体现为后两种样态。
基于巴尔特的"作者之死"，在网络新闻叙事中，作者认为"作者之死"并不
意味着具有生理特性的创作主体的锐减或消亡，而是指在网络新闻这样一种
可写性文本中，与作者相对的读者话语权的无限增长。即作者这个主体在与
读者的互动中散播开来，"形成了作者－读者－文本融为一体的状态，进而构
成了一个多维的空间"（p.78），即要关注作者与读者形成对话、交流甚至整
合之后的新的存在形态，这种形态的特征华进称为"主体间性"。同时，作者
认为网络新闻叙事已经由对新闻事件的原创性采写为主转变为对新闻信息的
创造性管理为主，随着"作者之死"实现的是作者身份的涅槃，即写读者
（wreader）的诞生。"写读者，又称'合一作者'（co-writer），是指人们在虚
拟条件下进行艺术协作创造出来的新的作者身份"（p.79）。此外，作者还提
出"人机综合体"成为网络新闻叙事者，这里的"人"指由编辑、记者、消
息来源、网民等组成的集体，"机"指连接互联网的虚拟平台及设备终端。同
时，机器人初步成长为特定领域的新闻叙事者，在如财经、体育、气象、科
技、汽车、房产等较多涉及数据统计的领域大显身手。基于以上对新闻叙事
者的转型分析，作者认为互联网构成了一种全新的叙事语境，"多元叙述主体
共同参与新闻叙事，一个叙事混沌的时代（an age of narrative chaos）已经到
来"（p.84）。接着，对于新闻受叙者的转型，作者认为体现在身份变迁即从
纯粹的叙事观者到叙事观者与生产者的合一，在网络新闻叙事中，新闻受叙
者的身份首先是从被动的叙事观者转变为活跃的叙事参与者，再进一步演进
为生产者，体现为：受叙者的"点击"是实现网络新闻叙事的途径以及受叙
者的互动行为对网络新闻文本的重新建构。此外，关于新闻受叙者对新闻的
阐释，作者认为主要基于两大方面：一是基于新闻的叙事语境和社会历史语
境，二是基于受叙者对新闻叙事文本的"叙事化"过程。在网络新闻叙事中，
作者认为网络新闻文本是以开放性的超文本出现的，呈现出多层次性和动态
性特征，同时传统媒介的宏大新闻叙事在互联网语境下面临解体，取而代之
的是分布性的碎片化叙事。而新闻受叙者的"叙事化"策略主要包括对叙事
结构的重新组织、对叙事时空的重构、对多媒介叙事的认知等方面。

其次，针对互联网语境下新闻叙事结构的再造，作者从三个方面展开论述：互联网语境下的新闻叙事单位、互联网语境下的新闻叙事结构模式和互联网语境下的新闻叙事结构逻辑。对于新闻叙事单位，与传统叙事学涉及的三种叙事单位相比（功能、事件和序列），作者提出网络新闻的叙事单位：微内容。网络新闻文本是一种框架式的叙事文本，各种小的内容模块（标题、作者、内容提要、正文、相关链接、留言等）组成了一个叙事的整体，因而将这些小的内容模块命名为"微内容"。对新闻叙事结构模式来说，主要分为底层结构和复杂结构。底层结构指的是三层次超文本，"一则简单的网络新闻叙事往往呈现出三层次结构，即'新闻核心层（标题页）→新闻扩展层（正文页）→新闻延伸层（链接页）'的简单结构"（p.117）。复杂结构指的是基于分形的嵌套文本，这种结构主要有以下三项特征：嵌套文本结构的自相似性、嵌套文本结构的标度不变性以及嵌套文本结构趋向无限"长尾"。对互联网语境下的新闻叙事结构逻辑来说，作者认为它本质上是一种耗散结构，是指"在远离平衡的条件下，借助于外界的能量流、质量流和信息流而维持的一种空间或时间的有序结构"（朱海松，2010，p.100）。"耗散"和"结构"是一对辩证统一的矛盾，耗散意味着混沌和分解，结构却是一种有序，而网络新闻叙事作为网络传播的一种重要形态，其结构本质上也体现为"无序中见有序"的耗散结构，而这种"有序"表征为文本结构中的标题轴心与意义场。

最后，在互联网语境下新闻叙事话语的重构方面，作者从三个方面来论述：互联网语境下新闻叙事的符号特征、互联网语境下的新闻叙事视角和互联网语境下新闻叙事的时空特质。在互联网语境下新闻叙事的符号特征方面，作者指出网络新闻文本是特殊的超文本，其互动式、非线性的书写特征使超文本符号的所指/能指发生了漂移，主要表现在"漂浮的能指"与"滑动的所指"。"漂浮的能指"源自法国精神分析学家雅克·拉康（Jacques Lacan）的理论，关注的是无意识现象，但其在互联网语境下得到一种跨越式的回应，即在网络新闻叙事中，这种"漂浮的能指"指建立在人机互动基础上的文本的不确定性。非线性、可选择性、不确定性是超文本的三大特征。网络新闻作为一种超文本，其叙事的有效性依赖于接受者的参与，文本的能指也随着接受者的选择与点击不断发生变化，正是这种互动式的书写特征促成了能指的漂浮。在能指链中，各个链接点之间并非环环相扣，而是呈现开放式的结构，新的能指可以随时介入，原有的能指也可以随时退出，文本由线性走向了非线性，由单一走向了复数。能指发生漂移的同时，所指也随之滑动，即在文本不断被书写和改写的过程中，所指的对象及意义发生了延伸、拓展、转换甚至替代。"文本符号的所指在互动中无限累加，并逐步形成无比庞大的堆积物——一个意义的螺旋体。"（华进，2021，p.127）

在互联网语境下的新闻叙事视角方面，作者依据叙事视角的权力限定，将其区分为三种类型：编辑式全知全能视角、人物限知视角和纯客观视角。其中人物限知视角又分为三种：固定人物限知视角、不定人物限知视角和多重人物限知视角。在编辑式全知全能视角的叙述中，叙述者无所不知，它既可观察到事物表象，又可深入人物内心，还可对事实进行主观评价，堪称"上帝之眼"；人物限知视角则主要从一个或多个人物出发，人物所知即叙述者所知，除此之外，叙述者一无所知，因此，它是"人物之眼"；纯客观视角是一种外视角，是指从一个非人格化的视角来叙述，只反映外在客观事物，无法把握人物的思想情感，相当于"摄像机之眼"。互联网语境下新闻叙事视角的特殊性指网络新闻叙事视角运用的特殊性，体现在编辑式全知全能视角的广泛运用、人物限知视角的运用更为灵活和频繁、较少运用纯客观视角以及复合视角的运用成为常态。

在互联网语境下新闻叙事的时空特质方面，叙述是在一定的时空中进行的，所述之事也发生于一个既定的时空，二者之间的关系衍生出复杂的时空纠葛。时空特质主要体现在互联网新闻叙事的时间特质、互联网新闻叙事的空间特质和互联网新闻叙事的新时空。在时间方面，从时序、速度、频率三个维度可观测网络新闻叙事时间的独特性。一是时序更加复杂，较难重建完整的故事时间。一般来说，话语时间是线性的，故事时间则是多维的，二者不可能平行，这便形成种种错综复杂的时间关系。二是速度随时变更，叙事张力提高。叙述速度可分为五种。第一种，故事时间与文本长度处于平行状态，称为"等述"或"场景"。新闻叙事中体现为直接引语、新闻直播等形式。第二种，故事时间在文本中得不到任何反映，即文本长度为零，称为"省略"。新闻叙事中体现为对事实的选择性遮蔽，即叙述断点的设置。第三种，文本长度不与任何故事时间相对应，即故事时间为零，故事时间被"悬置或休止"，称为"静述"或"停顿"。新闻叙事中体现为情景描写和抽象议论。此外，还有两种叙述速度；在省略和等述之间的"概述"和在等述和静述之间的"扩述"。三是频率大大增加，叙事更加稠密。网络新闻叙事的非线性和互动性特征为提高叙述频率提供了便利，同一事件将经历多次叙述，再加上网民的叙述式评论，网络新闻的叙述频率被提升到很高的程度。在空间方面，互联网新闻叙事的空间特质表现为话语空间的同时双重性。"故事空间指事件发生的场所或地点，话语空间则是叙述行为发生的场所或环境。"
(Chatman，1978，p.97) 网络新闻的叙述者是多元化的，每一个叙述者在叙述时都处于一个特定的"位置"，都有其现实的存在空间。网络新闻叙事的话语空间体现出双重性特征："它是真实与虚拟的共存，是不同空间在同一空间的叠合。"（华进，2021，p.155）在互联网新闻叙事的新时空方面，作者主要指的是场景和游戏。场景是基于定位的一种即时性时空，与场景相关的五要素是大数据、移动设备、定位系统、社交媒体和传感器，而进入场景时代是媒介融合的结果。新闻游戏分为两个类别：一是对新闻事件进行改编的严肃游戏，二是作为互动新闻的叙事策略。作者指出游戏与新闻叙事的结合源自多方社会因素的推动，首先是传播环境的变化，其次是游戏行业的发展影响了传媒业的产业格局。

三、为什么：网络新闻叙事的意义建构

互联网语境下的新闻叙事与传统媒体的新闻叙事一样，都是有目的地讲故事，都隐藏着一定的价值取向。作者从三个方面阐述网络新闻叙事的意义建构：叙事即意义、互联网语境下新闻叙事意义建构的特殊性和互联网新闻叙事的意义建构手段。首先，叙事即意义。柏拉图言：谁说故事，谁就控制社会。新闻叙事是一种特殊的叙事，可以通过意义的建构来引领社会发展。华进认为"严肃意义上的新闻（journalism 而非 news）的核心和灵魂体现为一种'公共性'，其需要实现的功能是启蒙民众、监督权力和提供论坛"
（p.166），因此对新闻叙事中意义建构和舆论引导的重要性展开相关研究显得尤为重要。互联网语境下新闻叙事意义建构的特殊性一方面体现在开放叙述场中专业媒体话语权的萎缩。在互联网语境下，叙事不是一个自足的封闭的过程，而是处处呈现出开放性的特点。多方叙述者参与叙事生产，传统意义上的单一叙述者的话语霸权被消解，"读者"话语权增大，促成了开放的叙述场的形成。此外，作者指出专业媒体话语权萎缩的实质表现在叙述主体、叙述话语和叙述框架。首先，就叙述主体而言，官方舆论场体现为精英化叙事，代表官方立场，因而多为"一种声音"，而民间舆论场体现为大众化叙事，代表民间立场，会发出"多种声音"。其次，就叙述话语而言，在语言风格上，官方舆论场的叙述比较严谨，偏向政治性话语，民间舆论场则偏向情绪化的表达。最后，就叙述框架而言，"官方舆论场的叙述往往遵循一定的框架和叙事模式，而民间舆论场的叙述框架则几乎不存在，它们活泼生动，个性十足，很难用某种模式来概括"（p.167），因此早先为官方舆论场所忽略的民间话语

逐步登上历史舞台。另一方面，议程设置的反转现象也影响新闻叙事的意义建构，从传统媒体为网络媒体设置议程，变成了网络媒体为传统媒体设置议程。此外，舆论更易反作用于新闻叙事。舆论是公众针对社会公共事件所表达的意见集合体，它代表着一种社会评价，是社会心理的反映，也必然代表着某种社会真实，且舆论内部的循环会反作用于新闻叙事。首先，网络舆论先于新闻叙事产生和传播，发生"舆论倒灌"现象，即媒体机构与媒体从业者的生产行为与交付结果可能是追随网络舆论。其次，网络舆论由新闻叙事所触发，并进一步推动新闻叙事的产生，发生"舆论倒逼"现象。最后，网络舆论与新闻叙事同步产生与传播，发生"舆论共生"现象。网络舆论与新闻叙事作为两条线索相互补充、相互强化或者相互冲突与矛盾。作者还指出大数据时代的舆论预测会影响新闻叙事的再生产。接着，在互联网新闻叙事的意义建构手段方面，作者指出新闻是一门叙事的艺术，讲好故事是有效建构意义并引导舆论的关键，即精准地挑选叙事题材和在叙事过程中也要讲究策略与方法。

四、向何处去：网络新闻叙事伦理

最后，在回答"叙事向何处去"的问题上，作者主要聚焦于互联网语境下新闻叙事伦理的重塑，从互联网语境下新闻叙事伦理的新阐释、不同技术形式下的新闻叙事伦理、不同内容性质的新闻叙事伦理问题、新闻叙事伦理问题究因和建构新闻叙事伦理来引导叙述与现实的和谐互动这五方面进行论述。首先，新闻叙事伦理包括三个维度：故事伦理、叙述伦理与效果伦理。故事伦理侧重的是叙事中的伦理主题，而叙述伦理聚焦的是伦理主题如何在叙事中得以呈现，前者属于内容层面，后者属于形式层面。相应地，新闻叙事伦理也包含了故事伦理和叙述伦理这两个层面，前者关注的是新闻在叙事过程中展现了怎样的伦理主题，后者关注的是这些伦理主题是如何被展现的。"效果伦理聚焦的是新闻叙事在与社会现实互动过程中所产生的伦理问题。故事伦理和叙述伦理更多是从文本本身来讨论伦理问题，效果伦理则是从文本的语境层面讨论伦理问题。"（p. 198）其次，不同技术形式下的新闻叙事伦理包括大数据伦理、屏幕（界面）伦理、人工智能伦理和平台伦理。在大数据时代，隐私因其稀缺性和真实性而具备很高的价值，一旦被非法应用后果不堪设想。因此，关注数据相关主体的权利与责任问题迫在眉睫。此外，为了更好地吸引屏幕前的人，界面的设计越来越讲究，非常人性化。人工智能伦理考虑的是如何立法约束人工智能行为。平台伦理体现在：一方面，平台媒体须对自身所拥有的权利保持敬畏，谨慎使用；另一方面，新闻叙事者也要根据不同平台适当调整叙事策略。接着，作者指出不同内容性质的新闻叙事伦理会引起各种问题，包括作为叙事者的人机综合体的追责问题、技术过度加持叙事导致真实隐匿的问题、社交媒体新闻叙事中公私界限的变动问题、"反叙事"问题以及新闻叙事话语中的非善现象问题等。值得注意的是，新闻叙事话语的非善现象主要体现在语言歧视、语言暴力、语言腐败三个方面。语言歧视包含但不限于性别歧视、生理缺陷歧视、职业属性歧视、社会地位歧视和地域歧视等方面。这些歧视现象在传统媒体时代早已存在，进入互联网时代则更为普遍，随意打开网页，语言歧视比比皆是，"女司机""女博士""富二代""瞎子""聋子"等字眼层出不穷。语言暴力现象在网络时代尤其明显。华进认为新闻叙事话语使用不当极易在互联网中引发舆论暴力，形成媒体逼视，给当事人身心造成难以挽回的伤害（p. 217）。语言腐败指的是偷换语言概念，冠恶行以美名，以达到操纵人心之目的。然后，作者指出新闻叙事伦理问题究因体现在媒介技术在消费社会中的"双刃剑"效应、新闻叙事生产的"注意力经济"导向、新闻受叙者与叙事者的"合谋"和新闻媒体多重身份背景下的矛盾与纠结。最后，针对建构新闻叙事伦理来引导叙述与现实的和谐互动，作者提出要正确处理人机关系、人是一切的尺度，倡导叙事理性和重塑专业理念，以达成新的价值共识。

结　语

回顾全书，作者回答了叙事从何而来、叙事是什么、叙事为什么以及叙事向何处去等问题，挖出了一个网络新闻叙事学的入口。阅读全书，可以发现作者在比较与演绎中深入探寻网络新闻叙事的内在规律及其符号意义与社会价值，矢志达到建构系统的网络新闻叙事理论并指导新闻传播实践、维护和谐网络秩序之目的。在该书中，作者经过综合的研究，发现国内外尚无采用叙事学理论研究网络新闻的系统性著述，故该书的研究不仅在研究方法和视角上实现了创新，同时在研究目标上也开拓了一个崭新的发展空间。

引用文献：

李沁（2013）. 沉浸传播：第三媒介时代的传播范式. 北京：清华大学出版社.

胡亚敏（2004）. 叙事学. 武汉：华中师范大学出版社.

华进（2021）. 网络新闻叙事学. 北京：中国社会科学出版社.

郝柏林（2004）. 混沌与分形：郝柏林科普文集. 上海：上海科学技术出版社.

朱海松（2010）. 网络的破碎化传播：传播的不确定性与复杂适应性. 北京：中国市场出版社.

Chatman, S. (1978). *Story and Discourse: Narrative Structure in Fiction and Film*. Ithaca: Cornell University Press.

作者简介：

李小钰，四川大学外国语学院硕士研究生，主要研究方向为英美文学。

Author:

Li Xiaoyu, M. A. candidate of College of Foreign Languages and Cultures, Sichuan University. Her research mainly focuses on British and American literature.

Email: cynthia995@163.com

叙述学与文体学的相互观照：评《叙述文体学与文学叙事阐释》

黄飞宇

作者：徐有志，贾晓庆，徐涛

书名：《叙述文体学与文学叙事阐释》

出版社：上海外语教育出版社

出版时间：2020 年

ISBN：978-7-5446-6132-4

在面向文学作品时，叙述学与文体学学科的结合受到了国内外研究者的关注，"文体学与叙事学相结合在西方已成为一种势不可挡的发展趋势"（申丹，2006，p. 64）。叙述学与文体学都通过研究文本的形式特征对文本含义进行阐释，叙述学聚焦于结构技巧层面，文体学则聚焦于语言技巧层面，作品的艺术性由叙述技巧和文体技巧共同实现。申丹在文章《文体学和叙事学：互补与借鉴》中分析了叙述学和文体学的互补关系，梳理了学界对两个学科的交叉研究，并将其大致分为"并行""温和"与"激进"三种方式。其中，相比于"并行"派在叙述学领域和文体学领域分开著述，并未将二者的分析方法综合起来，以及"温和"派只是借鉴叙述学的概念作为文体学分析的框架，"激进"派的西方文体学家采用了较为"激进"的方式来"吸纳"叙事学。（pp. 63-65）"激进"派的代表保罗·辛普森（Paul Simpson）在著作《文体学》中提出了"叙事文体学"（narrative stylistics）作为二者融合的框架。但是，辛普森提出的叙事文体学存在着局限性，"似乎也不足以说明它是两个学科、两种分析方法的融合。因为 narrative（叙事）指的是叙事作品，而不是叙事技巧，更不是对叙述技巧进行分析的方法"（徐有志、贾晓庆、徐涛，2020，p. 2）。

《叙述文体学与文学叙事阐释》在叙述学与文体学的关系层面上更接近"激进"派的理论立场，试图"建立一个叙述文体学的综合分析理论框架，展示叙述学和文体学这两种分析方法何以能够做到很好融合，对文学叙事做出更有说服力的解释。融合叙述学和文体学分析，不应是把二者各自单独分析的结果简单相加，而应是使两种技巧在对方的观照下呈现作品更深刻的意义，从而更全面地揭示文学叙事的主题"（p. 3）。该书研究的是叙述技巧和文体分析的结合，与辛普森的叙事文体学区分开来，以"叙述文体学"（narratological stylistics）命名。

叙述学与文体学的结合很大程度上依赖着"前景化"（foregrounding）原则。前景化的概念来源于布拉格学派的穆卡洛夫斯基（Mukarovsky）的论文《标准语言与诗歌语言》①，特指"作者为了作品的美学价值和主题意义对标准语言（语法）有意识的违背或偏离（这属于性质上的前景化），或者指作者出于同样的目的而频繁采用的某种语言结构（这属于数量上的前景化）"（申丹，1998，p. 85）。文学文体学的研究一般遵循着前景化原则，通常依据文本的主题意义，判断前景化的语言现象。其中，英国文学文体学家纳什（Walter Nash）的分析模式强调对文体技巧的发现有赖于对文本表达层和信息层的把握，"把握好总体结构才能较系统地找出相关的文体特征，而对文体特征的发现又能证实、修正或加强对总体结构的理解"（p. 79）。纳什的研究为前景化的叙述学与文体学的结合提供了依据。该书主要的研究问题是"被前景化的叙述技巧与被前景化的文体技巧如何共存、互补或合作的"（徐有志、贾晓庆、徐涛，2020，p. 66）。在前景化原则下，该书认为"与文体技巧相比，叙述技巧有限得多。另外，叙述技巧通常是发现和分析文体特征的宏观框架"（p. 67），因此，该书以叙述技巧为出发点，结合前景化的文体学分析加以佐证与修正，共同阐释文本意义。

该书的特点还体现如下：首先，关注到了西方后现代主义"否认作者"的思潮，认为形式分析还应与中国特色的人本立场相结合，希望通过形式分析帮助读者接近作者对世界的独特理解；其次，认为西方结构主义者对叙述结构共性研究具有局限性，在提供叙述文体学的分析框架时采用实例分析的方式，强调以具体文本的前景化原则为指导，不能机械套用；最后，具有读者意识，兼顾读者在叙事分析中的作用，尤其强调读者的认知能力在分析中的必要性。

全书共分为九个章节。前四章对叙述学、文体学的理论进行介绍，梳理

---

① 请参见 Jan Mukarovsky. "Standard Language and Poetic Language", in Freeman, D. C. (ed). *Linguistics and Literary Style* (Holt, Rinehart and Winston, 1970)，pp. 40—56.

了学界对叙述学与文体学综合分析的尝试，做了文体学与叙述学相关理论的综述，分析了水平叙事结构与垂直叙事结构两类叙事结构，阐明了该书理论框架的基础与适用范围。在第五章，作者建立了一个总括性叙述文体学分析框架，该框架从人物、地点、事件、时间技巧、空间形式、视角等叙事成分分别展现了叙述文体学如何应用于文本。由于 20 世纪初出现的分水岭——传统小说逐渐转向现代小说，叙述技巧出现了大量创新，因而本章继续构建了针对现代小说的分析框架："传统小说家更注重的是在人物刻画、背景描写和故事讲述等方面的创新，而现代小说家更看重的则是灵活的视角变换、复杂的时间安排和有象征意义的空间形式。"（p.92）因此，该书将现代小说的主要结构成分浓缩为时间技巧、空间形式和视角运用，并在第六、七、八章专辟章节，从理论建构和实例分析两方面着重讨论现代小说的这三种技巧。本文也将从现代小说的时间技巧、空间形式与视角运用三个方面来呈现叙述文体学的应用。

一、叙述文体学下的时间技巧

在现代小说中，作者常采用时间产生技巧重新安排自然时序，使时间扭曲，时间技巧与作者世界观产生更加紧密的联系。该书认为通过热奈特描述的"时序"（order）、"时距"（duration）与"频率"（frequency）三大宏观的时间技巧，结合文体学分析，能够更好地挖掘时间技巧的意义，发现前景化的时间技巧与主题的关系，从而深刻阐释主题。

现代小说中，传统的时间顺序被视作虚假。在急剧改变的现代社会中，作家感到对世界的理解只有靠技巧的创新才能实现。许多现代小说家对时序进行了处理，当一段比较长的叙事片段偏离了故事层面的自然时序时，这段叙事便在其上下文形成的背景中被前景化了，出现了大规模的时间扭曲。时间扭曲并不是现代小说家的新发明，但被现代小说家更为大胆地应用。与传统叙事小说相比，现代小说中的时间扭曲与主题和作家的世界观之间的关系更为紧密，这使得时间扭曲被赋予了更多的意义。

在时间技巧方面，热奈特提出了时距、频率和时序三个重要概念。首先，在时距方面，热奈特描述了四种速度技巧，即"停顿"（pause）、"场景"（scene）、"总结"（summary）和"省略"（ellipsis）。其中，场景通常出现在对话中，一般认为场景中故事与叙事等速。于是，加速和减速成为小说的基础节奏，而节奏又可以通过语言产生，是"文体学研究的专利"（p.77）。例如，对于加速而言，词语层面短句的使用，单音节重读动词的并置等都可以使读者产生叙事加快的感觉。其次，在频率方面，热奈特描述了四种频率。其中"重复"（repetition），即将发生一次的事情讲多次，是叙述文体学分析的重点，因为重复中常常有文体变化或视角变化。最后，在时序方面，热奈特区分了三种时间倒错，即"倒叙"（analepsis）、"前叙"（prolepsis）与"无时序"（achrony）。肖特①（Mick Short）认为叙述学区分的时序类型为文体学分析提供了宏观框架，反过来，各个时空之间的文体特征又帮助人们确认或修正不同时空之间的关系。这些文体技巧包括时态、字形变异等标志以及人称代词等。在时序的三种技巧中，无时序"通常是很难在叙事作品中定位的，多是零星的"（p. 100），前叙"主要表示的是叙述者或聚焦者能够在故事展开之前就了解并且交代故事结局的特权，且其时序特点通常与人物刻画和主题表现并没有很大关系"（p. 101），所以重点关注倒叙，大幅度的倒叙常凸显过去对人物的思维和生活产生了很大影响，对主题与角色的解读更有价值。本书以倒叙为主，其他时间技巧为辅，介绍了现代小说中叙述文体学在时间技巧中的应用，并结合福克纳的小说《八月之光》进行实例分析。

在《八月之光》中，主人公乔和莉娜的过去都在人物出场后以倒叙的方式介绍出来。对莉娜过去的讲述仅占了六段篇幅，莉娜的过去"只是作为她的必要背景，以及对她来杰弗逊镇寻找她孩子的父亲的行为的解释"（p. 106）。而对乔的过去却从第六章一直延续到第十章结束，因为这段倒叙能够说明"乔不是天性邪恶、仇恨和暴力的。造成乔现在的生活态度的，主要是早年给他造成巨大不幸的那些人，而不是他天生的个性"（p. 107）。关于乔的大规模倒叙表明了过去对他的影响，其中有着突出的文体特征。在开始回忆前，叙述者的开场词如下："记忆里积淀的必早于知晓的记忆，比能回忆的长远，甚至比记忆所想象的更久远。"（福克纳，2004，p. 84）其中出现了"记忆""知晓""回忆"等大量表示认知的词汇，充斥着认知过程的迂回重复。对这三句话进行及物性分析便能发现"'记忆'以或隐或显的方式占据了原应是认知主体的位置"（徐有志、贾晓庆、徐涛，2020，p. 116）。在倒叙部分，"记忆"高频出现，且经常作为认知动词的感知主体，说明"'记忆'代替本应是认知主体的人掌握着认知活动"（p. 116）。记忆成为有意识的主体，牢牢

---

① 肖特于1999年发表的论文对短篇小说《非洲秃鹳噩梦》的叙述技巧与文体技巧同时进行了研究，揭示了其中最突出的倒叙技巧与文体技巧相辅相成的关系。请参见 Short, Mick, "Graphological Deviation, Style Variation and Point of View in *Marabou Stork Nightmares* by Irving Welsh", in Paul Simpson (ed). *Stylistics: A Resource Book for Students* (Routledge, 1999), pp. 176-185.

控制着乔的命运，使他无法忘记扭曲的过去，无法正视现实。小说让乔在记忆的控制下走向毁灭，这象征着福克纳的主题——"现代人无法掌控命运的荒诞处境"（p. 118）。

"叙述学分析说明了过去的分量，而文体学分析更细致、生动地揭示出过去作用于乔的具体方式。"（p. 120）前景化的叙述学技巧和文体学技巧能够互相解释、补充、证实，使得叙述文体学的分析有效、深入地表现福克纳对美国南方被过去的记忆困扰着、无法面对战后现实的理解，深刻揭示叙事作品的主题和作家的世界观。

二、叙述文体学下的空间形式

在传统的文学批评中，研究者多关注叙事时间，而忽视叙事空间，直到20世纪后半叶"哲学社科领域里出现了空间转向，叙事学也迅速融入这一潮流"（王安，2008，p. 142）。该书构建的叙述文体学框架重点关注空间形式，认为小说的叙事空间形式与主题具有相似性，并且叙述空间形式能通过融入文体学的解读获得象征意义。

约瑟夫·弗兰克（Joseph Frank）首次明确提出了叙事空间的问题。他在《现代文学中的空间形式》[①] 一文中分析了现代主义作家终止时间流、突出空间化的创作手法，提出了"空间形式"（spatial form）理论："须通过'反应参照'（reflexive reference）的阅读机制，打破作品文本的线性和故事的时序性（the sequential or temporal principle），把散落在作品各处的词组、语句、片段、思想等因素'并置'（juxtaposition）起来，从而形成某种连贯的、自治的解读。"（徐有志、贾晓庆、徐涛，2020，p. 87）空间形式的形成方式有多种："意识流、多重视角、多情节、断裂、拼贴、蒙太奇等，具有延缓、中断叙事顺序调查作用的场景描写也是其中之一。"（p. 87）乔伊斯在《尤利西斯》中以意识流结构取代了传统情节结构，其中"既有流动不已的直线形意识活动，又有辐射形块状意识结构"（p. 88）。而福克纳的《喧哗与骚动》中多重叙事角度的排列是"极富有美学效果的空间组合形式"（p. 89）。对空间形式的觉察和分析离不开对相关文体特征的发掘，空间形式由被前景化的文体特征构建起来。该书仍以《八月之光》作为案例，分析小说中的空间结构是如何被文体学特征赋予主题意义的。

---

① 请参见 Frank, Joseph, "Spatial Form in Modern Literature: An Essay in Two Parts"（*The Sewanee Review*, vol. 53. no. 2, 1945），pp. 221−240.

《八月之光》的叙事安排呈现出环形结构。乔的故事始于他第一次出现在杰弗逊镇的锯木厂，接着便是倒叙部分：从他五岁时于圣诞节被丢在孤儿院，到他被麦克伊钦夫妇收养的十三年，以及离开养父母的十五年，直到他来到杰弗逊镇，也就是故事开头的时空。从叙事的宏观安排上来说，乔的一生就像一个环形，从杰弗逊镇的故事开始，又倒回到先前的经历不断往前推进，最后回到杰弗逊镇的故事上来。读者会感受到"杰弗逊镇的经历处在乔的故事的两端，它们被过去的经历打断又相接，使得乔的故事呈现出环形"（p. 135）。

诚然，许多倒叙的安排都会让小说呈现出这样的环形，但是"按照叙述学的安排粗略勾勒的空间形式被语言特征充实、呼应，因而有了具体的意义"（p. 135）。文体特征让空间结构获得了非凡的意义。例如，叙述者在环形结构中对乔的指称发生了变化。从第二章到第五章，叙述者都用"克里斯默斯"（Christmas）来指称他。这个指称加重了乔作为外来陌生人的色彩，小镇的工人们都觉得"克里斯默斯"不是本地人的姓，甚至不是本国人的姓。这个称呼一直持续到第六章叙述者开始讲述他小时候的经历。在这部分，叙述者自始至终都是用"他"（he）来指称乔，理所当然地认为读者对代词所指代的人物非常熟悉，这是一种缩短读者与人物之间距离的文体策略。接下来，在养父母家度过的十三年中，叙述者对乔的指称方式大多为"这孩子"（the boy），蕴含着叙述者对这个小孩的怜爱和同情。从乔十四岁开始，叙述者大多数情况下用的是"乔"（Joe），叙述者和养母采用同样的称呼"乔"流露出了对孩子的怜爱，"在对人物进行指称时，用名字比用姓显得亲近，有助于缩小作者与人物的距离"（p. 138）。在小说第十章，主人公来到杰弗逊镇，作者突然抛弃对乔的各种爱称，用"克里斯默斯"来指称他。这个指称与乔第一次出现在杰弗逊镇工人面前时使用的指称首尾相接。"这种两头相同的指称相连，似乎形成了一个完整的圆形，把中间倒叙的部分包裹起来，与按叙述学的安排形成的空间模式相一致。"（pp. 138-139）乔生命的第一阶段与最后阶段用了相同的指称，"克里斯默斯"这个称呼所具有的特殊意义赋予了环形空间形式含义。从"克里斯默斯"开始，再到"克里斯默斯"结束，象征着乔将告别短暂辛酸的一生，是"生命终结的信号"（p. 143）。"克里斯默斯"让人联想到基督教义，就像耶稣基督平静赴死一样，克里斯默斯被抓捕时没有反抗，死时也很平静，这赋予了他宛如救世主殉难的神奇色彩，仿佛"绝命的身后又有了重生的希望"（p. 144），展现了福克纳对南方怀有的希望，他"希望南方人能够痛定思痛，好好地生存下去"（p. 144）。通过指称、意象的反复等微观的文体学特征，环形空间形式不再只是平凡的叙事结构，而是获得了"寓言的或普适的意义"（p. 136）。

三、叙述文体学下的视角运用

自现代小说的理论奠基者福楼拜与詹姆斯将注意力转向小说的艺术技巧以来，批评家逐渐开始研究小说叙述视角的运用。"视角"（point of view）这一术语在叙述学的使用并不一致，申丹在梳理叙述学与文体学研究的重合时，认为其中"视角"至少有两个常用的所指："一为结构上的，即叙事时所采用的视觉（或感知）角度，它直接作用于被叙述的事件；另一为文体上的，即叙述者在叙事时通过文字表达或流露出来的立场观点、语气口吻，它间接地作用于事件。"（1998，p. 175）实际上，文体上的视角是"叙述声音这一层次的问题，应与叙事时采用的眼光或观察角度区分开来"（p. 178）。热奈特在《叙述话语》里以"聚焦"（focalization）代替"视角"，从而区分了感知（perceive）与叙述（narrate），将两个视角的含义区分开来，"聚焦"也成为叙述视角研究中的主要术语。虽然叙述学研究者努力区分结构上的视角与文体上的视角，但结构上的视角在文本中"常常只能通过语言特征反映出来"（p. 176），这也为叙述学与文体学的重合提供了条件。

为了便于叙事学与文体学的结合，该书认为"可以暂不区分叙述声音和聚焦"（徐有志、贾晓庆、徐涛，2020，p. 95），而是把视角区分为视觉视角和感情/意识形态视角。其中，"视觉视角不仅仅可以作为感情/意识形态视角的物质载体，而且可以作为独立存在的视角类型"（p. 95）。对于这种纯粹的视觉视角，文体学的标记可以帮助读者识别该视角"是谁的视角"（p. 95）。而对于感情/意识形态的视角，文体学分析可以解释该视角是"什么样的视角"（p. 95），发现该视角的评价意义，从而为人物形象塑造、揭示主题等提供依据。尽管该书对视角的讨论没有遵循聚焦与声音的分类，但"区分这两种视角对于分析现代叙事作品尤其必要"（p. 90），因此在建立细化的叙述文体学分析框架和具体分析的过程中，仍须考虑视角的这两种类型。

以《八月之光》为例，作者对莉娜和乔的第一次出场的叙述视角进行了分析。首先，莉娜出现在小说的开头时，被"一下子推到读者面前"（p. 166）。莉娜的出场是这样的："莉娜坐在路旁，望着马车朝她爬上山来，暗自在想：'我从亚拉巴马州到了这儿，真够远的。我一路上都是走着来的。好远的一路啊。'她想着虽然我上路还不到一个月，可我已经到了密西西比州，这一次，离家真够远的。打从十二岁起，我还没离开多恩厂这么远过呢?"（福克纳，2004，p. 1）这一段的聚焦者由莉娜变成了第三人称叙述者。引号内的内容是莉娜作为聚焦者时的直接所想，其中"不标准的单词拼写（如 fur、a-walking）以及不完整的句法都生动地展示出，这是莉娜这个没受过什么教育的女孩的思想"（徐有志、贾晓庆、徐涛，2020，p. 166）。接下来，聚焦者转移到了第三人称叙述者，这句话虽然也表现了莉娜的思想，但该句语法标准，句子也比前面更长、更复杂，表现了"经过全知叙述者加工处理过的莉娜的思想"（p. 166）。叙述者可以轻易看透她的内心，可以随意用任何一种方式表现她的内心活动，在出场的时候马上拉近了读者与人物的距离，反映出了莉娜单纯的形象特征。与莉娜不同，乔的出场是通过人物拜伦讲述的："拜伦·邦奇记得三年前一个星期五早上的情景：正在刨木棚里干活的几个工人抬起头来，看见一个陌生人站在那儿观望。"（福克纳，2004，p. 22）通过认知动词"记得"，拜伦关于乔的回忆被引出，这时聚焦者是锯木厂的工人，表示感知过程的认知动词"抬起头"和"看见"，都标示着接下来对乔的描写是这些聚焦者的感知结果。以工人为聚焦者，乔的第一次出场没能让读者直接接触，而只能透过两层纱幕看他，"外面一层是拜伦的回忆，里面一层是锯木厂工人的视角"（徐有志、贾晓庆、徐涛，2020，p. 168）。乔的出场拉大了读者与人物之间的距离，让读者感觉乔的形象神秘、遥远，他的故事显然不像莉娜的故事那样透明。因此，小说人物采取的不同的叙述视角在文体特征上得到了印证，叙述学与文体学的技巧共同刻画人物形象，也更好地表现了小说主题。

结　语

叙述学与文体学都是有着强大生命力的学科，《叙述文体学与文学叙事阐释》将两个交叉学科富有创造力地缝合起来，基于对作品中前景化的叙事技巧的分析，融合文体学技巧加以证实、修正与补充，从而对小说的人物、主题以及艺术美学等做出整体阐释。一个层次的技巧交织着对另一个层次技巧特征的察觉，指引着研究者对文本的进一步发现。这样，叙述文体学的融合框架展现了叙述学与文体学全面、深入的合作，不仅为文本的分析提供了有力的武器，为两个学科的发展做出了贡献，也以交融的眼光展现了小说永恒的艺术性所在。

引用文献：

福克纳（2004）. 八月之光（蓝仁哲，译）. 上海：上海译文出版社.

申丹（1998）．叙述学与小说文体学研究．北京：北京大学出版社．

申丹（2006）．文体学和叙事学：互补与借鉴．江汉论坛（3），62－65．

王安（2008）．论空间叙事学的发展．社会科学家（1），142－145．

徐有志，贾晓庆，徐涛（2020）．叙述文体学与文学叙事阐释．上海：上海外语教育出
版社．

作者简介：

黄飞宇，四川大学外国语学院硕士研究生，主要研究方向为英美文学。

Author:

Huang Feiyu, M. A. candidate of College of Foreign Languages and Cultures, Sichuan University. Her research mainly focuses on British and American literature.

Email: huang18874263636@163.com

致 谢

本书在编辑过程中，得到了四川大学中央高校基本科研业务费期刊资助项目与四川大学外国语学院的支持，特此感谢！

著作权使用声明